D1118251

# AGUAS SANGRIENTAS

# Carolina García-Aguilera

## AGUAS SANGRIENTAS

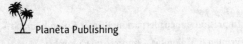

Planeta Publishing

Título original: *Bloody Waters*

© Carolina García-Aguilera

© 2002, Planeta Publishing Corp.
2057 N.W. 87th Ave.
Miami, FL 33172 (Estados Unidos)

Diseño de la portada: Karla Noriega

Primera edición EE.UU.: julio de 2002
ISBN: 0-9719-9502-8

Impresión y encuadernación: Printer Colombiana S. A.
Printed in Colombia – Impreso en Colombia

Dedico este libro a mis tres hijas,
Sarah, Antonia y Gabriella,
los amores y pasiones de mi vida,
y a Cuba,
la isla de mis sueños.
¡Volveremos!

Deseo agradecer a mi agente, Elizabeth Ziemska, de Nicholas Ellison Inc., por muchas razones, pero más que todo por su fe en mí y en mi trabajo. Quiero agradecerle a Celina Spiegel, mi editora en G. P. Putnam's Sons, por sus maravillosas habilidades. Tengo una deuda con Quinton Skinner que nunca podré pagar, fue él quien me guió en el complicado mundo de la escritura.

Sin duda, mi familia merece una mención especial; sobre todo mi esposo, Robert Hamshaw, por su paciencia infinita; mi madre, Lourdes Aguilera de García, por su apoyo incondicional en todas las venturas y aventuras de mi vida; mi hermana, Sara O'Connell, y mi hermano, Carlos Antonio García, por el interés que siempre mostraron en mi trabajo; y mi sobrino, Richard O'Connell, por su firme convicción de que esto finalmente ocurriría.

Pero por sobre todo me siento en deuda con mis hijas, Sarah, Antonia y Gabby, que nunca dudaron de mí. Quiero agradecerles por todas las veces que pasábamos junto a una librería y ellas señalaban la vidriera, diciendo: «Mira, mamá, allí van a estar tus libros algún día».

Gracias, gracias, gracias.

*Miami, julio de 1999*

Elio Betancourt llevó la canasta de mimbre rumbo a su biblioteca, deteniéndose junto a la puerta de vidrio para asegurarse de que la bebé seguía durmiendo. No quería que la pareja que lo esperaba adentro se viera enfrentada a un niño llorón, aun cuando eso no los fuera a hacer cambiar de idea.

Con suavidad, colocó la mano de la bebita cerca de la boca, cuidando de no despertarla. Le abrió el puño y le acomodó el pulgar entre los labios. Era una pose conmovedora. Aun en esas instancias finales, la presentación era fundamental.

Se tomó unos segundos para admirar la puesta en escena. La bebé, la biblioteca detrás de la puerta de vidrio, donde todo era de cuero y caoba, con unas impactantes filas de libros que había comprado por kilo. Perfecto. Entró con aire dramático, sosteniendo la canasta con ambas manos como un regalo de Navidad. Los clientes se pusieron de pie, ansiosos, tropezando entre ellos.

El marido, José Antonio Moreno, era un hombre de dinero que había dado el gran golpe con unos fondos en un banco *offshore* de Costa Rica. La esposa, Lucía, era más joven que su marido. Era boni-

ta aunque muchos intentos frustrados por concebir un niño le habían dejado líneas de tristeza alrededor de la boca y de los ojos.

—¡Oh, mi amor! ¡Mira qué dulce! —dijo Lucía con su voz ronca, riendo y mirando a Betancourt como si fuera su mejor amigo—. Elio, ¿puedo tenerla en brazos?

José Antonio tosió incómodo y se pasó una mano por su fino
cabello.

—Por supuesto que puedes hacerlo, querida —contestó, mirando fijamente a Betancourt—. La niña ya es nuestra.

El negocio estaba cerrado. Ahora venía la fase crítica: la cuestión
del dinero. Elio ya tenía veinticinco; ahora tenían que cerrar el ba-
lance. Se aclaró la garganta.

—Bien, ya está. Pueden llevarse a la niña, váyanse con ella.

Nada. Volvió a aclararse la garganta dos veces más, demorando
el gesto. Y nada. Estiró sus manos en los bolsillos y suspiró.

José Antonio también se llevó las manos a los bolsillos y extrajo
de ellos un grueso sobre de manila.

—Esto es para usted —dijo, entregándoselo a Betancourt.

El hombre se había guardado el dinero hasta el final, como si
dentro de su bolsillo devengara algún interés. Betancourt palpó el
sobre maldiciendo el día en que el Tesoro decidió dejar de imprimir
billetes grandes y tuvo que hacer un esfuerzo para no contarlo allí
mismo.

—Bueno —insinuó—. Se está haciendo tarde.

Lucía ni siquiera lo oyó; estaba en trance con la niña intentando
hacerla sonreír. Al menos, José Antonio tuvo el buen tino de darse
cuenta de que Elio quería que se fueran. Después de interminables
adioses, se subieron a su Jaguar azul y la mujer depositó con suavidad a la bebita en una sillita en la parte trasera. ¡Por Dios, vaya si esa
gente estaba preparada para recibir a la criatura! Elio esperó un minuto en el vestíbulo, escuchando el ruido del motor que se perdía en
la distancia y luego salió a la calle. Sus pies hacían crujir la grava del
sendero.

Después de una dura mañana, Elio no estaba en condiciones de jugar a su escondida cotidiana con el *Miami Herald*. Estaba convencido de que el repartidor de periódicos era un haitiano comunista que se desquitaba de su resentimiento social arrojando cada mañana el periódico a un escondrijo diferente. La secretaria de Elio llamaba todos los meses al *Herald* sin resultado. Cuando le informó que la mujer que recibía sus quejas tenía acento haitiano, Elio supo que el repartidor había ganado una batalla. Se vengó dándole al bribón una propina de sólo cinco dólares para Navidad. Luego comenzó a llevar un cronómetro para medir el tiempo de búsqueda. Lo había convertido en un arte: caminaba los últimos metros hasta la puerta con los ojos cerrados para asegurarse de no encontrar el periódico sin proponérselo antes que el reloj hubiera comenzado la cuenta. Su peor registro fue un domingo, bajo una lluvia torrencial: tardó cuatro minutos. Pero en realidad ese día no debía contarse por la tormenta.

Cuando no podía encontrar el periódico, sentía una satisfacción perversa yendo a formular una queja en la oficina de circulación del *Herald*. Por supuesto, nunca mencionaba que era posible que el labrador de su vecino colombiano lo hubiera robado. El maldito perro tenía tres años pero actuaba como un muñeco diabólico y enorme. Elio no entendía por qué razón el colombiano no tenía un bull terrier como el resto de los narcotraficantes ricos; cada cual a lo suyo.

Hoy era un buen día. Veinte segundos, un buen signo. Con pasos ágiles volvió a la casa. Tal vez su esposa no hubiera despertado aún. Estaba de buen humor y no quería que le arruinaran ese estado.

Su Alteza Real seguía en sus dulces sueños allí arriba, descansando para la reunión social que la esperaba ese día. A él, lo que ella hiciera, le daba lo mismo. Margarita lo había relegado al cuarto de invitados un día en que él había bebido demasiados Cubas-libres en un evento de caridad y declarado que la única causa en la que creía era la ayuda a las víctimas de las enfermedades de transmisión sexual. Todas esas mujeres de sociedad cubanas simulaban ser vírgenes inocentes. Incluso sus madres.

Elio pensó en divorciarse, pero no podía siquiera imaginarse a uno de esos abogados de familia de Miami revisando el estado de sus cuentas. También podía recurrir al asesinato, pero sabía que nunca lo haría. Al menos le daba una excusa para no casarse con ninguna de sus novias. Ellas no dudaban de que él estaba encallado en su matrimonio cuando veían todos los días a Margarita en las páginas sociales de los periódicos, y a Elio a su lado emitiendo una sonrisa forzada.

Pero su filosofía de vida era la siguiente: juega con las cartas que te han tocado. Como con el *Herald*, convierte la adversidad en un desafío. Si Dios le negaba a algunas parejas el regalo de la paternidad, mientras que a otras les daba hijos que no querían... bueno, era también parte de Su Infinita Sabiduría haber creado a Elio para que hiciera de intermediario entre ambas. Si esto redundaba en beneficios para él, ¿quién era Elio para dudar de la sabiduría divina?

# 1

*Miami, mayo de 1995*

No es necesario ser un genio para saber que las armas de fuego fueron inventadas por los hombres. Ninguna mujer expondría sus manos de esa manera. Si una mujer hubiese construido la primera arma, se habría asegurado de encontrar una manera de que su esmalte de uñas no se dañara mientras la recargaba. Disparar con uñas pintadas y húmedas está simplemente fuera de discusión. Hasta las llamadas «pistolas para chicas» son un dolor de estómago.

Los fabricantes de armas decidieron que las mujeres preferirían comprar instrumentos para matar que se adecuaran al gusto femenino. Esto llevó al extremo de sacar al mercado unas pistolas rosadas. ¡Por el amor de Dios! De verdad, ¿qué sentido tiene que un arma sea bonita? Los fabricantes debían creer que las mujeres eran pigmeas mentales. Las armas están hechas para matar, no importa su color, su forma o su tamaño, o si suena *New York, New York* cuando disparan.

Estos temas filosóficos profundos me distraían mientras practicaba tiro en Tamiami, intentando desesperadamente no pasar vergüenza. La Beretta era algo extraño en mis manos y mi puntería dejaba bastante que desear. Mientras disparaba los últimos tiros, sentí que la pistola gruñía por la falta de costumbre.

Por fortuna, el lugar estaba casi desierto. Había aprendido a la fuerza que era mejor practicar en horas poco habituales. Una vez, hacía mucho tiempo, fui a practicar un domingo. Estaba lleno de gente y terminé al lado de un vaquero que disparaba una Magnum .357. Cinco minutos más tarde tuve que ir a curar mi labio quemado por la cápsula de una bala ajena que golpeó contra mi rostro. Todavía tengo la cicatriz.

Eso no iba a funcionar de ninguna manera. No estaba de humor. Si seguía disparando así —mal y sin de inspiración—, terminaría enojada y frustrada. Me aseguré de que el cargador estuviera vacío y guardé la pistola en uno de los bolsillos de mi enorme cartera Chanel de cuero negro. Era muy difícil encontrar una cartera que no perdiera su forma cuando introducía en ella la Beretta.

Me quité los tapones de plástico, los envolví en algodón y los introduje en la cartera, junto a la pistola. Abandonar en ese momento no era un crimen tan terrible: en mis siete años en el negocio nunca había tenido que usar un arma. Realmente no creo en la violencia, pero sé que el día que deje la Beretta en casa será el día que la necesite.

Una vez en el estacionamiento, desactivé la alarma del Mercedes y abrí la puerta. Di un paso atrás cuando percibí el golpe de calor que venía de su interior. Amo esta ciudad, pero su clima es una mierda diez meses al año. En más de la mitad del mundo, mayo es equivalente a primavera, pero aquí es un mes sofocante, una parte más del verano.

Encendí el aire acondicionado antes de subirme al auto, esperando enfriarlo lo suficiente como para no empapar mi ropa mientras manejaba. Resultó ser un deseo demasiado optimista. Sabía que iba a transpirar —es algo que le ocurre a todo el mundo en Miami—, pero confiaba en no transformarme en un trapo mojado.

En menos de una hora tenía que recibir a unos clientes en la agencia y quería estar presentable.

Stanley Zimmerman, nuestro abogado de familia, me los había enviado. Los Moreno eran también clientes suyos, lo cual significaba que eran gente adinerada. Stanley Zimmerman no tenía clientes pobres. Él pensaba que pro bono era algo que Julio César les daba de comer a sus soldados.

Stanley no me dijo mucho cuando me llamó para informarme que los Moreno me iban a contactar: habían adoptado a una bebita y que querían encontrar a su madre biológica. El caso no me había llamado la atención pues no me interesan demasiado los casos de adopción. Mi creencia es que la madre entregó a su hijo por razones privadas que deberían ser respetadas. A nadie le hace bien hurgar en el pasado.

Mientras manejaba por Flagler Street sonó el teléfono del auto. Era mi hermana Fátima.

—Lupe —dijo, y enseguida me di cuenta de que estaba nerviosa. Como siempre—. Papi está poniendo el bote a punto otra vez. ¿Sabes algo?

Nuestro padre llenaba constantemente nuestro barco con provisiones, quería estar listo para poner proa rumbo a La Habana en cuanto se enterara de la caída de Fidel Castro.

—No, pero no escuché la radio esta mañana. Estoy segura de que no pasa nada. Si fuera así, se oirían los disparos de los cubanos de Miami festejando.

Fátima suspiró sin convencerse del todo.

—Bueno, si oyes algo, nada más llámame. Papi me está volviendo loca. Tiene su radio sonando a todo volumen con esa emisora cubana para poder oír las noticias mientras prepara el barco.

Aunque tanto mis hermanas como yo habíamos nacido en Miami y nunca habíamos ido a Cuba, no hubo día en que no sintiéramos el impacto que la isla había tenido en nuestras vidas. Desde el minuto en que me despierto hasta el último segundo de la noche, hay algo que me recuerda a esa nación que yace a escasas noventa millas. Es raro el día en que el *Miami Herald* no publica en primera página alguna noticia sobre Cuba. Cualquiera que se presente para alcalde tiene que ofrecer en su plataforma una política exterior, al contrario que en otras ciudades, donde la basura y los baches son los asuntos álgidos de las campañas. Basta una mínima chispa para encender la pasión de los exilados cubanos. Fidel Castro había tomado el poder hacía treinta y seis años, pero parecía que hubiera sido el día anterior. El resentimiento de los exilados no daba muestras de calmarse, y en Miami las manifestaciones callejeras contra la política de los Estados Unidos con respecto a Cuba, eran tan comunes como los días húmedos.

Si alguien nos preguntaba a mí o a mis hermanas de dónde éramos, respondíamos sin vacilar que éramos de Cuba, de La Habana. Nuestra lengua materna, la que hablábamos en casa y con nuestros amigos, era el español. Y eso no era para nada inusual. Cuba corría por nuestra sangre y siempre sería así. Desde pequeña había soñado con visitar el hogar de mis ancestros. En la escuela escribía informes sobre Cuba y recogía ansiosa toda la información que podía. Supongo que se puede decir que yo, como mi padre y cerca de un millón de exilados, estaba obsesionada con mi país.

Doblé en Douglas Avenue. Fátima estaba preocupada pero no había razón para ello. Prepararse para la caída inminente de Fidel era el pasatiempo favorito de mi padre.

—Lupe, hace mucho calor afuera; él no debería estar allí. Le dije que podía escuchar las noticias aquí dentro, pero no me hizo caso.

—Cálmate —le dije. Papi se había pasado la vida al calor del sol; podría tolerarlo—. Estoy llegando a mi oficina. Haré algunas llamadas. Seguramente son los tipos de Alpha 66 agitando otra vez el avispero. Te llamaré, te lo prometo.

Pobre Fátima. Desde la muerte de Mami, cinco años atrás, se había ocupado de Papi. Fátima se sentía culpable. Creía que había traído la desgracia a nuestra familia por ser la primera —y la única— que se había divorciado. Fátima era una muchacha chapada a la antigua.

De las tres hermanas Solano —Fátima, Lourdes y yo—, Fátima era la mayor y la única que se había casado. Mi madre, por razones que sólo ella conocía, nos había dado los nombres de lugares donde la Virgen se había aparecido. Podría haber sido peor: nos podría haber dado los nombres de los sacramentos, el de la Inmaculada Concepción, los de la Navidad o, lo peor de todo, los de los estigmas. Créanmelo, cuando uno es católico las posibilidades son muchísimas, y la mayoría da miedo.

Fátima se casó con Julio Juárez en contra de la opinión de nuestros padres, pero era joven, estaba enamorada y sus hormonas bullían. Mis padres pensaban que Julio era un aventurero. A mí me gustaba, pero sólo tenía quince años. Entonces no sabía nada de la vida. Pero pocas horas después de la boda empecé a darle la razón a mis padres. Fue cuando vi un par de piernas —una masculina y otra femenina— que se asomaban por debajo de la puerta de uno de los excusados del baño de damas de la sala donde se celebraba la fiesta. Llena de curiosidad adolescente, me paseé un rato por allí para ver de quién se trataba. En verdad ya tenía una fuerte sospecha; no eran muchos los invitados que vestían sacos grises con cola. Confirmando mi presentimiento, mi nuevo cuñado y una de las camareras emergieron del baño, de uno en uno por vez y con la cabeza gacha. Algo acababa de ser consumado y no era precisamente la boda de mi hermana.

Debería estar agradecida con Julio Juárez. Gracias a él, llegué a ser detective. Si Julio no se hubiera quedado con cientos de miles de dólares de la compañía constructora de mi padre, no nos hubiéramos visto obligados a contratar a Stanley Zimmerman para que investigara el asunto.

Julio no quería o no podía conseguirse un trabajo en los primeros días de su matrimonio con Fátima y estaba muy contento de vivir de la asignación que recibía su esposa. Papi no dijo nada, pero le cortó el chorro cuando supo que Solano Construction no sólo sufragaba los gastos de la familia de Fátima sino también los de cierta señorita que vivía apenas más pobremente en Little Havana. Hasta la generosidad de Papi tenía sus límites.

Julio se asustó tanto que, finalmente, un día se despertó, se vistió y se presentó a trabajar en Solano Construction. Como no tenía ninguna habilidad especial, le fue asignado un empleo en el área de relaciones públicas. No le tomó demasiado tiempo advertir que, puesto que él era tan inútil, nadie se molestaría en supervisarlo. Como era el yerno del jefe, Julio estaba al mando y nadie lo cuestionó. En una semana había cometido un fraude que consistía en duplicar las facturas de sus clientes. Su gallina de los huevos de oro fueron los contratos con el gobierno.

Papi no habría alcanzado el éxito si no fuese un hombre muy inteligente. Pero se guardó sus sospechas. A Mami le habían diagnosticado un cáncer de ovario unos meses antes, y Papi no quería hacerla sufrir con un escándalo familiar. Mi padre era un hombre fuerte y orgulloso, pero la combinación de la enfermedad de su esposa y la traición de su yerno lo destruyeron por dentro. Una noche me llevó al Hatteras y me contó la historia de Julio. Sólo yo debía saberla.

Al día siguiente, nos reunimos con el hombre que Stanley había contratado como detective. Su nombre era Hadrian Wells y era un ex policía fornido que fumaba un cigarrillo tras otro y no dejaba de mirarme —yo tenía puesto sólo un vestido ligero y unas sandalias—. Wells propuso que si trabaja clandestinamente en Solano, podría reunir pruebas contra mi cuñado.

En tres días, Julio desapareció para siempre de la vida de Fátima. Ella no se mostró tan triste como habíamos previsto; tal vez ya sabía que había cometido un error. Como nadie se oponía al divorcio, éste se resolvió en treinta días. Hasta hoy, ella no sabe por qué la dejó Julio. Al menos, eso es lo que Papi y yo suponemos.

Por mi parte, yo me sentí fascinada por los aspectos detectivescos del caso y por el trabajo de Wells. Conocí a su jefe, Ernesto Morales. Le hice muchísimas preguntas y comencé a aparecerme por allí, hasta que logré que Esteban me llevara para observar su trabajo. También lo ayudé con algunos casos y conocí a gente del oficio.

Esteban pensó que yo sólo estaba jugando. Yo era una niña rica en mi primer año en la Universidad de Miami, donde estaba estudiando publicidad. No era particularmente ambiciosa —es difícil sufrir demasiado por el futuro cuando se vive en una casa gigantesca en Cocoplum, el exclusivo barrio de Miami—. Si las cosas me iban mal, siempre podía vender mi Mercedes y vivir por un tiempo de ese dinero.

Luego de involucrarme más intensamente con Esteban —profesionalmente, claro está—, la publicidad comenzó a resultarme aburrida y sosa. Mis padres se dieron cuenta de que jamás me convertiría en una publicista respetable y convencional, y como eran gente práctica, resolvieron no contradecir mis deseos. Sólo me pidieron que terminara el college antes de hacer lo que quería.

Con el título bajo el brazo, comencé a trabajar como interna en White and Blanco, una firma con un plantel de quince detectives en el noroeste de Miami. Esteban me consiguió el trabajo, aconsejándome que adquiriera experiencia antes de abrir mi propia agencia. La firma manejaba casos civiles y criminales, y era antigua y bien considerada —al menos según los estándares de Dade County—. El estado de Florida obliga a un período de práctica de dos años a los aspirantes a detectives, requisito evitable si el candidato tiene experiencia en la policía. Pero la única experiencia que yo tenía era en fiestas, de modo que no pude obtener la exención.

En mis dos años lo vi todo. Esteban me dijo que mi práctica no iba a ser fácil, pero creo que se refería al trabajo y no a la actitud con que me recibiría el resto de los detectives. En White and Blanco había una sola mujer además de mí. Su nombre era Mary Matheson y era una policía neoyorquina retirada, una abuela de sesenta años. En la agencia, la leyenda era que había sido una detective de primera clase, pero los años habían pasado y ella tendría que haberse retirado hacía tiempo. Cuando empecé a trabajar, Mary se dedicaba básicamente a supervisar las fiestas de la agencia. Nunca vi que se hiciera tanto barullo en torno a los cumpleaños; no había baby showers, pero sí una enorme cantidad de cumpleaños, y era probable que las nuestras fueran las mejores fiestas de Navidad de South Florida. Mary era grandiosa a la hora de levantar la moral de la oficina.

Todavía me asombra haber podido sobrevivir a eso. Mi escritorio estaba en un espacio abierto compartido con otros trece hombres que fumaban, bebían, insultaban, se tiraban gases, eructaban y aullaban en lugar de hablar. Era más una carrera de obstáculos que una oficina; los escritorios estaban tan cerca unos de otros que teníamos que trepar por encima de ellos para llegar al propio. Más de una vez caí de bruces sobre un atestado cesto de basura mientras intentaba atender el teléfono. Por supuesto, los clientes nunca veían ese foso. Los socios, Sam White y Miguel Blanco, se reunían con sus clientes en sus oficinas o en la elegante sala de conferencias.

Después de dos años sentí que ya había pagado mi derecho de piso. Y Esteban había estado en lo cierto, como siempre. Trabajé en todo tipo de casos para White and Blanco, desde asesinatos hasta personas desaparecidas, pasando por episodios de violencia doméstica y fraudes. También trabajé mucho como agente clandestina, lo cual me resultó fascinante. Siempre había soñado con aparecer en la televisión o en el cine, pero después de eso lo mejor para mí era trabajar clandestinamente.

Hice muchos contactos, no sólo con futuros clientes sino también con gente que podría ayudarme una vez que trabajara por mi cuenta: policías, periodistas, agentes estatales y federales, colegas. Cuando mi aprendizaje culminó, abrí mi propia agencia, a la que denominé orgullosamente Solano Investigations. Alquilé una casa de tres ambientes con jardín en Coconut Grove, un pequeño paraíso con arbustos de poinciana, buganvillas, palmeras inclinadas y loros graznadores que tenían sus nidos en la parte trasera. Papá me dio el dinero para comenzar, de modo que pude comprar buenas computadoras y muebles de oficina para hacer que el lugar se viera bien.

El único problema fue que tuve que contratar a mi primo Leonardo para que trabajara conmigo. Era el único hijo de la hermana de Mami, y el consenso familiar indicaba que estaba a la deriva. Tenía pretensiones de convertirse en actor, que no era precisamente una ambición de la que podía enorgullecerse una familia cubana conservadora. Mercedes, la hermana de Mami, quería que Leonardo tuviera algún empleo donde pudiera ser supervisado mientras se le iban sus ínfulas. Cinco años después, seguían esperando. Yo no tenía mayores inconvenientes. Leonardo y yo nos llevamos muy bien, y como él ahora tenía veinticuatro, cuatro menos que yo, era lo suficientemente joven como para obedecer mis órdenes.

Leonardo intentaba ser un buen asistente y oficiaba como una buena vitrina para las clientas femeninas. Trabajar su cuerpo era su primera prioridad ahora que no tenía tiempo para el teatro, y logró convertirse en un espécimen físicamente perfecto, coronado por un cabello grueso, ensortijado y oscuro. Muy pronto logró convencerme de lo conveniente que sería colocar sus aparatos gimnásticos en el cuarto vacío del fondo, para que pudiera ejercitarse durante el almuerzo. Enseguida, el lugar se convirtió en un auténtico gimnasio, con un aparato para levantar pesas en un rincón al que muy pronto se le sumaron una cinta para correr y luego una serie de máquinas que parecían diseñadas para oficiar oscuras torturas medievales. Poco después, un equipo de operarios se apareció un día para instalar espejos que cubrían todas las paredes. A Leonardo le pareció natural venir a trabajar con camisetas y zapatos deportivos para no tener que cambiarse la ropa en medio del día laboral.

Más tarde advertí la presencia de una serie de panfletos acerca de la salud, la nutrición y la espiritualidad, distribuidos en distintos rincones de la oficina. Leonardo quería ensanchar sus horizontes, pensé, pero en lugar de planteármelo directamente me estaba dejando pistas. Pero él sabía que yo no iba hacer una pausa en mis investigaciones, y mucho menos en pos de una empresa con toques

New Age. Había trabajado duro para abrir la agencia y él lo sabía. Necesitábamos facturar mucho para lograr cubrir el alquiler.

Si uno entraba a Solano Investigations, resultaba obvio que el lugar no era administrado como un gran negocio corporativo. Pero éramos eficientes y honestos, y yo trabajaba lenta y metódicamente para asegurarme de que la lista de clientes fuera creciendo paso a paso. Y a través de los años pude hacerme de la herramienta más vital para los investigadores privados: un archivo Rolodex con los detectives free-lance más cotizados. Era una lista por la que otros colegas hubieran sido capaces de hacer cualquier cosa.

Puede que Leonardo tuviera inclinaciones excéntricas, pero entiéndanme bien: yo siempre podía contar con él. Puede que la oficina fuese poco formal, pero nos tomábamos nuestro trabajo muy seriamente. Era menester que así lo hiciéramos. En Miami era muy fácil descubrir, de pronto, que uno estaba navegando aguas profundas. Estar atento era una cuestión de vida o muerte.

# 2

Leonardo me saludó desde su escritorio. Llevaba una camiseta sin mangas y una toalla alrededor de los hombros. Me alcanzó un papel con los recados de la mañana y dio vuelta a la página de la revista *Muscle and Fitness*.

—Alguien estacionó un Jaguar azul en mi lugar —dije.

—Los nuevos clientes —dijo Leonardo, señalando con el pulgar la puerta cerrada de mi oficina—. Lucía y José Antonio Moreno.

Dejé a Leonardo con su revista y abrí con suavidad la puerta de mi oficina. Los clientes que Stanley había enviado eran una pareja que me esperaban sentados sobre el borde de mi sofá de cuero. Observé cuidadosamente su reacción.

Seguramente no esperaban a una detective que luciera tan elegante como ellos. Tal vez creían que yo era una matona grande y recia, con el pelo muy corto y un cigarro en la boca. Quién sabe. En mis días buenos parece que soy una linda chica. Siempre pensé que era algo ancha para mi altura, pero mis novios —y ha habido muchos— nunca están de acuerdo. Llevo el cabello largo, con un corte francés muy de los años cincuenta, y me ocupo de que mis uñas estén cuidadosamente pintadas de rojo. Tengo una pésima vista, por lo que me gusta experimentar con los colores de las lentes de contacto: las que yo prefiero son las verdes, aun cuando me hagan parecer un extraterrestre perdido en el espacio.

—Guadalupe Solano —dije estrechándoles las manos.

Les indiqué con un gesto que volvieran al sofá y me senté detrás de mi escritorio. Ambos habían evitado mi mirada. La mujer tenía sus ojos clavados en el piso y el hombre miraba para todos lados menos hacia donde estaba yo. Era obvio que estaban en un estado de tensión extrema, algo que casi todos mis clientes tenían en común.

Con la gente que está ansiosa, uno tiene que ser paciente. De modo que yo decidí mostrarme interesada con un mensaje telefónico ilegible que Leonardo había dejado en mi escritorio. O bien Juan García de First Miami había llamado por el tema de mi portafolio de acciones, o bien Johnny Carson había llamado por un tema de pantalones y perfumes. No estaba segura.

Rindiéndome ante el rompecabezas, comencé a estudiar a los Moreno. José Antonio tenía casi sesenta años. Era alto, medía más de un metro ochenta y tenía una barba que lo hacía solemne. Su cabello era escaso, color marrón oscuro y había tomado la razonable decisión de cubrirse el cuero cabelludo con los pocos pelos que le quedaban para disimular su calvicie. Sus ojos negros y agudos parecían haberse hundido en su rostro y estaban rodeados de sombras oscuras.

Lucía Moreno apretaba con tanta fuerza la mano de su marido que ésta había perdido la sangre y estaba blanca. Mientras yo revolvía una pila de sobres, ella se inclinó hacia atrás y luego se estiró hacia adelante, como movida por un terrible dolor de espalda. Angustiada y todo, se había acicalado meticulosamente. Era por lo menos unos cinco o seis años más joven que su marido, y su rostro era el de una bella mujer con los clásicos rasgos de las españolas del norte: rubia, con una hermosa piel, ojos azules y finos huesos. Llevaba un vestido verde esmeralda sin mangas, indudablemente caro, con un corte modesto y elegante.

Tuve la impresión de que iba a ser ella la que hablara primero y acerté.

—Señorita Solano, hemos venido aquí por un asunto muy delicado —Lucía empujó un enorme anillo de diamante hacia su nudillo, dejando a la vista el anillo de bodas de platino liso—. Necesitamos asegurarnos de que usted está en condiciones de actuar con absoluta discreción y confidencialidad.

—Por supuesto. Lo que se hable aquí no saldrá de estas paredes.

Todos mis clientes necesitan una frase de ese tenor. No comprenden que quebrar la confianza de un cliente puede arruinar para siempre mi reputación.

Lucía extrajo una fotografía brillante que llevaba en su cartera. En ella podía verse a una niña de unos cuatro años. No se parecía ni a Lucía ni a José Antonio.

—Esta es nuestra hija, Michelle. La adoptamos cuando tenía sólo dos semanas de vida —dijo Lucía—. Ella es la razón por la que estamos aquí.

Me alcanzó la fotografía. Michelle era realmente una niña adorable; tenía unos ojos oscuros muy expresivos y el cabello negro y ensortijado le caía sobre el rostro. Estudié la foto más de cerca y vi una marca de nacimiento con forma de estrella, del ancho de mi dedo, que atravesaba su cuello. Entonces advertí que José Antonio me estaba mirando.

El hombre carraspeó, desvió la mirada y abrazó con fuerza a su esposa. Ella cerró los ojos y apoyó su cabeza sobre los hombros de él.

—Mi amor —dijo finalmente José Antonio, ayudando a su esposa a erguirse—, tenemos que decirle todo si queremos que nos ayude.

Interesante. Como si hubieran pensado en contarme sólo parte de la historia. Cosa que, por supuesto, hacía la mayoría de mis clientes.

Tomé un cuaderno con hojas amarillas.

—Antes de empezar, necesito pedirles algunos datos.

El formulario que Solano Investigations les hacía llenar a sus clientes era bastante simple: nombre y apellido, dirección, teléfono, empleador si es que lo había, número de la Seguridad Social y nombre de la persona que les había recomendado mi agencia. Esto último era a menudo lo más importante; me permitía chequear la reputación de mis clientes. Los Moreno habían sido enviados por Stanley, lo cual garantizaba no sólo su respetabilidad sino también su riqueza.

Mi trabajo iba a ser mucho más fácil si lograba que los Moreno confiaran en mí, de modo que me tomé mi tiempo para llenar el cuestionario, intentando crear una conversación fluida. En el momento en que firmaron, ya se los notaba más cómodos, por lo que guardé el formulario, los miré con mi mejor mirada de investigadora y les pregunté si les gustaría explicarme por qué habían llegado hasta mí.

—Yo se lo diré, querido —dijo Lucía, tocando levemente la mejilla de su marido—. Hace veinte años que estamos casados. Ambos somos cubanos; José Antonio es de Santiago y yo de La Habana. Nuestras familias vinieron cada una por su lado a comienzos de la década del sesenta, y vivíamos en Nueva York a cinco cuadras de distancia. Nos casamos cuando yo tenía veinte y él treinta y cinco.

Ese dato me hizo pensar. Lucía tenía menos edad de la que aparentaba. Mientras hablaba, hacía gestos lánguidos con las manos, ubicando aquí a Cuba, a Nueva York allí. Después de pensarlo un instante, me di cuenta de que tenía un maravilloso sentido de la orientación.

—En muchas cosas fuimos bendecidos por Dios. Lo único de lo que Él nos privó fue de tener hijos.

José Antonio había estado mirando a su esposa, como esperando a que ella se dispersara.

—Siempre quisimos tener una familia grande —la interrumpió—. A los cinco años de estar casados decidimos que ya era hora. Lucía quedó embarazada enseguida, pero a los seis meses perdió el bebé. Nosotros... Lucía perdió otros tres embarazos y el último fue ectópico. Lucía tuvo que ser operada.

Lucía suspiró y sacudió la cabeza mientras levantaba la mano. Parecía como si estuviera borrando el pasado, como si éste fuera polvo que flotara en el aire.

—Como resultado de esa operación ya no puede tener hijos —dijo José Antonio, hablando con rapidez—. Cinco años atrás decidimos venir a Miami, para empezar de nuevo en otro lugar. Aquí tenemos familia.

Lucía le dio un golpecito en la mano a su marido, y éste se quedó en silencio.

—Nunca nos resignamos a no tener hijos —dijo ella en voz baja—. Y empezamos a pensar en la adopción. Mi prima Elvira había adoptado dos hijos, un niño y una niña, a través de un abogado. Dijeron que era la mejor opción. El marido de Elvira es un contador alemán, y cuando dijo que estudió todas las posibilidades, le creímos.

Yo esbocé una sonrisa sin saber en qué medida quería ella que yo me detuviera en la broma. Su expresión no cambió.

—Mi prima dijo que los niños podían ser adoptados a través del Servicio de Salud y de Rehabilitación de Florida, pero que había una larga lista de espera y una enorme cantidad de trámites. Y yo, como Elvira, quería un niño de origen cubano. El SSR no me lo podía garantizar, pero sí un abogado. Él le había conseguido un niño a Elvira en seis meses, aunque a un precio muy alto.

—¿Quién era el abogado? —pregunté.

—Elio Betancourt —respondió ella.

Yo me quedé en silencio.

—De modo que llamamos al doctor Betancourt. Y todo ocurrió tal como Elvira nos lo había contado: tomó menos de seis meses y hubo que hacer muy pocos trámites. Después de sólo dos encuentros y de un intercambio de dinero, nos entregó a nuestra niña.

Miré a José Antonio, que desvió la mirada con culpa.

—Betancourt se mostró como un hombre encantador, muy amable y comprensivo —dijo Lucía, inclinándose hacia adelante—.

Dijo que le complacía hacer feliz a otra gente y que si él mismo obtenía dinero, mejor aún. La única condición fue que no hiciéramos preguntas. Dijo que los bebés venían de jóvenes madres cubanas que no querían saber adónde iban sus hijos. Las muchachas vivían en una casa comunitaria en alguna parte de los Estados Unidos y recibían un excelente cuidado prenatal. Estas adopciones privadas funcionaban bien porque las jóvenes madres sabían que sus identidades iban a ser conservadas en el más absoluto secreto.

Elio Betancourt era un abogado de Miami famoso por defender a narcotraficantes, a estafadores y a cualquiera que estuviera deseoso de pagarle muchos miles de dólares a un abogado al que no le importaba tener clientes inmorales y peligrosos. Yo dudaba de que no hubieran oído hablar de él antes de la adopción.

Comencé a escribir algo en la libreta, pero me detuve de pronto.

—¿Betancourt explicó las razones por las cuales exigía tanto secreto?

José Antonio frunció el ceño, como si mi comentario hubiera sido descortés.

—Señorita Solano, usted debe entender que el secreto se debía a nuestra condición de cubanos. Usted sabe tan bien como yo que aún hoy la reputación de una muchacha cubana vale tanto como su vida. Estas madres jóvenes estaban siendo protegidas.

—Necesitábamos desesperadamente un hijo —dijo Lucía—. Pagamos cincuenta mil dólares y logramos tener a la niña. Una niña hermosa, perfecta. Fue algo ideal, hasta ahora.

Los Moreno se miraron uno al otro y yo intenté interpretar lo que veía. Miedo, culpa, aprehensión... pero no arrepentimiento.

—Cuéntenme —dije.

—El mes pasado llevé a Michelle a su pediatra para un chequeo. Al día siguiente, el doctor llamó para decir que quería hacerle un nuevo análisis de sangre. Supe que algo andaba mal, aun cuando él dijo que era algo puramente rutinario.

Mientras hablaba, Lucía había puesto su mano sobre su corazón, como tocando algo secreto dentro de ella.

—Los resultados del análisis inicial habían sido correctos. Michelle tiene una enfermedad hereditaria en la sangre. El especialista del Jackson Memorial nos indicó que debíamos localizar a su madre biológica para hacer un transplante de médula ósea.

—¿Están seguros? —pregunté—. Puede que...

—Escúcheme bien lo que le estoy diciendo —interrumpió Lucía, tensa—. Los únicos pacientes que sobrevivieron a esta enfermedad recibieron un transplante de la médula ósea de sus madres. Es la única posibilidad que tiene Michelle.

Sin que Lucía prosiguiera con su relato, adiviné lo que había ocurrido después. Fueron a pedirle a Betancourt información acerca de la madre y él se negó. Y aquí es donde yo salía a escena.

—¿Qué ocurrió cuando le dijeron a Betancourt por qué necesitaban encontrar a la madre de Michelle? —pregunté.

José Antonio se movió en su asiento, estirando su corbata.

—A Betancourt no le importó un ápice —dijo, con su boca rígida por la rabia—. Dijo que nosotros sabíamos bien cuál había sido el arreglo, que la madre de la niña debía permanecer anónima. Al principio se mostró simpático, pero como insistimos comenzó a comportarse de manera agresiva. Nos dijo que nosotros, al comprar un bebé, habíamos infringido la ley. Que si íbamos a la policía, perderíamos a Michelle y todo el asunto terminaría mal para todos.

—Nosotros habíamos pensado que el arreglo era legal —dijo Lucía. Sonó como si estuviera intentando convencerse a sí misma, más que a mí.

—Betancourt nos adirtió que nadie que hubiese adoptado a través de él podría ayudarnos —dijo José Antonio— porque ellos podrían perder a sus hijos.

Eran lo suficientemente honestos como para admitir que habían hecho algo ilegal, aun cuando Lucía intentara resguardarse. Era un buen comienzo.

—Supongo que Betancourt les dio una partida de nacimiento de Michelle.

—Sí. Aquí está.

José Antonio tomó su maletín y extrajo un sobre que contenía una partida de nacimiento aparentemente correcta, emitida por el estado de Florida a nombre de una bebé recién nacida de sexo femenino y llamada Michelle María Moreno, nacida el 11 de julio de 1991. Según el documento, la niña había nacido en el Jackson Memorial y el obstetra a cargo del parto había sido el doctor Allen Samuels. No había ninguna mención de una casa colectiva para madres solteras cubano-americanas.

—¿Saben quién es este doctor Samuels? —pregunté.

—No. Lo buscamos, pero por supuesto no pudimos encontrarlo —dijo José Antonio mientras tomaba un cigarrillo de su bolsillo y me miraba a los ojos. Yo no le ofrecí un cenicero, de modo que él decidió guardarlo—. No figura en la guía telefónica de Dade County. Tampoco en la de Broward County ni en Monroe ni en Palm Beach. Nada. Llamé a la Asociación Médica Americana y no supieron darme ninguna información. Me dijeron que probablemente se había retirado porque el último dato que tenían registrado acerca de él era de cinco años atrás. ¿Cómo podía figurar como obstetra de Michelle si ya no practicaba la medicina?

No contesté. Ellos deberían haberlo sabido.

—¿Llamaron al Jackson Memorial? —pregunté.

—Nos dijeron que no estaba en el staff y no quisieron decirnos nada más. No hicimos más preguntas porque no queríamos que sospecharan.

Lucía se frotó distraídamente la mejilla. Su fuerza y su audacia parecían haberse desvanecido.

—Señorita Solano, estamos muy asustados. José Antonio no quiere admitirlo, pero yo sí.

Lucía miró a su marido.

—Puedo intentarlo, pero no estoy en condiciones de prometer nada —dije. Me miraron de una manera horrible, como dos hijos que escucharan hablar a sus padres—. En este momento Betancourt tiene en sus manos la carta más valiosa y lo sabe muy bien. Ustedes cometieron un acto criminal y él cuenta con que eso los hará desistir de forzarlo a que les diga dónde está la madre de su hija.

José Antonio extrajo su chequera del bolsillo del saco con un movimiento al que parecía estar acostumbrado.

—Pero usted nos ayudará, ¿verdad? Le pagaremos lo que nos pida.

—Supongan que tengo suerte y encuentro a la madre —dije, ignorando el comentario—. ¿Y si no quiere ayudar a Michelle? Tal vez quiera quedarse sola; recuérdenlo, ella entregó a su hija en adopción.

Decir esto me hizo sentir muy mal. Lucía bajó la vista hacia su falda con los ojos brillantes. José Antonio levantó la voz, como si eso pudiera hacer desaparecer los problemas que él mismo se había creado.

—Claro que pensamos en ello, señorita Solano. ¿Pero qué más podemos hacer? Confiamos en que la madre acepte dinero a cambio de donar su médula ósea. Le pagaremos lo que nos pida.

—Bueno, es su hija biológica —dije—. Sería razonable que ella quisiera ayudar.

—Exactamente —dijo José Antonio, tomando la mano de su esposa.

—Está bien, haré todo lo que pueda. Pero antes de llegar a un acuerdo, ustedes deben entender que esto puede no llevarnos a ninguna parte. Después de un enorme gasto, tanto emocional como financiero, puede que nunca encuentre a la madre biológica de su hija.

José Antonio se puso de pie, forzando prácticamente a su esposa a hacer lo mismo. Arrancó un cheque, lo firmó, le puso una fecha y lo dejó encima de mi escritorio.

—Llénelo con la cantidad que considere adecuada —dijo—. Lo que usted quiera.

Yo miré el cheque en blanco. Empezaba a odiar este caso.

—Por favor, señorita Solano —dijo Lucía, con los ojos aturdidos y el mentón tembloroso—. Los especialistas dicen que a

Michelle le quedan cuatro meses de vida sin el transplante. Tiene que encontrarla.

Amablemente, cerraron la puerta detrás de sí. Empecé a pensar en agujas, en pajares y en la posibilidad de ganarme la lotería.

**3**

Hacía ya cinco años que había muerto mi madre, pero para mí era como si hubieran sido cinco meses. Todavía tenía en mis retinas la imagen de la tranquila sala del Jackson Memorial en la que los niños esperaban su turno para la quimioterapia. El tratamiento de Mami se prolongó por varios meses y había que llevarla a intervalos regulares, de modo que nos hicimos amigos de los demás pacientes. Los niños me rompían el corazón.

Aunque nadie podía ser tan descortés como para preguntar por el estado del cáncer de otro, de alguna manera todos sabíamos cómo estaba el resto. Cuando alguien faltaba a una sesión nadie quería conocer los detalles. La causa de esa ausencia nunca era una mejoría: en esa clínica eran muy pocos los que se curaban.

Había una niña llamada Elena Rojas. En esa época tendría unos siete u ocho años, pero era difícil estar segura debido al peaje que la quimioterapia se había cobrado. De todos modos era una niña hermosa, aun sin cabello y con la cara hinchada, y todas las enfermeras la adoraban. Siempre se mostraba optimista y entusiasta, y el día en que llevé a mi madre al Jackson y no vi a Elena, tuve que esforzarme muchísimo para no averiguar algo, sólo para asegurarme de que nada le había ocurrido.

En su momento había notado que rara vez la traía la misma persona; imaginé que ella tenía una familia muy grande. Pero yo soy una mujer curiosa, y un día averigüé que las personas que la traían no eran parientes de ella. Eran trabajadores del Servicio de Salud y Rehabilitaciones de Florida. Elena era huérfana, sus padres habían muerto unos años atrás. La enfermera me dijo que, de tanto en tanto, aparecía algún pariente para reclamar a Elena, pero ninguno de ellos completó los trámites judiciales y la pequeña finalmente fue dejada a la intemperie. Cuando la leucemia de Elena se agravó, el superficial interés de sus parientes se fue diluyendo.

La situación de mi madre se tornó crítica y tuvimos que pasar más tiempo en el hospital. Conversaba mucho con las monjas, y ellas me contaron que la situación de Elena no era tan inusual. Había unos cuantos niños en la misma situación, al cuidado de extraños y dependientes de la piedad de los trabajadores del sistema judicial.

En las últimas semanas de vida de mi madre, ella perdía la conciencia tan a menudo que yo me habitué a pasear por los pasillos para distraerme. Visitaba a los niños, y creo que ellos me ayudaron a soportar la situación tanto como yo a ellos. Poco después mi madre murió y, casi como un hábito, yo seguí yendo a visitar a los niños. Incluso me inscribieron como voluntaria, a cargo de algunos trámites y de un par de horas semanales de visita.

Luego de tres años, Elena murió. Poco después, me fui y nunca volví. En el momento pensé que era un retiro temporal, pero estaba equivocada. Simplemente no podía tolerar estar en el hospital sin que ella estuviera allí para darme fuerzas.

Todavía podía sentir en el aire un débil rastro del perfume de Lucía. Me puse a estudiar la fotografía de Michelle en mi escritorio. Si es que podía evitarlo, ella no terminaría como todos esos niños en la sala de espera. Aquí estaba mi oportunidad para saldar mi deuda con los otros. Sabía que exageraba un poco con el tema. No puedo evitarlo, está en mi naturaleza; soy católica. Creo en cosas como la redención. El sentido común me decía que mis posibilidades de encontrar a la madre biológica de Michelle eran casi nulas, pero nunca le había prestado demasiada atención al sentido común.

Leonardo dio unos golpes suaves en la puerta.

—¿Lupe? ¿Todo bien?

—Sí, estoy bien —dije de inmediato y guardé la fotografía en un sobre—. Estoy pensando en mi nuevo caso, eso es todo.

Leonardo abrió un poco la puerta, lo suficiente como para dejar aparecer su cabeza.

—Otra derivación de Stanley —dijo sonriendo con felicidad ingenua—. ¡Grandioso! Todos sus clientes son verdaderamente ricos y pagan con puntualidad.

—Eso sin duda facilita las cosas —dije.

Leonardo, hasta un cierto punto, se ocupaba de las cuentas y de la facturación. Una vez por mes, yo llamaba a nuestro contador para que arreglara nuestros pequeños líos financieros, antes de que se convirtieran en desastres. Pero tampoco quería castigar a Leonardo. Él ponía todo su esfuerzo.

Noté que Leonardo estaba todavía en la puerta, inclinado, como si no se atreviera a entrar del todo.

—¿Qué ocurre? —pregunté finalmente.

—Quería hablarte de algo —dijo, mientras venía a sentarse en uno de los sillones para mis clientes. Tenía en sus manos uno de esos ganchos que cierran una y otra vez para mejorar la musculatura de sus antebrazos—. Es acerca de mi amiga Serenity.

Realmente amo a Leonardo como si fuera un hermano, pero hay ciertas cosas de él que no dejan de irritarme. Una de ellas es el hecho de que sus amigas tengan nombres de estados mentales. Y además suele tener ideas brillantes y, lo que es peor, intenta llevarlas a cabo. Poco tiempo atrás estaba empeñado en vender licuados de frutas que quemaban calorías y prepararlos en la cocina de nuestra oficina. El lugar empezó a parecerse más a un centro de salud y relax que a una agencia de detectives.

Leonardo se pasó la cosa flexible de una mano a la otra y comenzó a flexionar el brazo.

—Tiene una idea que creo que te gustará —dijo—. Serían sólo dos veces a la semana y después de horario. Tú ni siquiera lo notarías, pero prefiero contar con tu aprobación.

—Muy considerado de tu parte —dije.

Intenté adivinar cómo seguiría esto, contando con lo que sabía acerca de Serenity, una muchacha hippie y fuera del tiempo. ¿Serían baños de barro acompañados de rezos cantados? ¿Sesiones de té y espiritismo? ¿Colónicos herbales? Por Dios, cualquier cosa menos eso.

—Serenity quiere dar clases de meditación y yoga. Serían sólo unos pocos estudiantes. Tú puedes venir a las clases, si quieres. No te cobrará nada.

Tal vez fuera toda la vegetación tropical que rodeaba la casa o los loros salvajes que parloteaban allí atrás coloreando los árboles con sus plumajes. Algo en este pequeño lugar parecía atraer esta especie de estilo californiano. Al menos, la meditación no mancharía las alfombras.

Suspiré una oración al cielo ante la perspectiva de verme obligada a traer un cliente fuera de horario para encontrarme con una docena de hippies con sus piernas enlazadas alrededor del cuello. Leonardo tomó mi gesto como una aprobación sonora.

—¡Grandioso! Sabía que ibas a aceptar. Usaré nuestra fotocopiadora para imprimir algunos volantes. No hay problema, ¿verdad?

La Oficina de Registro queda en la parte noroeste de Miami, en medio de la cárcel del condado y el Hospital Cedars of Lebanon, en una manzana particularmente gris y deprimente. Odiaba ir allí, aun cuando al mediodía las angostas calles se llenaran de gente. Nunca había tenido problemas en el pasado, pero era sólo una cuestión de tiempo. Todos los días vivimos en Miami con la presencia constante del peligro y del crimen, y la mayoría de la gente intenta evitarlos manteniéndose lejos de lugares como la Oficina de Registro. Para mí era simplemente otro día de trabajo.

Como siempre, me fue casi imposible encontrar un lugar para estacionar. Sobre todo porque estaba en el Mercedes. Di varias vueltas a la manzana sin suerte, hasta que finalmente me resigné a flirtear desvergonzadamente con el encargado del estacionamiento del edificio para que me dejara estacionar en el área reservada a los empleados públicos. Por la usual tarifa de cinco dólares prometió vigilar el auto.

Una vez adentro de esa guarida color mostaza que era el edificio, hice una pausa antes de entrar al archivo, una sala húmeda y sin ventanas, para llenarme de fuerza. Siempre pensé que los burócratas de Dade County creaban, a propósito, un ambiente tan depresivo, así como alargaban las esperas de los que buscaban información para evitar que todos, menos los ciudadanos más sacrificados, lograran su cometido.

En lugar de sacar un número y sentarme a esperar interminablemente a que alguien me llamara, me dirigí directamente a la oficina de Directores de Defunciones y Oficiales de la Corte. Yo no cumplía ninguna de esas dos funciones, por cierto, pero mi amigo Mario Solís trabajaba en ese departamento. Sabía que él se ocuparía de mí.

Mario, un hombre de unos cuarenta años con una ligera barriga, trabajaba para el gobierno ya en la época en que yo estaba en White and Blanco. Estaba casado y tenía cinco hijos, pero yo sabía que estaba ligeramente enamorado de mí.

Sus ojos se encendieron cuando me vio, y lo primero que hizo fue enderezarse su gruesa corbata azul marino.

—¡Lupe! ¡Qué sorpresa!

—Hola, Mario, ¿cómo estás? Se te ve muy bien —dije—. ¿Cómo están Consuelo y los niños? —pregunté discreta e inocentemente mientras nos dábamos un beso. Era sabido que Consuelo era una gran perra.

—Bien, muy bien; gracias por preguntar.

Me sentí aliviada al ver que no revolvía en su cajón para tomar el álbum de fotos que registraba con absoluto detalle cada cumpleaños de los niños y cada vez que se les caía un diente. Mario era un buen hombre, pero si hubiera estado casada con él, todas las mañanas le agregaría un poco de vodka al jugo de naranja.

Sonreímos un momento y conversamos con cortesía. Luego, tomé mi libreta.

—Mario, necesito algo para un caso. Es el certificado de nacimiento de una niña nacida el 11 de julio de 1991 en Dade County.

Esto sin duda lo hizo volver a la Tierra.

—Lupe, sabes muy bien que no puedo dar esa información sin una autorización —dijo Mario, mirando a sus colegas para ver si alguien había oído—. Sé que otras veces pude ayudarte, pero últimamente han estado muy atentos a ese tipo de infracciones. Recibimos demasiadas solicitudes de hijos adoptivos buscando a sus padres biológicos y hemos tenido algunos problemas legales.

Esperaba este comentario, pero sabía también que Mario amaba a los niños.

—Vamos, Mario —dije—. Necesito el certificado por razones médicas, para salvar a un niño enfermo. Si mis clientes tuvieran que ir por los carriles normales, el tiempo no les alcanzaría.

No pareció convencerse del todo; sin embargo, yo le estaba diciendo la verdad. Pero cuando hice un puchero, él se inclinó hacia adelante, cubriendo la ventana sobre la que estábamos inclinados con su cabeza oval.

—Veré que puedo hacer —susurró—. Espérame en el árbol de poinciana que está en el estacionamiento del otro lado de la cárcel. Me tomaré un par de minutos de recreo y te llevaré el documento, si es que todavía está allí.

Le di la información a Mario. Para cubrirme, le pedí información de todas las niñas blancas de sexo femenino que hubieran nacido en el condado en la semana del 11 de julio, que era la fecha que Betancourt les había dado a los Moreno. Me fui sin agregar palabra. Mario se permitía sacar su lado romántico conmigo. Una vez dejó caer un certificado de muerte en mi cartera mientras yo simulaba tropezarme en el lobby del edificio. Supongo que su vida hogareña no era lo que se dice fascinante.

De modo que me dispuse a esperar en el árbol. Tuve la suerte de que justo en ese momento algunos presos fueran liberados. Un hombre joven, vestido con la típica ropa de mafioso, advirtió mi presencia y, después de darle un codazo a sus compañeros, silbó y se puso a caminar en mi dirección. Yo exhibí mi credencial de detective, ante lo cual él se detuvo sorprendido, giró bruscamente sobre sus pasos y se volvió.

Una hora más tarde, cuando ya estaba por irme, apareció Mario apretando un sobre de manila contra su pecho. Miró con precaución para ver si venía algún auto y cruzó la calle trotando. Parecía que hubiera engordado un par de kilos.

El ejercicio resultó demasiado para él; estaba transpirado y con el rostro rojo cuando llegó hasta mí.

—Me podrían echar por hacer esto —fue lo primero que dijo—. Mi supervisora no se iba de la oficina y casi me sorprende copiando el microfilm. Fue pura suerte que no me pidiera la autorización. ¡Nunca más! Ni siquiera por ti.

Mario tomó un pañuelo y se secó la cara mientras esperaba. Estas quejas eran también parte de su ritual.

—Si esa mujer me sorprendiera difundiendo información confidencial, me tendría entre manos. Debo estar loco.

Imaginé que una pequeña expresión de agradecimiento no vendría nada mal, de modo que me incliné y besé su mejilla.

—¡Ay, Mario! Muchas gracias —le dije—. Realmente te agradezco mucho que hayas corrido tantos riesgos por mí, pero recuerda que has ayudado mucho a una criatura inocente.

Mario se sonrojó de placer.

—Ahora, Mario —proseguí—, tienes que decirme cómo hacen en el condado para archivar certificados de nacimiento.

El rubor desapareció y el rostro de Mario parecía decir que había agentes del FBI que nos estaban observando.

—Todos los nacimientos tienen que ser comunicados en el plazo de cinco días, de acuerdo al estatuto 328.16 del Estado de Florida —recitó—. Normalmente, el hospital lo hace de manera automática.

—¿Y qué pasa con las adopciones?

Mario volvió a secarse la frente. La humedad allí parecía la de un sauna.

—Las adopciones son diferentes. El nombre de la madre biológica se coloca en una lista junto al del padre, si es que lo hay. Una vez que la adopción se concreta, el juez envía un certificado corregido en el que figura el nombre de los padres adoptivos. Ambos documentos parecen idénticos, por lo que es imposible diferenciarlos. El certificado original se sella y es archivado por la corte. Para obtener la información, a partir de entonces, es necesario tener una orden judicial.

Dirigí mi mirada hacia el estacionamiento pero no pude ver mi auto. Esperé que no estuviera siendo llevado a un taller de desmantelamiento.

—¿Y qué hay de los nacimientos no hospitalarios?

—En esos casos, normalmente, hay una partera o una enfermera. La ley todavía requiere que todos los nacimientos sean informados, y la mayoría de las personas lo hace porque se necesita un certificado de nacimiento para acceder a los servicios estatales. De todas maneras, hay excepciones. Los inmigrantes normalmente no lo hacen si piensan volver a su país. Pero la inmensa mayoría quiere que sus hijos sean ciudadanos norteamericanos.

Anoté este último comentario. No había pensado que quizás un padre no quisiera registrar el nacimiento de su hijo.

Mario me observó mientras escribía.

—No estás planeando hacer nada ilegal con esos documentos, ¿verdad, Lupe?

Lo ignoré porque todavía no sabía la respuesta.

—¿Y qué hay de los bebés abandonados?

—Son registrados como «baby Jane» o «baby Joe» hasta el momento de la adopción si no encuentran a los padres. Hay casos de nacimientos no registrados, pero no son comunes.

Betancourt había manejado la adopción, eso sólo implicaba que, casi con seguridad, era ilegal. Me puse a pensar en dónde era probable que él pudiera encontrar un bebé.

Mario extendió su mano y me tocó el brazo.

—Lupe, sé sincera conmigo. Si puedo, te ayudaré; pero no me tomes por un tonto absoluto. ¿Qué es lo que está ocurriendo aquí?

Mario, con su esposa y su casa llena de hijos, tenía la paciencia de cinco hombres, y yo finalmente lo había doblegado. Por un segundo, eso me hizo sentir culpable.

—Tienes razón, Mario, no te he dicho todo —respiré hondo. El aire estaba húmedo y cálido, y le conté todo acerca de los Moreno y del certificado que me habían dado—. Quiero ver si este documento tiene relación con los datos de un certificado que está aquí en Registro. Francamente no sé si tú tienes algo. Mis clientes no averiguaron en tu oficina antes de venir a verme.

Me puso nerviosa revelarle tantas cosas. Necesitaba que Mario sintiera que podía confiar en mí; de otro modo podría cesar su colaboración en este caso y, tal vez, en todos los que lo siguieran.

—¿Qué estás esperando, entonces? —me dijo con una sonrisa irónica—. Abre el sobre y comienza a mirar.

Debería haber sabido que Mario no me dejaría ir. Esto era lo más excitante que ocurría en su vida. Abrí el sobre rápidamente y le eché una ojeada a la impresión que había dentro.

Allí no figuraba ningún Moreno. Me sorprendió ver la cantidad de nacimientos que había en Dade County. No llamaba la atención que Miami estuviera tan superpoblada; en el verano de 1991, únicamente el Jackson Memorial había producido más de veinte bebés por día. Yo agregué para mis adentros que éstos eran sólo los nacimientos registrados.

Mario me observó de cerca y notó mi cara de desilusión. Volví a leer la impresión pensando que tal vez en la primera recorrida me había salteado a Michelle. No tuve suerte. No había ningún Moreno.

No tenía nada más que hacer allí. Me puse de pie y ayudé a Mario a que hiciera lo mismo.

—Bueno, ya se me pasó el horario de recreo —dijo Mario, limpiándose la tierra de sus pantalones.

Le prometí que me iba a mantener en contacto con él y le di otro beso en la mejilla. Nunca se sabe cuándo vas a necesitar otra vez a un amigo.

# 4

Iba en camino a mi hogar, dulce hogar, en Cocoplum cuando de pronto recordé el encargo que me había hecho Fátima, averiguar acerca de los rumores sobre Castro. En medio del tráfico de Main Highway encendí la radio. No había nada de qué preocuparse. Si realmente algo hubiera ocurrido en Cuba, todo Miami habría enloquecido. Sintonicé algunas estaciones de radio y, como no encontré otra cosa que música, la apagué. Al menos podía decirle a Fátima que estuve averiguando acerca de la posible caída de Castro, sin entrar en detalles acerca de cuán profunda había sido esa investigación.

Apreté con fuerza el acelerador. Mi hermana Lourdes venía a mi casa a pasar el fin de semana y realmente quería verla. Ella vivía en una pequeña casa de Little Havana, con otras tres monjas, todas ellas miembros de la Orden del Sagrado Rosario. Normalmente llevaba una vida simple, pero una vez cada tanto necesitaba una inyección de vida hogareña. Yo la entendía perfectamente; después del college, viví sola un año, cuando hice mi práctica en White and Blanco, pero cuando el alquiler de mi departamento en Brickell Avenue debió ser renovado, Papi vino a hablar conmigo e intentó convencerme de que volviera a vivir en nuestra casa. Yo lo consideré, e incluso fui a vivir con ellos un mes, pero amaba tanto a mi familia como necesitaba mi independencia. En el año que pasó, desde que me había ido, me acostumbré a vivir sola, a no deberle explicaciones a nadie y a ir y venir cuando yo quisiera. Además, me gustaba mi departamento.

Vivía en un indescriptible edificio en el extremo sur de Brickell, cerca de la entrada a Key Biscayne. Tenía fama de ser un «escampadero». Para decirlo en otras palabras, los inquilinos esperaban mudarse de allí en cuanto sus ingresos crecieran. Pero yo tenía dos cuartos perfectamente adecuados, uno de los cuales utilizaba como estudio, un living comedor, una cocina moderna, un baño decente y un balcón. Mis muebles no eran gran cosa. La decoración, digámoslo, era de estudiante. Pero estaba en el piso veinticinco, con una vista de atardeceres sobre la bahía. ¿Por qué me debía importar la decoración?

Lo que realmente me importaba, más que la privacidad de vivir sola, era que finalmente Solano Investigations estaba comenzando a producir dinero. Leonardo y yo habíamos trabajado realmente como locos y, finalmente, la cosa estaba empezando a funcionar. Habíamos iniciado con gente que buscaba a su perro perdido y con casos de garantes de una fianza cuyos clientes habían desaparecido súbitamente. Desesperados como estábamos, el límite había sido intentar atrapar delincuentes por los que se prometía una recompensa. Al final de nuestro primer año cubríamos nuestros gastos y lográbamos llevarnos a casa un salario mínimamente decente. Al cuarto año ya le había pagado a Papi el dinero que me había prestado para comenzar con la agencia. Yo ya era una mujer independiente y exitosa, y había logrado establecerme en un medio notoriamente machista.

Papi aceptó finalmente que yo había crecido y que tenía una vida propia. Le tomó un tiempo, puesto que yo era la menor. Creo que cuando Mami murió, pensó que yo iba a quedarme a vivir con él, pero le bastó con que fuera todo el tiempo a comer, a llevar mi ropa para lavar y a veces, incluso, a quedarme a dormir. Pero lo que sí exigió fue que yo aceptara como regalo un auto adecuado. En su opinión, esto quería decir un Mercedes. Pueden imaginar cuánto trabajo le costó que una muchacha de veintitrés años aceptara ese regalo.

Fátima y sus dos hijas, las mellizas Magdalena y Teresa que tenían doce años, también vivían en la casa familiar. Fue algo que se dio naturalmente, después de la muerte de Mami y del divorcio de Julio Juárez. Mis hermanas y yo siempre nos las arreglábamos para volver a casa de alguna manera. Era difícil de explicar, especialmente a nuestros amigos norteamericanos. A Papi le encantaba pues siempre tenía alguien que le hiciera compañía. Claro que se quejaba de que era el único hombre en una casa llena de mujeres.

Papi había trabajado mucho en Cuba y había hecho mucho dinero con la construcción de hoteles antes de verse obligado a exiliarse cuando cayó Batista. Había ido a la universidad en los Estados Unidos, primero en Choate, Connecticut, y después en Princeton. Allí se había hecho amigo de muchos americanos que invertían en la isla.

Cuando Cuba se volvió un lugar hostil para los negocios, Papi comenzó a desviar las inversiones familiares hacia los Estados Unidos con la ayuda de sus amigos americanos. Al caer Batista y Castro tomar el poder, Papi ya había sacado casi todo su dinero del país. Él y Mami se acababan de casar y no querían irse de su patria, pero pasados unos años de la dictadura de Castro supieron que tendrían que partir. Mamá estaba embarazada de Fátima cuando lo hicieron.

En Miami, Papi tramitó inmediatamente una licencia de constructor y comenzó a trabajar. Al revés de la mayoría de los cubanos que llegaron a los Estados Unidos en los primeros sesenta, él no tenía la menor ilusión acerca del futuro de Cuba. Sabía que su país nunca volvería a ser lo que había sido, y entender esto le dio una ventaja. De modo que mis padres se pusieron a trabajar por el futuro de la familia.

Al principio vivíamos en una modesta casa de tres dormitorios en el sur de Coral Gables, mientras Papi esperaba para construir la casa perfecta. Su oportunidad llegó unos diez años después, cuando la Avida Corporation comenzó a organizar una urbanización en una zona que corría paralela a la bahía de Biscayne, al sur de Coconut Grove. Papi compró tres lotes donde el agua era más profunda, porque quería construir un muelle para un barco pesquero de aguas profundas. Esa era su pasión.

Esta urbanización terminó siendo Cocoplum. Algunos fiscales del condado lo llaman *Coca*plum, porque muchas de las casas que se construyeron allí fueron financiadas con dinero narco. Pero así es la vida en el sur de Florida. Puede que tuviera muchos toques vulgares propios de nuevos ricos o que alojase a algunos narcotraficantes en busca de la legalidad, pero detrás de los guardias y las rejas estaba mi Cocoplum: las casas color tierra desparramadas y los bellos parques, los canales y la brisa marina. Ése era mi hogar.

Y vaya hogar que era. Mientras entraba con el auto por el camino interior, pensé por millonésima vez que Papi se había pasado con la casa. Lourdes decía que el estilo era de «refugiado tardío», el tipo de casa que construiría un inmigrante que acumulara montañas de dinero en la tierra de promisión. En general, mis padres eran discretos, pero con la casa habían perdido toda proporción. Era una casa gigante: tenía diez dormitorios, todos enormes, varios salones, terrazas, patios. Una típica pesadilla capitalista.

Mis hermanas y yo todavía no sabemos realmente qué le ocurrió a Papi. Diseñó la casa cuando estaba investigando a sus ancestros gallegos, de modo que copió una oscura hacienda española que figuraba en una enciclopedia. Afortunadamente éramos dueños de tres lotes consecutivos, lo cual nos permitía estar lejos de nuestros vecinos. Pero aún así, echábamos sombra sobre sus casas. Yo siempre sospeché que nos odiaban.

El viejo Osvaldo estaba regando las flores cuando llegué. Su cabeza calva estaba cubierta por un sombrero de paja, y su cuerpo todavía fibroso se encorvaba metido en unos grandes pantalones. Él y su esposa, Aída, habían estado con nuestra familia durante años, primero como cocinera y mayordomo con nuestros abuelos en La Habana. En cuanto llegaron a Miami llamaron a mis padres, anunciando que estaban listos para retomar sus trabajos con la familia. Mamá, sabiendo perfectamente que estaban cerca de los sesenta y que contratarlos significaba también hacerse cargo de ellos por el resto de sus vidas, no lo dudó ni un instante. Yo no puedo recordar un solo momento en el que Osvaldo y Aída no estuvieran en casa.

—Lupe, por aquí, por aquí, tráelo hacia aquí —ladró Osvaldo, secándose la frente con un pañuelo—. ¿Cómo es que se ensució tanto? ¿Otra vez lo estacionaste debajo del jacarandá? ¡Ya te dije que la savia de ese árbol arruina la pintura!

Acerqué el auto hacia donde estaba Osvaldo. Él me observaba con sus manos en las caderas, y luego se acercó para abrirme la puerta.

—Las cosas pequeñas son las más importantes, Lupe —dijo, mientras cerraba la puerta y se agachaba para revisar la pintura—. Siempre debes recordarlo.

Si fuese más joven, le habría contestado de mal modo.

—Lo siento, Osvaldo —dije—. No volveré a hacerlo, te lo prometo. ¿Ya llegó Lourdes?

—Está en el muelle con tu papá —dijo, enderezándose. Era apenas más alto que yo—. Aída hizo unos mariscos fritos, será mejor que te apures. En cuanto Aída los termina, todos se abalanzan sobre ellos. Tú sabes cómo es esta familia. Todo lo que hacen es comer.

Una vez a la semana, Osvaldo venía a Solano Investigations y arreglaba el jardín. Decía que esto le gustaba, que desarrollaba su lado creativo. Dedicarse a la jardinería y el paisajismo en Coconut Grove, un sitio tan desordenado, era algo completamente diferente que hacerlo en Coral Gables. El follaje en el Grove era salvaje y abundante, mientras que en Gables abundaban los céspedes lisos como una mesa de billar y los setos inmaculados. En el Grove prácticamente no había límites legales, mientras que en Gables los propietarios podían pintar sus casas con uno de sólo dieciséis colores.

Unos años atrás, cuando vino a ver la agencia, Osvaldo intentó consultarme algunas cosas acerca de los árboles y los arbustos. No le llevó demasiado entender que yo soy una ignorante absoluta acerca de las cosas de la naturaleza. Después de eso, la única vez que se acercó a mí en el trabajo fue cuando descubrió la planta de marihuana de Leonardo. Hasta el día de hoy, mi brillante asistente está todavía asombrado de que el viejo Osvaldo detectara a primera vista su yerba en cuanto la vio.

Dejé a Osvaldo junto al auto y entré a la casa, donde reinaba un frío agradable por obra del aire acondicionado. Luego fui recibida otra vez por el calor natural de Miami cuando salí rumbo al muelle. Allí estaba Lourdes, sin su hábito de monja y vestida con ropa de Gap.

Parecía una cuppie —una yuppie cubana—, más que una piadosa hija de Dios. En verdad, hoy hay tan pocas monjas que nadie sabe cómo se supone que deberían vestir. Lourdes es la única que yo conozco. A veces comparamos nuestras profesiones y nos reímos bastante preguntándonos qué fue lo que salió mal.

Una vez en el muelle, le di un gran abrazo a mi hermana. Lourdes estaba tan fuerte y sólida como siempre.

—Hola, hermanita —dijo ella, con la boca llena de mariscos.

Se la veía muy bien, con su cabello oscuro corto resaltando el brillo de sus ojos marrones. Su piel era perfecta.

Aunque no lo parezca, Lourdes es una monja muy aplicada a su tarea. Una vez, yo estaba en Tamiami practicando tiro. Mientras tanteaba en mi cartera en busca de la Beretta, encontré las cuentas del rosario de laca de Mami enroscadas en el tambor. Reconocí la mano de Lourdes y mis ojos se llenaron de lágrimas, desarmando completamente el barniz de frialdad que intentaba conservar en lugares de machos como ése. Lourdes siempre se preocupaba por mí y me daba objetos religiosos para mantenerme lejos del peligro. Suele resultar muy embarazoso cuando estoy con un hombre y a punto de concretar, verme obligada a hacer un poco de tiempo para poder quitarme las medallas religiosas que, por una promesa que le hice a Lourdes, llevo enganchadas en mi ropa interior.

Hundí mis dedos en el plato de mariscos mientras esperaba en la mesa de vidrio que había junto al muelle, y me serví un mojito para acompañarlos. Papá emergió graciosamente del puente de su barco; sus rasgos estaban oscurecidos por un gran sombrero panamá y por sus enorme anteojos oscuros.

—¿Sin novedades? —me dijo.

Supongo que había aceptado la dura verdad: que pasaría el día siguiente en Miami y que Fidel seguía pegado a su silla. Papá nunca explicaba qué era exactamente lo que pensaba hacer cuando anclara el Hatteras en el puerto de La Habana. En verdad, no creo que lo supiera.

Cenamos en la terraza. El sol se puso sobre la bahía de Biscayne con un naranja brillante que fue tornándose púrpura y azul. Las nubes se movían con pereza en el cielo con las primeras brisas de la noche. Fátima discutía con Teresa y con Magdalena acerca de las lecciones de equitación. Ellas exigían un caballo. Papá comía en silencio; su cabeza estaba seguramente llena de esperanzas maltrechas. Entre más viejo se volvía, más se identificaba con su tierra natal y más deseos tenía de volver.

Una o dos veces noté que Lourdes me observaba con una mirada extraña, pero no dije nada. Bromeé con las mellizas, preguntándoles si los caballos tenían feo olor, y luego me recosté para mirar a los pelícanos que, colgados de los pilotes, esperaban al infortunado pez que emergiera en busca de su peor destino.

Mientras Aída levantaba los platos, Lourdes y yo nos quedamos solas en la mesa.

—Mira —le dije, señalando la última luz del día—. Allí en el agua. Creo que es un manatí.

Lourdes ni siquiera se molestó en mirar.

—¿Vas a decirme qué es lo que te tiene tan preocupada o tendré que averiguarlo por mí misma?

Se recostó en su silla sosteniendo su trago entre las manos y mirándome con placidez. Era la persona que estaba más cerca de mí y, aunque odio pensarlo, me da la sensación que desde que se hizo monja desarrolló una intensa capacidad de percepción. A veces incluso lograba ponerme nerviosa.

—No es nada —dije, sabiendo que no me creería.

—Está bien, entonces comienza el interrogatorio —dijo—. ¿Es por un hombre?

—No, nada que ver.

—Entonces es un asunto de trabajo —Lourdes tomó su cartera y buscó un cigarrillo. Protegió el fósforo del viento y dio una pitada profunda—. ¿Estás metida en algo en lo que no querrías estar?

—No lo sé —dije—. Tengo una sensación extraña.

Lourdes asintió, echando la ceniza en la maceta de un ficus.

—Préstale atención a esa sensación, hermanita —dijo, mirando al horizonte—. Está tratando de decirte algo.

## 5

—¿Trece mil doscientos treinta y dos? ¿Estás bromeando?

Estaba hablando por teléfono con Jennifer Harvey, que trabajaba en la sección de relaciones públicas del Jackson Memorial. Sonaba muy joven y algo inexperta, pero recitó el número de nacimientos del año pasado en el Jackson en el mismo momento en que se lo pregunté. Parecía saber de qué hablaba.

—Dame un minuto —dije, haciendo unas cuentas en la calculadora—. Dividido por trescientos sesenta y cinco, da treinta y seis coma veinticinco nacimientos al día.

—Aproximadamente —dijo Jennifer con rapidez.

—Está bien —murmuré, anotando esos números.

Sostenía el teléfono entre el oído y el hombro, pero a medida que pasaban los segundos eso se volvía incómodo. Justo en ese momento Leonardo gruñó en alta voz desde el cuarto de al lado, donde estaba haciendo pesas. Sonaba como una vaca pariendo. Me pregunté qué pensaría Jennifer.

Ella no oyó, o al menos eso pareció.

—No puedo darte el detalle de masculinos y femeninos —dijo—. Pero puedes dividir por la mitad. Eso da seis mil seiscientas dieciséis niñas por año.

Jennifer no me pudo ayudar cuando le pregunté por el método a través del cual se registraban los nacimientos en el Jackson, pero me puso con la sección de obstetricia, donde una enfermera con voz áspera, casi masculina, me confirmó lo que Mario me había anticipado. A los pacientes que no tenían médicos privados se les anotaba en el certificado el nombre de los médicos del hospital. Lo cual confirmaba que Allen Samuels, quien quiera que fuese, era definitivamente quien había supervisado el parto de Michelle Moreno, y que su madre había sido paciente de él.

Yo ya había averiguado que había veintinueve hospitales sólo en Dade County, y que la mayoría de ellos ofrecían servicios de maternidad. No había manera de investigar todos los nacimientos de niñas en el tiempo que tenía. Es verdad que tenía un certificado del Jackson, pero en realidad los Moreno ni siquiera estaban seguros de que Michelle hubiera nacido en Dade County. Sólo tenían la palabra de Betancourt, en la cual ya no confiaban demasiado. El único dato cierto que tenía era que el certificado de nacimiento que Betancourt había entregado nunca había sido registrado en la Oficina de Registro.

Hablando de nacimientos, el parto de Leonardo en la sala contigua parecía progresar a buen paso. Gritó algo incoherente en alta voz y luego volvió a gemir. Un momento más tarde, se oyó una tremenda estampida: había depositado la pesa en el suelo.

Yo necesitaba ideas. Tomé mi lupa y me puse a inspeccionar los documentos que los Moreno me habían entregado. Parecían genuinos.

Pero me intrigaba el hecho de que Betancourt no hubiese registrado a Michelle. Los padres necesitaban los registros oficiales para sacar el número de la Seguridad Social, para sacar el pasaporte, para recurrir a cualquier servicio gubernamental. No parecía sensato que Betancourt hubiera supuesto que sus clientes nunca necesitarían esos servicios. Una víbora como Betancourt tenía que ser cuidadosa, a menos que se hubiera equivocado justo en el caso de los Moreno. Había sólo una manera de averiguarlo.

—¿Señor Moreno? Le habla Guadalupe Solano. No tengo todavía nada para ofrecerle —hablé con rapidez, para no darle esperanzas infundadas—. Pero tengo que hacerle un par de preguntas.

—Anita, déjame un minuto solo, por favor —había llamado a
José Antonio a su oficina y él despachó a su empleada con una fría
voz de mando. Pero cuando me habló, su tono cambió—. Pregúnte-
me lo que quiera, haré todo para ayudarla.

—¿Cuántas copias tiene del certificado de nacimiento de
Michelle que le dio Elio Betancourt?

—Diez, todas legalizadas. Recuerdo la cantidad exacta porque
me pareció excesiva. ¿Por qué lo pregunta?

Oí un ruido metálico que venía de la sala contigua. Leonardo
estaba por comenzar con sus ejercicios de piernas.

—Estoy trabajando en algo, señor Moreno, pero prefiero esperar a tener una información más sólida. Quiero averiguar un par de
cosas antes de poder darle esperanzas.

José Antonio se mantuvo en silencio, pero a través de la línea se
oía su respiración irregular.

—Algo más. Su esposa mencionó que había oído hablar de
Betancourt a través de su prima Elvira. Le voy a pedir un favor, si es
posible. Que su esposa llame a Elvira y le pregunte cuántos certificados de nacimiento de sus hijos tiene y si le puede prestar alguno. Me
gustaría echarles una ojeada.

—Por supuesto, por supuesto —dijo José Antonio, patéticamente
feliz de ser finalmente útil.

El pobre hombre estaba a punto de quebrarse. Yo conocía lo suficiente la mentalidad del macho cubano como para saber que este
hombre le estaba ocultando a su esposa lo que sentía. Así es como
deben hacer los hombres.

En cuanto colgué el receptor, sonó un aullido. Llamé con un
grito a Leonardo y él me dijo que no me preocupara. Cada día sentía
miedo de que se lastimara haciendo gimnasia en la oficina. Soñaba
despierta con salas de emergencia, con una larga convalecencia y
con una enorme acumulación de trabajo en la agencia.

Lo siguiente fue llamar a la casa de mi prima Luisa. Ella había tenido un bebé poco antes de que naciera Michelle. Le pregunté si me podía prestar el certificado de nacimiento de su bebé por unos días y así poder comparar un certificado legítimo con el de Michelle. Luisa, que llevaba una vida aburrida, estaba feliz de poder ayudarme. Antes de tener a su hijo, trabajaba como ejecutiva de cuentas en el Barnett Bank de Miami. Aunque estaba feliz con su maternidad, yo estaba segura de que su cerebro se estaba derritiendo en su casa.

Corté la comunicación y me asomé a la sala contigua. Leonardo estaba recostado en una de las máquinas, como si estuviera a punto de soportar una dolorosa operación quirúrgica. Entonces sonó el teléfono.

José Antonio no demoró en ir al grano.

—Elvira tiene también diez certificados de nacimiento de cada niño. Mandé a un mensajero a su casa para que los recoja. En una hora los tendrá en sus manos.

—¿Elvira le preguntó por casualidad a Betancourt por qué le dio tantos?

—El que hizo la pregunta fue el esposo de Elvira. Recuerde que es un contador. Seguramente pensó que Betancourt se aprovechaba para cobrarles de más —José Antonio se rió lánguidamente—. Betancourt dijo que prefería que tuvieran varios certificados porque era posible que le llevara mucho tiempo hacer el registro en el condado.

Yo no dije nada. Betancourt atendía a gente desesperada, el tipo de cliente que no hace preguntas.

—Le pido que sea honesta conmigo. Evidentemente, ha encontrado algo.

—La razón por la cual Betancourt les dio a ustedes y al resto de los padres tantos certificados es que no tenía la menor intención de registrar el nacimiento de los niños en el condado de Dade. Fui a la Oficina de Registro y descubrí que Michelle nunca había sido registrada. Para el condado de Dade, Michelle no existe.

José Antonio no dijo nada. Le di un momento para que absorbiera la noticia. Luego, el hombre gritó.

—¡Anita, te dije que te quedaras afuera! ¡Vete de aquí y cierra la puerta!

Oí en su voz algo que no hubiera esperado: turbación.

—Supongo que lo mismo sucedió con los hijos de Elvira —dije—. Creo que podré darle más información cuando vea los documentos que usted mandó a buscar.

—¿Esto es bueno o malo en cuanto a la posibilidad de encontrar a la madre biológica? —preguntó José Antonio.

—Todavía no lo sé. Lo mantendré al tanto de cualquier novedad. Lo prometo.

Sabía que mi promesa no había sonado creíble, pero era todo lo que podía dar.

—Hay algo más —agregó Moreno, a regañadientes—. Lucía..., Lucía quiere que usted vaya a casa a visitar a Michelle. Mi esposa siente que eso ayudaría a su investigación.

—¿Puede ser mañana, después de almorzar? —dije sin pensar.

Enseguida advertí que no era la mejor idea del mundo. Las emociones de los Moreno eran tan fuertes que podría quedar atrapada en ellas. José Antonio dijo que me esperaban, y cortó la comunicación.

En menos de una hora tenía en mis manos los certificados de los hijos de Elvira. Los coloqué sobre el escritorio junto al de Michelle. Los documentos eran idénticos, excepto por el nombre de los niños y de sus padres y por las fechas de nacimiento. El hospital también era el mismo, el Jackson Memorial. Y el doctor también era el mismo: Allen Samuels. Todos los documentos parecían igualmente auténticos, inclusive el sello del notario que los legalizaba.

Leonardo irrumpió en mi oficina y se arrellanó en una de las sillas. Se limpió el sudor de su frente y luego flexionó sus pectorales. Parecía satisfecho con los resultados del día; tanto que pensé en ofrecerle un espejo.

—¿Necesitas algo, Leonardo?

Sus ojos se abrieron y se peinó un mechón que le caía sobre la frente.

—Sólo vine a saludar —dijo él, lentamente—. Oí que hablabas por teléfono.

—¿De verdad? ¿Pudiste oír pese a tus gritos? ¿El parto salió bien? ¿Es varón o mujer?

Leonardo sacudió la cabeza y se puso de pie. Estaba acostumbrado a mis sarcasmos, pero esta vez sentí que estaba descargando sobre él mi propia frustración.

—Perdóname, Leonardo; de verdad lo siento —dije mientras él caminaba hacia la puerta.

—Está bien. Por mí cerraría la puerta, pero quiero poder atender el teléfono cuando suena —con el rabo entre las piernas, esperó en el pasillo—. De todos modos, quería que pienses en mi idea.

Me mordí literalmente la lengua antes de decir algo insultante acerca de Charity, o Peace, o como diablos se llamara la maldita profesora de yoga.

—No puedes averiguar dónde nacieron estos niños, ¿verdad? Y estás buscando un médico del Jackson Memorial... —Leonardo se encogió de hombros—. Leí las anotaciones que dejaste sobre el escritorio cuando saliste.

—Está bien, está bien. ¿Y a dónde quieres llevarme?

—A Gladys Rodríguez —dijo Leonardo.

Esperó a que yo hurgara en mi memoria y luego se fue. Los golpes que se daba contra los músculos de su estómago todavía podían oírse.

Gladys era la enfermera que cuidó a mi madre durante sus últimos meses de vida. Ella había trabajado durante años en la sección de natalidad del Jackson. Se había retirado hacía unos años, pero era posible que recordara al doctor Allen Samuels.

Cuando ella atendió el teléfono, su voz chirriante e intensa me llevó atrás en el tiempo.

—¿El doctor Samuels? ¿Samuels? Dame un minuto para pensarlo.

Gladys se mantuvo un rato largo en silencio y yo temí que su mente, antes rápida y aguda, se hubiera deteriorado con el paso del tiempo.

—Lupe, querida, había tantos médicos allí... Jackson es el hospital donde los alumnos de la Escuela de Medicina de la Universidad de Miami hacen sus prácticas. A veces los residentes, e incluso simples estudiantes, supervisaban un parto. Y también médicos visitantes. Había tantos... Pero ya recuerdo a Samuels. Creo que estuvo allí mucho tiempo.

Gladys suspiró con una pequeña exhalación musical. Debía haber pasado hacía rato los setenta años, pero todavía sonaba tan despierta como antes.

—¿Sabes una cosa? Ahora lo recuerdo bien —dijo—. Era un excelente médico. De hecho, creo que alguien me dijo algo acerca de él hace poco. Ay, esta cabeza mía. Desde que me jubilé siento que ella hizo lo mismo.

Ambas reímos al unísono.

—Se te oye muy bien, Gladys. Es bueno saber que sigues tan bien como siempre.

—Gracias. Llamaré a mi amiga Regina. Ella era asistente del jefe de obstetricia del Jackson, de modo que seguramente recordará al misterioso doctor Samuels. ¿Qué es lo que quieres saber?

—Necesito saber dónde vive. Estoy investigando un caso de un bebé cuyo parto asistió.

Gladys elevó la voz.

—Ah, un *caso*. No podía creer lo que oía cuando me contaron que eres detective. Eras una niña tan agradable, Lupe...

Mientras esperaba que Gladys me volviera a llamar, empecé a pensar en algún regalo para darle a Leonardo por ayudarme y para aplacar su enojo por haberme burlado de él. Cuando el teléfono sonó, me había decidido por un vaso extra grande de su jugo con proteínas preferido.

Era Gladys.

—Hablé con Regina. Dice que el doctor Samuels se retiró hace aproximadamente cinco años y que piensa que se fue a vivir a Carolina del Norte. Él y su esposa tenían una casa aquí. Regina recuerda haber ido para su fiesta de despedida. Dice que era un buen profesional, pero que tuvo algún problema y esa fue la razón por la que se fue. ¿Es suficiente, Lupe? ¿Contenta con mi trabajo?

Estaba claro que para Gladys esto era más entretenido que mirar telenovelas todo el día.

—¿Qué tipo de problemas tuvo? —pregunté, mientras sentía un cosquilleo que suele aparecer cuando estoy a punto de descubrir algo importante.

—No, eso no lo sé. —Gladys se cortó bruscamente. Le gustaba chismear, pero recordé también que siempre protegía a su gremio.

—¿Piensas que Regina querrá hablar conmigo? —el cosquilleo se hacía más intenso.

—La llamaré para preguntarle, Lupe. Y luego te vuelvo a llamar —dijo Gladys, y después cortó.

Quien me llamó fue la misma Regina.

—¿Guadalupe Solano? —dijo con voz profunda y agradable—. Gladys me habló mucho de su familia. Siempre decía que su madre era una mujer maravillosa.

—Muchas gracias —dije yo con discreción.

—Gladys me dijo que está interesada en el doctor Samuels. Puedo ayudarla, pero no por teléfono. Prefiero que nos encontremos cara a cara.

Yo me mostré de acuerdo. La mentalidad de la vieja generación de cubanos no me era de ningún modo extraña. Regina quería darse importancia invitándome a visitarla. Además, seguramente estaba aburrida y deseaba tener visitas. Mañana iba a pasarme unas horas en el porche de Regina, tomando café y hablando de Cuba. No era demasiado sacrificio teniendo en cuenta que la recompensa podía ser averiguar qué era lo que le había pasado a Samuels.

Cuando salí, Leonardo estaba en su escritorio pegando unos pequeños símbolos místicos de papel en un volante sobre yoga. La verdad es que no me molestó para nada.

—Leonardo, eres un genio —le dije.

Él sonrió.

—¿Funcionó?

—Sí, claro que sí. Muchas gracias.

—Grandioso —dijo—. Sabes, quería preguntarte entonces si...

Yo lo detuve levantando una mano.

—Lo que tú quieras —dije—. Pero no me lo digas ahora. Las cosas están yendo muy bien.

Cerré mi oficina con llave y estuve parada un rato junto a la ventana del hall, escuchando a los loros parlotear. La brisa de la tarde transportaba un dulce aroma floral. La vida era hermosa y valía la pena vivirla.

**6**

—¿Emma? Hola, habla Lupe.

—Hola, niña, ¿cómo has estado?

—Ocupada, realmente muy ocupada. ¿Tienes algo que hacer hoy a la hora del almuerzo? Necesito tu asesoramiento para un caso que estoy investigando.

—Sólo dime dónde y a qué hora.

—¿Cómo te suena Joe's a las doce y media?

—Como música para mis oídos. Me encanta almorzar gratis, y además casi no desayuné.

Emma Gillespie era una de mis mejores amigas. Fuimos compañeras de clase desde el jardín de infantes hasta el high school, pero no nos hicimos realmente íntimas hasta que Mami enfermó. Emma había perdido a su madre cuando niña, y en cuanto se enteró de lo que pasaba con mamá, me llamó y retomamos nuestra amistad. Ella había estudiado leyes en Harvard, luego sudó la gota gorda como fiscal federal y finalmente se convirtió en una de las más respetadas abogadas criminales de Dade County.

Yo le debía muchísimo a Emma y no sólo porque había estado junto a mí en una etapa dolorosa de mi vida. Su amistad me servía también para acceder a las comunidades legal y policial, donde ella tenía una gran influencia. Después de almorzar con Emma, iba a entrevistar a Regina. Con la ayuda de la suerte, en unos días podría tener en mis manos las pistas suficientes para resolver el caso Moreno.

Mientras me acercaba a Miami Beach, mi apetito iba en aumento. Sabía bien lo que Emma y yo pediríamos: dos platos de cangrejos gigantes, unas papas doradas, espinaca a la crema y una gran porción de pastel de limón, todo regado con un buen vino blanco helado. La única diferencia entre nosotras era el vino: yo lo prefería seco, y Emma dulce. Hoy le tocaba a ella.

Cuando estacioné en Joe's vi que el Porsche rojo de Emma era retirado por un valet. Todavía no eran las doce y media. Emma era la única persona que podía hacerme sentir que llegaba tarde cuando estaba llegando temprano. Es que yo tenía un sentido del tiempo cubano, y ella un sentido WASP. Aceleré justo antes de llegar a la zona donde debía dejar el automóvil, y al valet casi le da un infarto.

Cuando ingresé al restaurante, Emma le estaba dando su nombre al maître. Me alivió verla vestida con ropa informal (una T-shirt rosa, pantalones de algodón y sandalias). Eso significaba que íbamos a tener un almuerzo placentero, sin la proximidad de reuniones laborales o presentaciones ante los jueces que limitaran su tiempo y su atención. Emma llevaba su sombrero de paja preferido con una flor de peonía fucsia prendida a una cinta de terciopelo negro. Con su belleza fresca y su piel perfecta, Emma podía pasar fácilmente por una modelo de anuncio de champú. Exudaba salud y limpieza y no parecía tener ninguna preocupación en la vida. Pero sus oponentes en la corte solían comprender tardíamente que su apariencia inocente escondía una mente filosa.

En cuanto me vio, vino hacia mí y me abrazó con tal fuerza que casi me derriba. Yo le llevaba sólo un par de meses, pero ella era una adolescente eterna.

—Hay sólo un par de personas en la lista de espera —dijo, acomodándose el sombrero—. En unos minutitos estaremos sentadas a la mesa.

Yo miré hacia el salón que estaba lleno. Por lo menos no habíamos ido a cenar; en ese caso, la espera podría haber sido de una a tres horas. En Joe´s no aceptaban reservas, y la única prioridad para obtener una mesa era el orden de llegada.

—Supongo que le diste una propina al tipo... —susurré.

—Por supuesto —Emma le echó una sonrisa al maître, que venía hacia nosotros con sendos menús para llevarnos a nuestra mesa. Caminando delante de mí, Emma se volvió y se inclinó para hablarme al oído—. Democracia en acción —dijo.

Cuando nos sentamos, todavía estábamos riendo. Los dueños de Joe's solían repetir que, en su restaurante, el primero que llegaba era el primero que se sentaba y el primero en ser atendido. Sólo dos clases de clientes se creían eso: los crédulos y los novatos.

Permanecimos un minuto en silencio porque Emma estaba leyendo el menú. Realmente, parecía que nunca iba a cambiar. Era la única mujer que yo conocía que usaba colonia Jean Naté después de los dieciséis, y las pocas veces que no usaba sombrero, cuando iba a un juicio, se peinaba con raya en el medio y con el cabello cayéndole libremente por la espalda, exactamente como lo usaba en el high school. Una revista de entretenimientos de Miami había hecho hacía un par de años una nota con las diez mujeres solteras y profesionales más hermosas de la ciudad, y entre ellas estaba Emma. Cuando el editor le preguntó cómo hacía para mantener tan bello su cabello, Emma le dijo la verdad: que se lo lavaba con el champú que estuviera en oferta y que lo secaba dirigiendo hacia él las ventanillas del aire acondicionado del auto mientras iba a la oficina. Una vez que estaba apurada, se lavó el cabello con el champú para pulgas de su perro. Ese editor no tenía evidentemente el menor sentido del humor, la anécdota no salió en la nota.

Emma hizo el pedido —todo lo que yo había predicho, incluyendo el vino dulce—, luego se inclinó sobre la mesa y me tomó la mano.

—Qué bueno encontrarnos, hace mucho que no te veo —dijo, y luego retiró su mano—. Pero hoy me pareció que querías hablar de trabajo. ¿Qué es lo que ocurre?

—¿Recuerdas que hace un par de años me contaste que llevaste un juicio donde también intervino Elio Betancourt?

—¿El hijo de puta ése?

—Sí, ese mismo hijo de puta.

Emma frunció el ceño, como si acabar de morder un limón podrido. Intentaba mostrarse disgustada, pero simplemente era demasiado linda como para lograrlo.

El ayudante del camarero llegó con una canastilla de pan y unas gruesas rebanadas de mantequilla. Detrás venía el camarero, que comenzó a servir el vino; en cuanto Emma bebió un sorbo e hizo un gesto de aprobación, hicimos tintinear los vasos y los vaciamos. El camarero, algo sorprendido, volvió a llenarlos rápidamente. Yo advertí que sus ojos brillaban esperanzados: era posible que en esta mesa se consumiera más de una botella.

—¿Qué quieres saber? —preguntó Emma.

—Tengo un caso en el que Betancourt está metido hasta la coronilla.

Emma untó una gruesa rebanada de mantequilla en un trozo de pan.

—Que tengas buena suerte y cuida bien tus espaldas —dijo.

Yo corté un panecillo de cebolla por la mitad, lo cargué bien con mantequilla y mordí un trozo. A ninguna la perseguia la tiranía de las bajas calorías.

—Cuéntame acerca del caso —dijo Emma con la boca llena de pan.

Mientras esperaba mi respuesta, alargó la mano hasta el balde y tomó con elegancia la botella de vino. Cuatro hombres que estaban sentados en la mesa vecina observaban admirados. Hoy en día no hay demasiadas mujeres que exhiban sus apetitos en público.

Le resumí lo que los Moreno me habían contado y las averiguaciones que yo había hecho. Sabía que podía confiar en Emma como amiga pero también como abogada.

—¡Vaya! —dijo al final de mi exposición—. ¡Es una verdadera rata! Yo sabía que era inescrupuloso y no muy respetuoso de las leyes, pero nunca pensé que pudiera estar involucrado directamente en un hecho criminal. Sabía que era socio de algunos marginales, pero esto es increíble.

El mozo llegó con una enorme bandeja en la que traía nuestros platos. Cuando Emma y yo nos ponemos a comer, no hay lugar para la conversación. Dejamos a Betancourt de lado y nos concentramos en el placer de la comida y la bebida. El camarero nos ofreció unas servilletas para el pecho pero nos negamos con un gesto. Eso es para los turistas. Nos dispusimos a luchar con nuestros cangrejos, alternando entre la salsa de mostaza y la mantequilla. Las papas, como siempre, estaban grasosas y deliciosas. Sólo cuando nos tomamos un pequeño intermedio le contesté a Emma.

—Eso mismo pensé yo —dije, limpiándome las manos—. Sabía que Betancourt no era la Madre Teresa, pero no sé qué hace un abogado criminal dedicándose a las adopciones, no importa si son legales o ilegales. ¿Acaso necesita dinero? ¿Tú sabes cómo le está yendo en la profesión?

—Por Dios, Lupe, cálmate —Emma introdujo un enorme bocado de papas en su boca—. ¿Qué piensas, que soy experta en Elio Betancourt?

—Vamos, sé muy bien que todos ustedes no le pierden pisada a sus colegas —dije—. Después de todo, ¿quién sabe cuándo pueden necesitar un buen abogado defensor?

Emma frunció su nariz, divertida, mientras bebía otro largo sorbo de vino.

—¿Tú me lo dices? ¿Has infringido alguna ley mientras investigabas este caso?

Yo me hundí en la comida y no contesté.

—¿Y de su vida personal? —pregunté—. ¿Conoces algún secreto vergonzoso?

—Bueno, sé que engaña a su esposa con cada mujer que se le cruza en el camino. Todo para él huele a sexo.

—¿Hablas por experiencia propia?

Los tipos de la mesa vecina habían terminado de almorzar y se habían levantado de la mesa. Yo percibí que hacían todo lo posible por no mirar cuando pasaron junto a nuestra mesa.

Emma parecía no advertirlo.

—Bueno, sin duda que fue una proposición muy fácil de rechazar —dijo—. De todas maneras, a su esposa Margarita sólo le interesa la vida social. Me han dicho que el tipo ha tenido una larga serie de amantes a lo largo de los años. Seguramente es para eso que necesita el dinero. Esa clase de mujeres es cara.

—Vamos, Emma, despiértate. Betancourt es cubano. Por supuesto que tiene amantes. Seguramente es un ítem más en su presupuesto. ¿Qué más sabes de él?

—Espera, espera un minuto —dijo Emma. El camarero estaba trayendo el pastel de limón—. ¿Me trae un café, por favor?

El camarero asintió y se dirigió a la cocina.

—No sé qué es peor —dije—, que en Joe's, un restaurante de la capital no oficial de América Latina, no sirvan café cubano o que tú pidas esa basura americana aguada.

Emma se encogió de hombros.

—Perdóname, pero esa cosa cubana sabe a alquitrán con azúcar.

Yo me llevé a la boca un trozo de pastel. Nunca coincidíamos en el vino o el café, pero de todas maneras tolerábamos el gusto de la otra.

—En fin —dijo Emma, ya con medio pastel terminado—, la lista de clientes de Betancourt es el *Quién es quién* del mundo del narcotráfico. Supongo que lo sabes. Me han dicho que ese comportamiento también tiene que ver con la esposa. Ella está muy preocupada por su posición social y él hace todo lo posible por hundir su prestigio.

—¿Hasta ese extremo llega?

—No lo sé. Mejor pregúntame cuándo me casaré —dijo Emma—. Pero la ironía de todo esto es que él es considerado un buen abogado. Llevó un par de casos de daños personales y logró grandes resultados para sus clientes. También llevó un juicio contra el Dade County School Board, a favor de unos maestros que habían sido despedidos injustamente. No recuerdo cuál era la causa, pero sí que él ganó el juicio.

—Parece que es un tipo complejo.

—De eso no hay dudas.

Le hice una seña al camarero para que nos trajera la cuenta. El vino me había adormecido y todavía tenía que ir a visitar a los Moreno y luego ir hasta Sweetwater a encontrarme con Regina.

Salimos después de pagar la cuenta y nos detuvimos un momento bajo el sol de la tarde, que me cegó y me provocó un instantáneo dolor de cabeza.

—Si sé algo más, hermanita, te lo haré saber —dijo Emma cuando llegó su automóvil.

Una vez que yo me subí al mío, pasé por Ocean Drive. El sol jugaba con el agua, formando semicírculos luminosos que bailaban sobre la superficie azul. Encontrarme con Emma me relajaba. Su tranquilidad frente a la vida era para mí un suave masaje. Pero saber que había una niña gravemente enferma y que yo era su última esperanza me impedía estar en paz.

# 7

No necesitaba mirar por el espejo retrovisor para darme cuenta de que mi lentitud estaba creando una fila de automóviles detrás de mí. Estaba manejando más lento incluso que las ancianas que iban en el Cadillac rosa, pero acelerar era algo que en ese momento estaba más allá de mis posibilidades. Desde que había hablado con José Antonio Moreno el día anterior, no había pensado demasiado en la visita a Michelle. Pero el momento había llegado y yo me sentía terriblemente mal. Hacía años que no entraba a un pabellón del Jackson Memorial y no tenía el menor apuro por volver.

Por primera vez en mi vida respeté el límite de velocidad en Old Cutler Road. Enseguida, algunos automovilistas desesperados comenzaron a pasarse al carril opuesto, intentando dejarme atrás. El instinto de autoconservación me obligó a acelerar. No quería convertirme en picadillo gracias a la torpeza de un cowboy que intentara superarme en el momento equivocado. En cuanto aceleré, los automovilistas que me seguían se pegaron detrás de mí. Pude sentir su alivio cuando finalmente llegué a veinticinco millas por hora, encima del límite de velocidad.

José Antonio había confirmado con Leonardo el horario de mi visita, y entonces supe que él estaría esperándome junto a Lucía.

Gracias a Dios, el vino del almuerzo ya estaba siendo digerido. Habría sido una falta de respeto presentarse allí con aliento a alcohol. Pero de todas formas rogué para que la sensación de calma que me daba el vino no se fuera del todo. Sabía que la visita iba a ser muy dura para mí.

La noche anterior, después de intentar dormirme durante un par de horas, había tenido una pesadilla. Había un ataúd de niño rodeado de flores blancas sobre el escenario de un teatro de Broadway vacío, con luces encendidas por detrás. Vestida de negro, caminaba en cámara lenta hacia el ataúd. Adentro había una niña pequeña, cubierta con unas sábanas rosas, dormida apaciblemente. Su piel era blanca y lisa como el marfil, excepto por una mancha de nacimiento en el cuello. La niña abrió sus ojos verdes llenos de lágrimas que manchaban la almohada de satén.

No creo necesario aclarar que desperté con el corazón latiendo fuertemente, empapada en sudor. Era la madrugada. Me levanté y abrí el ventanal que da al balcón. Necesité un poco de café cubano y una hora de mirar las aguas oscuras de la bahía de Biscayne antes de empezar el día.

Mientras ponía la luz de giro para doblar hacia la izquierda en Gables Estates, me sentí como una prisionera en marcha hacia su celda. Fui bajando lentamente la velocidad a medida que llegaba a la cabina de guardia. Le di mi nombre al hombre de seguridad y dije que iba a visitar a los Moreno. Esperé a que el tipo anotara el número de mi placa. Luego me saludó. Cuando me volví unos metros más adelante, seguía observándome. Este es el precio que la gente paga cuando vive en barrios cerrados: guardias sospechosos y paranoicos que, si por ellos fuera, impedirían la entrada de todo aquel que no reside allí. Incluyendo, supongo, a los invitados anunciados.

Emma vivía en Gables Estates con su familia cuando íbamos al colegio, de modo que yo conocía bien el camino. Los Moreno vivían a sólo una cuadra de la antigua casa de los padres de Emma, y yo sonreí involuntariamente cuando pasé por el lago donde solíamos hacer esquí acuático. El lugar no había cambiado mucho, y las casas se veían más grandes de lo que yo recordaba. Entonces comencé a mirar los números de las casas y advertí que estaba cerca. Era hora de salir del camino de la memoria.

La casa de José Antonio y Lucía era la última de la cuadra. Era colonial, de dos pisos, imponente, color arena, escondida de la calle por unos ficus plantados muy juntos. En cuanto entré y abrí la puerta del auto, oí una voz que me llamaba.

—¡Señorita Lupe! ¡Señorita Lupe!

Cuando mis pies tocaron el asfalto, una pequeña anciana vestida con el tradicional uniforme negro y blanco de las amas de llaves se había aparecido frente a mí. Tuve que esperar a que recuperara el ritmo normal de su respiración para saber qué era lo que había provocado ese urgente recibimiento. Yo no soy ningún gigante, pero esta mujer apenas me llegaba al pecho.

—Señorita Lupe —jadeó otra vez.

Esta habitante de Liliput tenía la cara roja como una muñeca. Tomó un pañuelo de su bolsillo y comenzó a secarse los ojos. Yo ya no podía soportar la espera.

—¿Qué ocurre? —pregunté.

—Michelle está en el hospital. La señora la estaba esperando cuando Michelle comenzó a sentirse mal.

Mis temores más grandes se estaban convirtiendo en realidad. Tendría que ir a ver a la niña al hospital.

Casi abrazo a la mujer para consolarla.

—Se veía muy mal —dijo—. Como la otra vez. La señora llamó al 911, ellos vinieron y se la llevaron. La señora fue en la ambulancia con la niña. Me pidió que la llamara a usted, pero yo no tenía su número.

—Está bien —dije deprisa—. ¿Están en el Jackson Memorial?

El ama de llaves asintió y se sonó la nariz. La situación era evidentemente muy seria, y la preocupación de esta mujer me conmovió. Los niños son así. Aunque no quieras, no puedes evitar preocuparte por ellos. Rocé ligeramente el brazo de la mujer y volví al Mercedes.

No tenía otra alternativa que ir a Jackson. Mientras manejaba, rogué que la pequeña estuviera bien. El tráfico estaba inusualmente ligero, al menos para los parámetros de Miami, y en pocos minutos llegué al hospital. Estacioné en el sector exclusivo para médicos, detrás del ala de oncología, confiando en que el Mercedes se confundiría con los automóviles de los médicos.

Mientras entraba al hospital sentí un escalofrío y miré automáticamente hacia la plaqueta de bronce donde podía leerse el nombre de Mami en la pared norte del área de recepción. Al morir ella, Papi donó medio millón de dólares en su nombre. Cuando yo trabajaba como voluntaria, solía rezar por mi madre y tocar la plaqueta antes de comenzar con el trabajo. Esta vez repetí el viejo ritual mirando alrededor para ver si alguien me estaba observando.

No necesitaba preguntar dónde estaba el pabellón de pediatría. Oprimí el botón del ascensor hasta el cuarto piso y esperé a que sus pesadas puertas se abrieran otra vez. Era como si nunca me hubiera ido de allí.

Cuando salí del ascensor, vi a José Antonio al final del pasillo, inclinado contra la pared. Caminé hacia él. El golpe de mis tacos contra el piso de linóleo sonaba demasiado fuerte. Antes de llegar hasta donde estaba el padre de Michelle, pasé por la antigua habitación de Elena y tuve, por un instante, la sensación de que la volvería a ver.

José Antonio estrechó mi mano.

—Gracias por venir. Michelle está realmente mal —dijo, desviando la mirada—. Pero los médicos piensan que han logrado estabilizarla. Hasta la próxima, por supuesto.

Me hablaba como si yo fuera una vieja amiga en quien él podía confiar. Lucía salió de la habitación con una jarra vacía en sus manos. Me sonrió lánguidamente.

—Muchas gracias. ¿Rosa le dijo que estábamos aquí?

—Sí. Y está muy angustiada —agregué, sin saber bien por qué.

Lucía pensó un momento y luego le dijo a su marido:

—Ve adentro, José Antonio. Siéntate un rato junto a Michelle.

José Antonio obedeció cual robot.

—Quiero hablarle a solas —dijo Lucía.

Caminamos hasta la oficina de las enfermeras y esperé mientras ella llenaba la jarra con agua y hielo. El pabellón, como siempre, estaba tranquilo, con una pesada sensación de tristeza detrás de una apariencia tranquila.

—Mi marido está muy alterado —dijo Lucía mientras volvíamos—. Casi no duerme y tampoco come. Los médicos dicen que ya casi no tenemos tiempo. ¿Cómo le está yendo en la búsqueda de la... madre de Michelle?

La voz de Lucía era baja y su respiración pesada. Muy pronto serían tres los Moreno hospitalizados, a menos que yo aportara alguna solución. El miedo al fracaso me hacía subir la bilis hasta la garganta y tragué con dificultad.

—Estoy siguiendo varias pistas y trabajando todo lo que puedo —dije, un poco a la defensiva—. Muy pronto algo aparecerá, estoy segura. Se lo puedo prometer.

Cuando Lucía se volvió para mirarme inexpresivamente, otra vez sentí el gusto de la bilis. No sé si realmente me creía, pero no tenía otra opción que confiar en mí. Cuando llegamos a la habitación de Michelle me pidió que esperara afuera. Yo conté las manchas en el piso hasta que la puerta volvió a abrirse.

Lucía me hizo un gesto para que entrara. Mientras me acercaba a la cama, sentí que mi corazón estaba a punto de explotar. Cuando la vi, tuve que apoyarme en la baranda de la cama para no caerme. Aquí estaba la niña de la fotografía, la niña de mi pesadilla. Estaba dormida y sus párpados cerrados estaban atravesados por manchitas púrpuras. Aparentemente, la tormenta había pasado; no había monitores ni respiradores. Sólo un tubo que corría por su brazo indicaba que ella no estaba nada bien.

Sentí que José Antonio y Lucía se retiraban a mis espaldas y cerraban suavemente la puerta. Sola con la niña, extendí la mano y acaricié su mejilla. Sus párpados parecieron agitarse por un instante.

—Creo que debería presentarme —me sentía ridícula—. Mi nombre es Lupe Solano. Soy detective privada.

Ella seguía durmiendo.

—No te preocupes, la encontraré —dije en un murmullo—. Te lo juro.

# 8

Sweetwater era una ciudad, al oeste de Dade County, fundada por una troupe de enanos rusos que se habían escapado de un circo de gira por South Florida. También era conocida como Little Managua por la presencia de refugiados nicaragüenses. Mezclados entre ellos había unos pocos cubanos, a quienes sin duda les tranquilizaba la presencia de antiguos soldados de Somoza patrullando las calles. En este lugar vivía Regina Larrea.

Yo me sentí orgullosa de haberme equivocado sólo tres veces antes de llegar a su casa, pequeña, cuidada y recién pintada. El almuerzo me había adormecido un poco. Me sentía cansada, gorda y con un poco de resaca. Llegué veinte minutos después de las tres de la tarde. Afortunadamente para mí, la impuntualidad entre cubanos era una costumbre aceptada.

Mientras esperaba bajo un sol sofocante a que abriera los candados de la puerta de entrada, le eché una ojeada a Regina. Era pequeña y compacta. Ya había cumplido seguramente los setenta y exudaba un aire de total firmeza. Estaba claro cómo había logrado sostenerse en su importante empleo en Jackson por tanto tiempo.

Después de observar cuidadosamente todas sus precauciones contra el crimen, le eché una mirada paranoica a mi Mercedes como si fuera la última vez que lo veía en mi vida. Bueno, al menos estaba asegurada.

Seguí a Regina hacia el interior de la casa.

—¿Quieres un vaso de limonada? —preguntó mientras caminaba hacia la cocina.

Yo acepté y me dispuse a observar los detalles del interior mientras ella preparaba la bebida. Era un lugar inmaculado, con pequeños tapetes de crochet en los brazos de las sillas y cortinas bordadas que dejaban ver las ventanas selladas por barras de hierro. Sobre un estante de madera a baja altura, una serie de fotos mostraba a una familia con rasgos hispánicos, primero en las calles y en los patios traseros de la vieja ciudad de La Habana y luego en fotografías en colores tomadas en el exilio en Florida.

—Ven, vamos a sentarnos en las mecedoras —dijo Regina detrás de mí, sobresaltándome con su voz áspera.

Señaló con su bandeja un par de sillas blancas de madera. Cuando ya estábamos sentadas disfrutando de la limonada en vasos de plástico, me preguntó de qué manera podía ayudarme.

Le conté la historia de los Moreno y de su hija, guardándome sólo algunos detalles innecesarios. Regina me había impresionado como una mujer práctica y me pareció mejor evitar la charlatanería.

—El doctor Allen Samuels —dijo Regina limpiando una pelusa que había en su vestido de algodón. Se había mostrado muy distante cuando le dije que los bebés cuyo parto él había supervisado luego habían sido adoptados ilegalmente—. Desde que Gladys me preguntó por él, estuve intentando recordar todo lo que pude. Mira, inclusive encontré una vieja fotografía de él, de su fiesta de despedida.

Me entregó una fotografía levemente arrugada de un hombre viejo y distinguido rodeado de una docena de mujeres vestidas con uniforme de enfermeras. La fotografía había sido tomada en el hospital; en el fondo podían verse toneladas de instrumental médico.

Había banderitas y globos, y una torta colocada sobre una mesa de acero que estaba en el medio del salón. Di vuelta la foto para ver la fecha: febrero de 1991.

—¿Usted tomó esta fotografía? —le pregunté—. No se la ve allí.

—Así es. La revelé instantáneamente porque con el resto de las enfermeras queríamos enmarcarla y entregársela como regalo de despedida al doctor Samuels. Era una persona muy querida por todas y realmente lamentábamos su partida. Él era amable, no como el resto de los médicos, especialmente los jóvenes.

Le mostré la fecha en el reverso de la fotografía.

—Quiero asegurarme de que la estoy entendiendo bien. Usted me está diciendo que el doctor Samuels se retiró en febrero de 1991. Que en esa fecha ustedes lo despidieron con un pequeño festejo y que inmediatamente él se retiró.

Regina asintió con un gesto rápido. En sus mejillas puntiagudas y su nariz fina y perfecta podía verse que había sido una hermosa mujer, tal vez algo severa en su modo de ser.

—De hecho —dijo—, se fue tan súbitamente que tuvimos que enviarle la fotografía por correo a Carolina del Norte.

—¿Tiene su dirección? —le dije mientras le devolvía la fotografía.

—No recuerdo ni la ciudad ni mucho menos la dirección; tendría que buscar. Últimamente las cosas se me pierden.

—¿Sabe por qué se fue con tanta urgencia?

—No. Oí algunos rumores, pero no les di demasiada importancia —Regina miró la foto de reojo y la guardó en el bolsillo delantero de su vestido—. Jackson es como una ciudad pequeña. Allí trabajan cerca de diez mil personas.

—Y las personas hablan.

Regina me miró y frunció el ceño.

—Exactamente. Yo admiraba y respetaba al doctor Samuels. Además no me gusta chismear.

Esto no estaba conduciendo a ningún lado. No estaba en condiciones de contradecir a Regina, de modo que intenté abordarla de otro modo.

—¿Piensa que podrá encontrar su dirección? —insistí—. Para mí sería muy importante contactarlo para pedirle ayuda.

—Tengo todos mis papeles viejos guardados en cajas en el garaje —dijo Regina—. Tenía la foto en un álbum, pero la dirección debería estar en una caja donde guardo el resto de mis papeles de la época de Jackson. Ya hace muchos años de eso.

El comentario no sonó muy alentador y ella no mostraba la menor ansiedad por ponerse a escarbar en sus viejos papeles. De modo que, sabiendo que se sentiría a gusto, le pregunté:

—Regina, veo que vivió en la vieja Habana. ¿Cómo era la ciudad en ese entonces?

Una hora más tarde le dejaba a Regina mi tarjeta personal y la promesa de volver cuando ella revisara sus papeles. El viaje no había sido totalmente en vano. Ahora sabía que el nombre de Allen Samuels figuraba en certificados de nacimiento posteriores a su partida de Jackson y su retiro de la actividad.

Cuando volví a la agencia, me asombró ver que Leonardo estuviera allí hablando por teléfono, intentando cobrarles a algunos deudores. Lo último que quería era interrumpirlo, de modo que pasé junto a él en puntas de pie y cerré la puerta de mi oficina.

Abrí mi Rolodex y comencé a llamar a algunos detectives jóvenes que había contratado en el pasado. En pocos minutos, ya tenía organizada una vigilancia estricta sobre cada segundo de la vida de Elio Betancourt.

Después de beber un vaso de agua y tomar un par de aspirinas, le escribí una nota a Leonardo indicándole que hiciera algunos llamados para intentar ubicar al doctor Samuels en Carolina del Norte. En caso de que Leonardo no estuviera en condiciones de hacerlo, llamé a un servicio de localización que solía utilizar y pedí que buscaran a Samuels por todo el país. Si el hombre estaba vivo, era posible que pudieran encontrarlo.

Ahora sólo había que esperar y eso me resulta muy difícil. Pero aún así sabía que la información suele venir de a torrentes cuando empieza a aparecer, de modo que comencé a ordenar la pila de papeles que había en mi escritorio. Dediqué el resto del día a la tarea que más odio: escribir informes. Leonardo me había estado ayudando con eso últimamente, y yo no quería desalentarlo en la difícil tarea de cobranzas que estaba realizando.

Nuestro trabajo no era gratis y Leonardo solía comentar que los clientes pagarían con más alegría las facturas si tuvieran en sus manos un producto terminado. Yo le reconocía eso, pero estaba segura de que ahora tenía en mente un nuevo aparato de gimnasia. Supongo que pensaba que cuanto más facturáramos, menos posibilidades había de que yo objetara la compra de ese tipo de máquinas. Seguramente estaba en lo cierto, pero yo jamás lo admitiría. Antes, él compraba el equipo por cuotas, pero cuando yo le señalé que estábamos pagando tasas de interés exageradas, comenzó a pagar los nuevos al contado. De alguna manera, Leonardo me había convencido de que estábamos ahorrando dinero con la compra de sus aparatos. Él decía que era mucho más productivo que él pudiera hacer gimnasia en la agencia, en lugar de tener que ir a un gimnasio de verdad.

Mientras la tarde se convertía en noche, empecé a deprimirme. Leonardo ya se había ido a su casa, y la fila de informes en mi escritorio crecía y crecía. Descubrí algunos que tenían un atraso de seis meses. Yo esperaba que los clientes todavía me recordaran y que recordaran el trabajo que yo había hecho para ellos.

—Bueno, ánimo, Leonardo —le dije a la oficina vacía—. Te entrego un par más de éstos y puedes irte tranquilamente a tu Mundo Gimnasio.

Dos días más tarde tenía en mis manos un par de informes diarios sobre la actividad de Elio Betancourt hechos por jóvenes detectives. Me sentía fresca y descansada después de haber ido a casa temprano las dos últimas noches y haber dormido como un recién nacido.

Si esos dos días no constituían una excepción, Elio era una verdadera máquina. Cada minuto que pasaba despierto lo dedicaba a trabajar o a la vida social. Cualquier forma del relax era, aparentemente, un concepto extraño para él. Trabajaba toda la mañana, bebía muchísimo al mediodía, trabajaba nuevamente toda la tarde en su oficina o en los tribunales, cenaba en la noche con colegas y luego venía el postre: visitas a sus amantes en horarios varios. Sólo leer lo que hacía me producía cansancio.

Sí, era muy interesante leer el registro de su vida, aunque no aportaba nada para mi investigación. No me importaba a cuántas noches de caridad iba con su esposa ni la cantidad de amantes que tenía. Yo estaba buscando algo fuera de lugar, algo inusual. Mi única ventaja era que la vida social de clase alta que llevaba Betancourt me era familiar, de modo que no hubiera sido difícil para mí encontrar algo que no encajara allí.

Por otra parte, no estaba más cerca de encontrar a Samuels que al principio. Regina no había llamado, Leonardo se había gastado los dedos llamando a North Carolina y mi servicio de localización no había podido encontrarlo, aunque seguía investigando. No era posible que el hombre hubiera desaparecido de la faz de la tierra sin dejar rastros.

Tomé el papel donde Leonardo había dejado escrito un mensaje telefónico de José Antonio Moreno. Tenía que llamarlo y decirle lo poco que había avanzado. Yo todavía no había entrado en pánico. Esteban me había enseñado que nunca debía apurar un caso porque lo arruinaría. Pero sabía que José Antonio no lo tomaría bien. Sería inútil explicarle que la investigación no podía ser forzada, que había que dejarla caminar hasta que llegara por sí misma a una conclusión.·

José Antonio contestó a la primera llamada. Supongo que estaba solo en su oficina porque su voz tenía el sonido metálico que se produce al hablar a través del manos libres. Le dije que estaba intentando encontrar a Samuels, pero que todavía no lo había logrado.

Hubo un largo silencio.

—¿Está usted ahí?

—Sí, lo siento —dijo con la voz distante por el micrófono—. Le pido disculpas. Es que anoche no dormí.

Sentí que me invadía una oleada de pánico.

—¿Qué... tan mal está?

—Su recuento globular es bajo y sólo recupera la conciencia por intervalos. En este momento está estable, pero la enfermedad progresa. Mi esposa está en casa intentando dormir antes de que ambos volvamos al hospital esta noche.

—No sabe cuánto lamento todo esto, señor Moreno.

—Hay tiempo, señorita Solano, pero no tanto como habíamos pensado —José Antonio elevó la voz, parecía como si hubiera pegado su boca al micrófono—. La necesitamos.

Me sentí inundada por la emoción. Vinieron a mi mente los recuerdos de mi miedo y mi desesperanza creciente a medida que la salud de Mami empeoraba con el paso de las semanas. La rabia que sentía entonces volvió, casi dirigida contra José Antonio. «¿No sabe que estoy haciendo todo lo que puedo? No fui yo quien hizo que esta niña se enfermase».

Pero luego cerré los ojos y respiré hondo.

—No se preocupe, señor Moreno. Algo bueno ocurrirá.

Corté. «¿Y ahora qué?».

## 9

Al día siguiente, horas antes del amanecer, sonó mi teléfono celular. Me tomó un minuto darme cuenta de que era el teléfono que estaba en mi mesa de noche y no parte de un sueño en el que perseguía a Elio Betancourt a caballo desde South Beach a Sweetwater, seguida por Emma.

Era Néstor Gómez, el detective que había contratado para hacer el turno nocturno de la vigilancia a Elio Betancourt.

—Lupe, lamento llamar a esta hora.

Encendí la luz y miré por la ventana el cielo oscuro.

—¿Qué ocurre, Néstor?

—Creo que te interesará saber esto —dijo—. Exactamente a las 2 a.m., una pareja en un Lexus oscuro ingresó a la casa de Betancourt. Se quedaron una hora y luego se fueron.

—Un horario extraño para una visita —dije mientras buscaba mis pantuflas.

Eran más de las tres y sabía que ya no iba a volver a dormir.

—Por eso te llamé de inmediato. Tomé algunas fotografías con la lente telescópica, pero no creo que sean de gran ayuda. Estaban demasiado lejos y casi no había luz.

Sabía de qué estaba hablando. Para decidir dónde podrían aparcar los detectives que iban a vigilar a Betancourt, yo había recorrido el lugar varias veces. Era una tarea inútil: la vigilancia en Coral Gables es siempre una condena. No hay dónde ocultarse, los policías son excesivamente estrictos y los vecinos siempre se asustan cuando ven un auto estacionado con alguien adentro. Era muy fácil ser descubierto.

—De todos modos, Lupe —prosiguió Néstor—, voy a revelar las fotos. Hoy mismo te las dejo.

—Néstor —dije con rapidez, antes de que cortara la comunicación—, tomaste la placa del Lexus, ¿verdad?

Néstor ahogó una risa. Habría querido hacerme una broma.

—Por supuesto que sí, Lupe.

—Así me gusta, Néstor —abrí mi clóset y busqué algo para ponerme—. Te designo empleado del día.

En pocas horas sabía de quién era la placa del Lexus. Estaba a nombre de una familia Carrillo de Bay Point, una urbanización exclusiva al norte del centro de Miami. Yo tenía una amiga del high school que vivía allí, de modo que conocía la zona. Recordaba muy bien que en Bay Point había un guardia a la entrada y su misión era mantener alejados a los indeseables. Sin una llamada de un residente era imposible entrar.

Sonia, mi amiga, era una superchica en la época del high school, pero en algún momento había dado un giro hacia una insipidez algo maliciosa. Había hecho el camino más típico: se había casado, tenía dos hijos, una niñera y tiempo para el trabajo de caridad. Yo tenía la maldita costumbre de aceptarle sus invitaciones a almorzar y cancelarlas a último momento.

—¿Sonia? Hola, te habla Lupe. ¿Cómo estás? ¿Cómo está tu madre?

En el fondo se oía gritar a sus hijos y el atronador ruido de la televisión.

—¿Podrás hacerme un favor? Necesito entrar a Bay Point… Es por un caso en el que estoy trabajando. Sólo dales mi nombre a los guardias… Ah, muchas gracias… ¿A almorzar? Claro que sí. Pon una fecha y avísame… Muchas gracias, querida, de verdad.

Hay ocasiones en que no tengo la menor compasión por nadie.

Como tenía que realizar la vigilancia, rogaba a Dios no tener que pasar todo el día encerrada en un auto hirviente. Llevaba un traje caqui que esperaba me hiciera parecer inofensiva. Sabía que la mañana se transformaría en un caliente mediodía, así que me pregunté cómo iba a soportar la ropa.

Sonia había cumplido a la perfección con su parte: me fue fácil entrar. Muy pronto encontré la casa, pero llamarla así sería desvalorizarla. Era una verdadera mansión ubicada justo sobre la bahía, en Palm Road, un palacio al estilo Miami con columnas rosadas.

Del otro lado de la calle había una casa en venta. Definitivamente, los dioses estaban conmigo. Como estaba vacía, me pude estacionar junto a su garaje, escondida de las miradas indiscretas y con una visión inmejorable de la casa de enfrente. Allí, aparcado en reversa en una casa más pequeña, estaba el Lexus que Néstor había visto en la casa de Betancourt.

No tuve que esperar demasiado para que empezara la acción. Apenas me acomodé, una procesión de autos lujosos llegó a la casa. Eran todas mujeres y todas llevaban presentes. Tres camiones de florerías trajeron enormes canastos con flores.

Cuando el último camión partió, estaba segura de que había un nuevo bebé en la familia. Si no, ¿por qué enviaban claveles azules? Tomé algunas fotos, más que nada para ejercitarme, y luego me fui intentando parecer una agente inmobiliaria que había estado esperando a su cliente para mostrarle la casa.

Néstor Gómez me estaba esperando en la oficina, con ojeras violáceas, acurrucado en uno de los sillones y bebiendo a sorbos uno de los licuados de mango supervitamínicos de Leonardo.

Revisó las fotos que traía intentando buscar las mejores tomas.

—No son gran cosa —dijo con cierta pesadumbre—. Pero podrían ser peores.

Me dirigí a mi escritorio y les eché un vistazo. Era posible distinguir la imagen borrosa de una pareja que entraba y salía de la casa de Betancourt con lo que, aparentemente, era una sillita de bebé. La hora y la fecha impresos automáticamente al pie de cada fotografía indicaban que habían estado allí exactamente una hora. Yo sabía que podríamos saber algunos detalles más cuando ampliara las fotos. No es que las fotos resolvieran el caso, pero al menos era un comienzo.

—Buen trabajo, Néstor —le dije—. Sé que no es nada fácil vigilar esa casa.

Néstor se frotó los ojos con el revés de la mano. No llegaba a los treinta años, pero cualquiera diría que tenía cincuenta. Además de estudiar por las noches, tenía dos trabajos. Era dominicano y ahorraba cada centavo para traer a su familia. Me dijo que tenía once hermanos, de modo que le iba a tomar un buen tiempo. Yo solía llamarlo para ofrecerle trabajitos porque era cuidadoso y responsable, dos cualidades difíciles de encontrar en este ambiente. Además, como necesitaba el trabajo, nunca me decía que no.

—Gracias, Lupe —dijo—. Pero por favor, no me des más trabajos en Coral Gables. Estoy harto de ellos.

—Está bien. Éste será el último, lo prometo —tomé una libreta del cajón—. Ahora, dime todo lo que viste.

Néstor respiró hondo. Con el sueño que tenía, yo no entiendo cómo podía recordar algo.

—A las dos llegó el Lexus —dijo—. No hubo ningún otro movimiento. Estoy seguro de ello. Es todo.

Si Néstor decía que eso era todo lo que había ocurrido, era porque así había sucedido. Era extremadamente preciso y capaz de quedarse inmóvil mirando una puerta durante horas. No había ninguna posibilidad de que nadie más hubiera entrado a la casa de Betancourt mientras Néstor estaba allí.

—¿Y de dónde vino este bebé? —pregunté—. Después de tu llamada hablé con Missy y con Kenny —Néstor frunció el ceño a la mención de los detectives que tenían los turnos previos al suyo. No confiaba en el trabajo que pudiera hacer otra persona, exceptuándome tal vez a mí—. Según dicen, no entró ningún bebé. Pero sabemos que el bebé estaba en la casa cuando la pareja de Bay Point llegó, ¿verdad?

Néstor miró hacia abajo, concentrado.

—Tal vez el bebé ya estaba allí antes de que comenzáramos con la vigilancia. Puedo asegurar que ningún bebé llegó a la casa en los tres días en que vigilé. No creo que haya nacido allí, ¿verdad?

Yo sacudí la cabeza.

—No, no lo creo. Ninguno de ustedes vio entrar a una mujer embarazada, y dudo que Betancourt tenga una sala de partos instalada en su casa. Además, ninguna de las placas de los autos que entraron pertenecía a algún médico o enfermera.

—Lupe, estaba bromeando.

—Ah, disculpa.

Podría haberle tomado una fotografía a Néstor y habérsela vendido a los editores de diccionarios para que la imprimieran junto a la expresión «cara de jugador de póquer».

Pero su comentario me hizo pensar. Los bebés no habían nacido en la casa de Betancourt y tampoco podían haber estado allí mucho tiempo. Los clientes de Elio eran criminales notorios y su comportamiento público era dudoso, en parte para contrariar a su esposa, fanática de la vida social. Es decir que era irritable y perverso, pero no estúpido. Él no querría que Margarita supiera que estaba cometiendo un delito tan grande. ¿Qué diría ella con su preocupación constante por la imagen? Y sería difícil esconderle un bebé lloroso por un tiempo demasiado largo.

—Sigue dándome ideas, Néstor —le dije—. ¿Qué te sugiere todo esto?

Lo que yo necesitaba en ese momento era la mente literal de Néstor.

—Lo único que sé es que el bebé no llegó en auto —dijo con prudencia.

—Espera un segundo. Hay dos maneras de entrar a la casa de Betancourt —dije—. Por la calle o por la bahía, a través del canal que corre por la parte trasera. Si dejamos de lado la calle, ¡entonces quiere decir que los bebés llegaron por allí, en barco!

Néstor no estaba para nada excitado: la imaginación no era un atributo que él cultivara demasiado.

—Desde donde yo estaba no se podía ver el canal. Es muy posible que haya llegado en barco. Tal vez esa sea la única explicación.

El muchacho se puso de pie. Yo llené rápidamente un cheque para pagarle.

—Gracias —le dije—. Hiciste un gran trabajo. Puede que te necesite dos semanas más. ¿Piensas que podrás hacerlo?

—Sí, claro. Con lo que usted me paga, puedo traer a una de mis hermanas —dijo orgullosamente mientras se iba—. De modo que ahora me quedarían sólo siete.

—¡Ve a dormir! —le grité mientras cerraba la puerta.

Mientras tomaba el teléfono y comenzaba a marcar, llegué a oír que Leonardo intentaba venderle a Néstor algunas de sus vitaminas. Cuando Lucía Moreno atendió el teléfono, Leonardo acababa de terminar su pequeño discurso comercial (en este caso, lo importante era la frase acerca de «las seis horas de sueño asegurado», puesto que Néstor llegaba con suerte a tres).

—¿Señora Moreno? Le habla Lupe. Necesito hacerle algunas preguntas. ¿Podrán venir hoy usted y su marido a mi oficina?

Debí imaginar que vendrían a toda velocidad. Llegaron a tiempo para descubrir que aunque Leonardo no había encontrado nada acerca de Samuels en North Carolina, había logrado que Néstor se llevara treinta dólares en vitaminas y suplementos dietarios.

—Lo que necesita ese tipo es una habitación privada en un spa por seis meses —le estaba diciendo yo cuando los Moreno atravesaron la puerta de entrada.

Lucía parecía haber envejecido varios años desde la última vez que la había visto, hacía sólo una semana. Había perdido peso y se veía más frágil que nunca. Yo estaba realmente preocupada por ella. Este caso tenía que ser resuelto de la manera que fuera y en el menor tiempo posible.

Para mi sorpresa, ella se dirigió directamente hacia mí y me abrazó sin pronunciar palabra. Sentí el calor de su cuerpo y sus hombros que empezaban a temblar por el llanto. José Antonio parecía mortificado. Yo estaba algo avergonzada y me sentía culpable por tener ese sentimiento.

—Por aquí, señora —dijo Leonardo, alcanzándole un pañuelo a Lucía y tomándole la mano.

Por un instante, ella se vio sorprendida al ser abordada por un joven vestido con shorts y camiseta sin mangas, pero Leonardo se mostró tan transparentemente preocupado que se dejó guiar hacia el refrigerador de la oficina. Allí le sirvió un licuado de mango y le habló con palabras tranquilizadoras, en voz muy baja.

—Lo siento —dijo José Antonio—. Lucía es muy emocional.

Por supuesto. José Antonio, un típico macho cubano, se sintió obligado a mostrar su caparazón de piedra.

—¿Cómo está Michelle? —le pregunté.

—Igual —dijo él, bajando la mirada—. Estable por ahora.

Leonardo y yo los acompañamos a mi oficina, donde yo me senté detrás del escritorio intentando concentrarme en el trabajo. Estaba a punto de contagiarme de la desesperación de Lucía y necesitaba calmarme.

Había escrito todos los informes acerca del caso, de modo que pude actualizarla. Ambos escucharon atentamente. Lucía le daba sorbos a su bebida.

—¿Y ahora? —preguntó José Antonio—. ¿Estamos más cerca de encontrar a la madre biológica de Michelle?

—Es por eso que les pedí que vinieran. Necesito que hagan un esfuerzo y me digan exactamente qué ocurrió hace cuatro años cuando fueron a recoger a Michelle. Les pido que intenten recordar la máxima cantidad de detalles posibles. Pueden tomarse su tiempo.

Los Moreno se miraron el uno al otro con cierta preocupación. Habló José Antonio, con voz baja y desapasionada.

—Betancourt nos llamó para decirnos que el bebé había nacido y que en algún momento de la semana recibiríamos una llamada para decirnos, exactamente, dónde podríamos recogerla. Dijo que podía ser en cualquier momento, en la mañana o en la noche.

Lucía carraspeó. El esfuerzo por recordar, evidentemente, la había calmado.

—Nos llamó tres días después, a medianoche —dijo—. Dijo que fuésemos a su casa, en Coral Gables, a las dos de la mañana, y que llevásemos un cochecito para bebés. Por supuesto, teníamos todo el equipo preparado. Hacía meses que el cuarto de Michelle estaba listo.

—¿Le preguntaron por qué los había citado tan tarde? Quiero decir, las dos de la mañana parece una hora extraña para sacar a pasear a un recién nacido.

Lucía pareció pensar un momento.

—Dijo que las madres deseaban dejar los bebés y no ser vistas nunca más, porque se sentían avergonzadas de lo que estaban haciendo. Él siempre nos recordaba que eran chicas cubanas de buena familia, que serían rechazadas si alguien averiguaba lo que habían hecho.

—Señorita Solano, yo le pido que nos entienda —dijo José Antonio—. Estábamos desesperados por un bebé. No hicimos demasiadas preguntas. No queríamos saber demasiado y ése fue nuestro error. Pero no es justo que Michelle pague por nuestra falta.

Yo lo interrumpí.

—Piensen en el momento en que llegaron a la casa. Necesito todos los detalles. ¿Dónde estaba el bebé? ¿Dónde estaba Michelle?

—No estaba allí cuando llegamos —dijo José Antonio—. Por lo menos, no en la biblioteca, que fue donde nos atendió Betancourt. Estuvimos allí alrededor de media hora, terminando de firmar los documentos, mientras Betancourt se iba a buscar a Michelle. Nos quedamos en la biblioteca desde que entramos hasta que salimos con ella. De eso estoy seguro.

—De modo que no saben cómo entró Michelle a la casa, o si ya estaba allí cuando ustedes llegaron...

Sus ojos mostraban cierta curiosidad por saber adónde los estaba llevando con mis preguntas.

—No, no lo sabemos —dijo Lucía con suavidad.

—¿Oyeron algo inusual mientras estaban allí?

Ambos sacudieron sus cabezas.

—¿La biblioteca tenía ventanas? ¿Podían ver el parque?

Lucía y Antonio se quedaron en silencio. Casi podía ver los esfuerzos que hacían sus mentes para hurgar en sus recuerdos. No era muy amable de mi parte torturarlos así, pero ahora no podía detenerme.

—Había una puerta de vidrio, ¿verdad, José Antonio? —preguntó Lucía con una voz que parecía venir desde lejos—. Una puerta de vidrio que conducía a un patio o a un jardín, o... Lo siento. Estaba oscuro y yo estaba muy excitada. Sé que no estoy ayudando demasiado.

José Antonio abrazó a su esposa y le besó la cabeza. Luego me dirigió la mirada.

—¿Por qué nos está haciendo todas estas preguntas, señorita Solano? ¿Qué es lo que está pensando?

Eso significaba que ya no recordaban nada más. La voz de José Antonio tenía una vibración que señalaba un malestar. Les expuse mi teoría; les dije que pensaba que los bebés llegaban en barco. Ellos escucharon en silencio mis palabras, buscando en ellas un rayo de esperanza.

Pero mis opciones se habían ido limitando hasta llegar a una: esperar a que otro bebé le fuera entregado a Betancourt.

Después de acompañar a los Moreno hasta su automóvil, sentí que un cansancio terrible invadía mi cuerpo. Pero todavía tenía que hacer una llamada antes de volver a casa. El área de la recepción estaba vacía; Leonardo había desaparecido, probablemente rumbo a un curso de alimentación nutricional o algo parecido.

Yo sabía que en alguna parte del refrigerador había una botella de vino blanco abierta, pero antes tuve que excavar entre una pequeña montaña de botellas reciclables que contenían líquidos multicolores. Finalmente encontré la botella y detrás una enorme bolsa de plástico donde había un tubérculo extraño al que parecían estar por salirle ojos.

Vacié la mitad de la botella antes de tomar el teléfono. Iba a necesitar un poco de energía para hacer esto.

—Hola, ¿Sonia? Te habla Lupe. Quería agradecerte por tu ayuda; realmente me fue muy útil.

Por segunda vez en el día, estaba hablando con la vieja amiga que me había hecho entrar a Bay Point. Coloqué una mano sobre el micrófono y bebí un largo trago de vino; generalmente era difícil tener una conversación con Sonia.

—¡Lupe! —gritó ella—. ¿Pudiste entrar sin problemas? A veces, esos guardias se comportan de muy mala manera. Siempre le digo a Ricardo que me gusta sentirme segura, pero que para eso no es necesario sentir que una está en Fort Knox.

Yo respondí de la manera que consideré más apropiada. El cabello de mi nuca estaba comenzando a erizarse, tal como me sucedía en el high school cuando oía el parloteo sin sentido de Sonia. Me serví otro vaso de vino; Sonia justificaba gastar por lo menos una botella entera.

—Sonia, querida —dije con tono serio—, hoy, cuando estaba en Bay Point, noté que varios floristas dejaban flores en casa de los Carrillo. ¿Ofrecen una fiesta? Las flores eran realmente hermosas.

—¿Los Carrillo? No, no, Lupe. No es una fiesta. ¿No oíste las novedades? —murmuré algo para que ella siguiera hablando—. ¡Adoptaron un niño! Después de tantos años esperando, finalmente...

—No sabía que estaban tratando de adoptar hace tanto tiempo —dije. No tenía la menor idea de quiénes eran los Carrillo, pero sabía que Sonia usaría cualquier excusa para desparramar todo lo que sabía. No en vano, en la escuela, había sido elegida tres veces seguidas Miss Chatterbox.

—Ah, sí, Lupe. Hace varios años que lo intentan. Me han dicho que a María siempre la rechazaban por ser demasiado vieja. Dicen que tiene más de cincuenta, aunque ella declara cuarenta y tres. María dice que es porque no podían conseguir un bebé cubano, pero en verdad es porque ella es demasiado vieja. La ley le jugaba en contra.

—¿Y entonces cómo consiguieron el bebé? —pregunté con tono inocente, conteniendo la respiración.

—Me han dicho que fue una adopción privada, de alguna muchacha que se metió en problemas. Una que ellos conocían —dijo Sonia.

—¿Y es posible hacer eso? —dije—. Quiero decir, ¿es legal? Si el gobierno dice que no puedes adoptar, ¿no es ilegal hacerlo? —intenté sonar tan crédula como me fuera posible, aunque sólo fuera para practicar. Sabía que no importaba demasiado lo que pudiera decirle a Sonia.

—Lo mismo pensé yo —dijo ella—. Le pregunté a Ricardo y me dijo que dependía del caso. Hay muchas adopciones que se hacen de manera privada, pero la cuestión es de dónde vienen los bebés.

Ese comentario era el más inteligente que le había oído pronunciar a Sonia en mucho tiempo. Quise cortar, pero me sentía extrañamente sola.

—Pensándolo bien, no conozco mucha gente que haya adoptado bebés o que haya dado uno en adopción —dije, sólo para provocarla.

—Vamos, Lupe, sí que conoces —dijo Sonia—. No me vas a decir que no recuerdas a Caridad Gutiérrez. ¿No te acuerdas de cómo se fue de la escuela?

—Vagamente —dije—. Ah, sí, Caridad... Se fue a vivir con su tía a Nueva Jersey.

Sonia soltó una risita.

—¿De verdad no conoces la verdadera historia? Aquel novio malvado que tenía la dejó. Y ella se fue a vivir con su tía a Nueva Jersey... ¡para tener a su hijo! ¿De verdad no lo sabías? ¡Por Dios, Lupe, eres una niña cándida!

La dejé cloquear mientras me servía otro vaso de vino. Con eso había sido suficiente para mi soledad y mi necesidad de hablar con alguien.

—Sonia, me vas a disculpar pero tengo una llamada por la otra línea. Te llamo en estos días para concertar un almuerzo, ¿está bien? —y corté la comunicación.

Me senté en mi escritorio para escribir algunas notas acerca de la visita de los Moreno y de lo que Sonia me había dicho. Por supuesto, dejé de lado el chisme ponzoñoso que Sonia me había contado acerca de una muchacha a quien no veía hacía años. Escribí hasta que oscureció lo suficiente como para impedirme hacerlo sin las luces encendidas. Ya tenía una teoría y cierta evidencia para sostenerla. Pero todavía no podía hacer otra cosa que esperar.

Después de cerrar con llave y activar la alarma, fui a casa, a mi apartamento de Brickell. El teléfono del auto sonó una vez, pero no lo atendí. Realmente no estaba de humor para otra conversación ni para estar en compañía de nadie.

# 10

—Esteban, dado que Betancourt acaba de entregar el último bebé hace sólo dos días, tenemos un poco de tiempo. ¿Estás de acuerdo?

—Sí, es probable. Al menos una semana, tal vez algo más. Deberíamos tener el tiempo suficiente para organizar la vigilancia del muelle.

Yo había considerado que era hora de convocar a Esteban para que trabajara en el caso, y él había aparecido una hora después de mi llamada, listo para comenzar. Era esbelto y de buena complexión, con rasgos que la edad contribuía cada vez más a embellecer. Durante dos horas, le hice un informe completo de mi investigación hasta el momento, mostrándole las fotos que habían sacado los detectives para familiarizarlo con la propiedad de Betancourt.

Esteban no tenía igual cuando se trataba de organizar la vigilancia de un punto determinado. Si alguien podía cubrir la casa de Betancourt desde el agua, ése era él.

—¿En qué canal está la casa? —preguntó Esteban, mirando una foto del revés como si esa perspectiva le diera nueva información.

—El canal de Granada —dije—. Se puede ir caminando hasta allí desde Cocoplum, pero tendremos que ir a motor hasta la bahía y luego volver en círculo hacia Coral Gables.

Levantó la vista de las fotos y fijó en mí sus ojos oscuros.

—¿Le has pedido el Hatteras a tu padre?

—Por supuesto —dije, algo irritada—. Nos lo presta toda la tarde.

Esteban había sido mi gurú y yo le debía muchísimo de lo que sabía. Pero yo era ahora una detective hecha y derecha, con mi propia agencia, y aun cuando lo había contratado un par de veces en el pasado, parecía como si le costara aceptarme como una igual.

No es que fuera sexista; por el contrario, era un verdadero caballero y siempre me trataba con absoluto respeto. Creo que lo que él sentía era más bien lo que siente un padre que no puede ver a su hija como una adulta, aun cuando ésta ya se haya ido de la casa y tenga una vida propia. Yo esperaba que esta vez eso no fuera un problema. El trabajo era demasiado importante y había muy poco tiempo. Si Esteban no terminaba de involucrarse en el asunto, yo estaba preparada para obligarlo.

Coral Gables fue fundada por George Merrick, uno de los pioneros de Dade County, en los años veinte. El hombre imaginó una urbanización basada en un modelo español de arquitectura árabe y construyó canales y acequias que corrían paralelas a las calles. Fue extremadamente estricto para llevar a la realidad sus ideas, y aún hoy Coral Gables tiene los códigos de edificación más rígidos del país. Algunas de las casas de los canales son espléndidas y, a medida que se acercan a la bahía, se vuelven más y más fastuosas. También, cuanto más cerca vivan sus dueños de la bahía, más grandes son sus barcos. No sólo porque el agua es más profunda, sino porque los barcos tienen que pasar por puentes menos bajos para llegar a la bahía.

Coral Gables y Cocoplum yacen uno junto al otro en la densa geografía de Miami, y allí reside buena parte de la clase alta de la ciudad. Yo siempre he tenido cierto prejuicio respecto de Coral Gables, transmitido por Papi, quien tuvo muchísimos problemas para construir nuestra cálida monstruosidad debido a las enmarañadas normas legales.

Lentamente, nos dirigimos hacia la casa de Betancourt en el barco de Papi. Aunque, técnicamente hablando, yo estaba trabajando, realmente disfrutaba con esto. Papá siempre nos había enseñado a manejar los barcos que compraba. Consideraba que si uno vivía junto al agua tenía que ser capaz de lidiar con ella. Mis hermanas y yo sabíamos nadar antes de aprender a hablar.

Cuando ingresamos al canal Granada, apagué el motor para no dejar una estela demasiado notoria. Sólo había un puente entre la casa de Betancourt y la bahía. El hombre podía acceder con bastante rapidez a las aguas abiertas del océano.

Nos acercamos al lugar con cautela, a pesar de que sabíamos que a esa hora de la tarde no habría nadie en casa. Al contrario de sus vecinos, que tenían sus barcos amarrados en los muelles, en la casa de Betancourt no había nada. El muelle estaba hecho con pilotes de madera oscura, con un reflector en cada uno y una bandera americana ondeando sobre un largo mástil de aluminio.

El muelle estaba muy bien cuidado: las barandas metálicas estaban lustradas y en el piso de madera no había una mancha. Cerca de media docena de gruesas cuerdas colgaban de los postes de madera. Había otras sogas atadas a unas cuñas sobre la plataforma, listas para recibir a cualquier barco que quisiera atracar allí. Betancourt había construido una empalizada detrás del muelle, de modo que era imposible ver la casa desde el canal. Todo lo que podía verse era una gran extensión de césped muy verde cuidadosamente cortado.

De modo que era posible llegar en barco al lugar sin ser visto desde la casa. Y viceversa.

Esteban y yo pasamos por la propiedad sin detenernos y avanzamos sin rumbo definido unos minutos, hasta que dimos la vuelta. Esteban observaba concentrado y yo permanecía en silencio.

—Dijiste que en esta investigación el dinero no importaba, ¿verdad? —preguntó finalmente mientras yo hacía avanzar lentamente al barco.

—Así es.

Esteban asintió con una sonrisa.

—Mira atentamente el puente —ordenó—. Anota mentalmente cuál es su ubicación exacta en relación con la entrada al canal.

Esteban me pidió que hiciera girar el Hatteras para volver a pasar por la casa. El atardecer comenzaba a convertirse en noche y la visibilidad se estaba haciendo más y más limitada.

—Detén un poco la marcha —susurró—. Ve tan despacio como puedas. Ahora observa la casa rosada que hay del otro lado del canal y el cobertizo de lanchas vecino. Si logramos que alguien se encarame sobre el cobertizo, tendrá una visión perfecta del muelle de Betancourt.

Dirigí mi mirada hacia la relativamente modesta casa rosada y hacia el cobertizo adyacente. Esteban estaba en lo cierto: era el mejor puesto de vigilancia de toda esa zona y no podía ser visto desde la casa de Betancourt. Pero había un problema.

—Esteban —dije suavemente—, ¿cómo haríamos para que alguien esté allí arriba diez horas por noche durante quién sabe cuánto tiempo sin ser observado?

—Ese alguien no estará allí todo el tiempo —dijo con voz distraída, como un profesor explicándole una idea a un estudiante sin muchas luces—. Vamos a usar a dos personas, y una de ellas estará en el puente con un teléfono celular. La otra habrá llegado más temprano en un bote.

Mi atención fue absorbida por un momento por un enorme loro que nos miraba desde la rama de un árbol que colgaba sobre el canal. Tuve la sensación (algo paranoica, debo reconocerlo) de que nos estaba espiando.

—Recuerda, sólo se puede acceder a estas casas por la ruta y por el canal —continuó Esteban, abstraído—. No queremos que nuestro segundo hombre sea detenido por atravesar los jardines vecinos. Tiene que ir en bote.

El loro lanzó encima de nosotros un aullido terrible. Esteban dejó de hablar e intentó ver de dónde venía el ruido. Cuando lo vio, sonrió y le silbó. Esteban era un gran amante de los animales.

—¿Entiendes lo que te estoy diciendo? —continuó, mirando el agua—. La gente pesca de noche en sus botes, de modo que nuestro hombre no llamará demasiado la atención. Puede esconderse en el bote, anclado a uno de los bancos que acabamos de pasar. Los eucaliptos ocultarán el bote, y cuando el detective del puente vea que un barco se aproxima a la casa de Betancourt, llamará al otro por teléfono celular. El hombre del bote tendrá que apurarse para ir aguas arriba y atar el bote a uno de los postes que hay debajo del muelle del vecino, sin ser visto. Ya se ha puesto oscuro —dijo señalando el muelle de la casa rosada—. No se puede ver nada de lo que hay debajo del muelle. ¿Ves ese árbol con las ramas colgando sobre el cobertizo? Tiene que treparse a él. Incluso podemos limitar nuestras posibilidades de que lo descubran si le ordenamos que se suba al cobertizo solamente en la noche de la entrega del bebé.

A esta altura, casi habíamos dejado atrás el puesto de vigilancia. Esteban señaló las estructuras y los lugares que yo tenía que memorizar.

—Puede que funcione, ¿pero dónde puedo conseguir a alguien que haga ese trabajo?

Quienquiera que fuera el hombre del bote, tendría que ser una persona ágil, fuerte y con voluntad para pasarse varias noches sentado en un bote, a merced de los mosquitos. Finalmente, cuando llegara la señal de que se acercaba un barco, tenía que remar con todas sus fuerzas, atar el bote y treparse al techo de un enorme cobertizo con un pesado equipo fotográfico al hombro. Bonito trabajo.

—Suena bien. Creo que pueden ocurrírseme alrededor de mil maneras distintas de que la cosa vaya mal —dije suavemente—. ¿Hay un plan B o esta es mi única alternativa?

Esteban se dio vuelta para mirarme. Normalmente era una de las personas más relajadas y flexibles que yo conocía. Pero en lo que se relacionaba con su trabajo, y especialmente cuando su criterio era puesto en cuestión, afloraba cierto desequilibrio. Con mi tono de voz, yo lo había insultado. Al fin y al cabo, era él quien me había entrenado, de modo que el hecho de que precisamente yo lo cuestionara lograba sacudir su entereza.

—Odio cuando te pones en actitud machista —dije—. Creo que es algo que no va con tu personalidad.

—Lupe, según creo, te estoy haciendo un favor. Puedes llamar a otro si quieres. Créeme que no me molestará.

También odio que los hombres me mientan. No es correcto y, muy raramente, lo saben hacer. El grado en que mienten varía, pero todos lo hacen. Yo solía pensar que los hombres sólo lo hacían para apaciguar a las mujeres. Pero mi experiencia en White and Blanco me enseñó que el problema está principalmente en sus egos, eso es lo que los hace tan flexibles en relación con la verdad. No hay nada como trabajar en una oficina con trece hombres para que una muchacha pierda la inocencia respecto a ellos. Puedo garantizarlo.

—Cálmate, Esteban —dije—. Yo no dije que no iba a funcionar, ¿o sí? Simplemente estaba pensando en voz alta.

Eso pareció aplacarlo.

—Si me dices en quiénes estás pensando para que hagan el trabajo, puedo entrenarlos un poco para que estén listos cuando llegue el momento —dijo.

Esteban se inclinó sobre la barandilla del barco y miró hacia adelante. Unas pocas palabras fueron suficientes para curar su dignidad de macho herido.

—¿Tiene tu padre algún bote que podamos usar? —prosiguió—. Preferiría uno viejo, que no parezca robado. En verdad, lo ideal serían dos botes; podríamos cambiarlos para evitar sospechas. Los necesitaríamos desde las once de la noche hasta el amanecer. A esas horas no hay demasiada gente en Coral Gables. Si esto fuera South Beach, la historia sería diferente. Allí, al amanecer, la gente sale a trabajar, no como aquí.

Esteban siempre hablaba demasiado cuando estaba excitado. Yo simplemente asentía y sonreía, aunque sabía que su idea era buena. Era riesgosa pero muy acertada. Probablemente, a mí, no se me hubiera ocurrido.

Poco después, mi casa se hizo visible. En verdad, no era algo difícil de ver. Con cierto embarazo, advertí que era una especie de árbol de Navidad gigante e iluminado. Osvaldo y Aída no se preocupaban demasiado por el ahorro de recursos naturales. Para ellos, si uno había comprado algo con el fruto de su trabajo, tenía que mostrarlo.

El agua de la bahía estaba algo embravecida, pero para mí no era difícil domeñarla. Logré atracar el Hatteras en el primer intento, sin problemas. Podría haberlo hecho aun dormida y en medio de un huracán.

Esteban estaba tranquilo, quizás intentando todavía curar sus heridas. Yo, por mi parte, estaba muy ocupada pensando en los candidatos ideales para esta tarea.

Supongo que él no pudo con su impaciencia.

—¿Entonces, Lupe? ¿Necesitas mi ayuda o no? —miró hacia la casa—. Me encantaría hacer esto por ti, pero no te rogaré.

Ésa era la razón por la cual no me había casado. Nunca podría tolerar diariamente el ego masculino. Si quería lidiar con la fragilidad, simplemente podía tener algunos hijos. Pero no tenía paciencia para hacer de madre de alguien más alto que yo.

—Lo siento, Esteban. Claro que me gustaría, te agradezco —puse mi mano sobre sus hombros—. También espero que lleves la cuenta de las horas trabajadas y me pases la cuenta. Es mi único requisito para aceptar tu ayuda.

Esteban había insistido otras veces con trabajar ad honorem, pero yo sabía que estaba refaccionando su casa. Algo de dinero no le vendría nada mal.

—Está bien —dijo, apaciguándose—. ¿Pero quién va a ser el segundo hombre?

—¿Y quién dijo que va a ser un hombre?

## 11

—¡En marcha! Creo que es éste. ¡Apresúrate!

Era mi quinta noche de guardia en el primer puente que daba al canal Granada. El Mercedes estaba estacionado debajo de un árbol, justo debajo del acceso a la autopista, y yo estaba más o menos fuera del alcance de las luces. Estaba pensando en cuántas de las picazones de mosquitos de esta noche iban a hincharse, cuando vi el velero de madera y llamé a Miranda.

Tenía encima unos binoculares para visión nocturna y a través de ellos pude ver que Miranda hacía avanzar frenéticamente el bote a través del canal. Los binoculares eran buenos para mirar de lejos, a pesar de que el acolchado de las lentes se hundía en mi cara. A través de la penumbra sombreada y verdosa vi que Miranda acortaba rápidamente la distancia entre su puesto en los bancos y la casa rosada. Miranda estaba en el equipo de remo de Penn University y tenía el cuerpo de una atleta. Supuse que la única diferencia entre el agua de Coral Gables y el Schuylkill River estaba en el diferente grado de hediondez.

Recé para que esta no fuera otra falsa alarma, la quinta. Pero si con tanta rapidez le estaban entregando otro bebé a Betancourt, entonces era nuestro día de suerte. Recé también por Miranda.

El ruido suave del motor gimió debajo de mí cuando el bote pasó por el puente. A través de los binoculares podía ver a Miranda apresurándose para atar el bote debajo del muelle. Íbamos con el tiempo justo.

—Por favor, que sea éste —le rogué a la Virgen—. Ya sabes que casi no tenemos tiempo.

Sabía que estaba amparada por las sombras y que nadie en el barco podía advertir mi presencia. Miranda sólo había podido atar su bote y treparse a la rama más baja del árbol, mientras el velero se acercaba a su destino. En un instante, ella se trepó al árbol y saltó al techo del cobertizo. Fue increíble. Yo todavía hubiera estado en el agua.

Miranda hizo una pausa y se inclinó, tomándose la pierna. Se había lastimado al trepar, ojalá no fuera grave. La crema para los mosquitos que yo le había dado había logrado mantener a raya a los insectos, pero si había una herida, las pequeñas bestias se dirigirían hacia allí en oleadas.

Ahora Miranda estaba en lo suyo, de modo que desvié los binoculares hacia el muelle de Betancourt.

—Maldita sea —murmuré. El velero estaba pasando de largo.

Pero en ese instante oí que el motor se apagaba y miré hacia el agua: la nave estaba dando un giro. El piloto quería atracar con la proa en dirección a la bahía; sin duda, para poder irse de allí con rapidez.

Apunté los binoculares hacia Miranda y vi que ella a su vez tenía focalizados los suyos en el canal. Estaba demasiado lejos como para ver los detalles, pero sin duda observaba en la ubicación exacta. Había una delgada luna creciente. Eso era una bendición y también una maldición; significaba que era menos probable que descubrieran a Miranda, pero también que la poca visibilidad entorpecería su trabajo.

—¿Qué es eso? —dije, tal vez en voz demasiado alta, cuando vi que un hombre y una mujer emergían sobre el puente del velero.

Había algo en la embarcación (hecha toda de madera, incluido el mástil) que me recordaba los veranos en el Noreste, cuando visitábamos a los compañeros de college de Papi. No era un tipo de velero común en South Florida. De hecho, yo nunca había visto aquí algo así.

En cuanto a la pareja, no podía verla demasiado bien. Vi que el hombre tenía un mostacho y reconocí en la otra persona a una mujer por los enormes pechos que se apretaban bajo su camisa de hombre. No eran sólo sus pechos los que tenían un gran tamaño: también tenía una panza abultada, y cuando caminaba parecía un pato.

El hombre y la mujer esperaron en cubierta. Poco después, apareció un hombre. Betancourt. Sin duda había caminado desde su casa a través del extenso parque.

Miranda estaba tomando fotografías. Yo no le había dado los detalles del caso, porque ella me lo había pedido y también porque a mí me convenía. Cuanto menos sepa un detective encargado de hacer un seguimiento, mejor. Si había problemas, ella podría alegar ignorancia.

La pareja le entregó a Betancourt lo que parecía ser una canasta. Una nube considerable tapaba ahora la luna, y mis binoculares eran poco menos que inútiles para ver detalles en la distancia.

Pero yo le había ordenado a Miranda que sacara todas las fotos que pudiera. Fotos del barco, de todos los involucrados, de cualquier objeto que pasara de una mano a otra. Cuando todo terminara, podría decirle que había ayudado a salvar la vida de una pequeña. Al menos, eso esperaba yo.

Betancourt se volvió y se dirigió hacia la casa, llevando en sus manos la canasta. En cuanto puso un pie en el césped, el motor del velero se encendió. La mujer se ocupó de las sogas. Era sorprendentemente ágil para el peso que tenía, hasta el punto de saltar desde el muelle hacia el barco cuando logró desatar la última.

El velero avanzaba por el canal hacia la bahía tan tranquilamente como había llegado. Dirigí mi mirada hacia el cobertizo y observé la figura delgada de Miranda. Se estaba sacudiendo el pelo.

Antes de abandonar el techo, miró alrededor para chequear que no hubiera dejado huellas de su presencia.

—Buena chica —dije.

Con cautela, bajó del árbol y abordó el bote. Vi que examinaba su pierna, y me pregunté si se habría vacunado contra el tétano.

# 12

El velero *Mamita* estaba a nombre de Alberto M. Cruz, anotado en una dirección de la parte noroeste de la ciudad, cerca del Miami River. Yo conocía muy bien esa zona, con sus edificios de apartamentos raídos y sus depósitos de zona portuaria. Entre los residentes, la mayoría transitorios, había muchos que vivían más allá de la frontera de la ley. Aunque puedo cuidarme muy bien, no me gusta ir sola a ese lugar, especialmente de noche.

Cuando llegué, no me pareció que hubiera ninguna razón para demorarse allí. Había llevado el jeep de Leonardo porque sabía que si llevaba el Mercedes era probable que no volviera a verlo. Después de dejarlo aparcado, lo embarcarían, en pocos segundos, con destino a Puerto Príncipe, antes incluso de que pudiera denunciar el robo a la policía. Y no creo que los policías habrían simpatizado demasiado con mi denuncia. Me habrían dicho que había cosas mejores que hacer que ir a esa vecindad con ese auto y escribirían mi declaración en un formulario de rutina.

Cruz tenía que ser nuestro hombre. El arribo del velero la noche anterior había coincidido con el arribo de otra pareja pudiente a la casa de Betancourt. En mi cartera, además de la Beretta, había docenas de fotografías del velero atracado en el muelle del abogado, tomadas por Miranda. Sentí ganas de besarla cuando las recogí en la casa de revelado. Teníamos números de registros, rostros y una figura en las sombras, alta y de anchos hombros, que no podía ser otra que la de Betancourt.

Caminé con rapidez desde el jeep a la casa de Cruz, un edificio de apartamentos de tres pisos, color verde pastel, con la pintura descascarada y un juego de buzones de acero que ya hacía mucho tiempo habían sido violados y rotos. El lugar estaba poseído de una quietud y una calma casi antinatural, excepto por el estrépito de una televisión que salía de una ventana del segundo piso y que oí mientras atravesaba el pasillo de entrada al edificio.

Golpeé a su puerta con el puño y luego dije su nombre en voz alta. Cada golpe en la puerta era seguido por la caída de algunas cascarillas de pintura verde sobre la alfombra manchada. Nadie respondió. Mientras me estaba allí, de pie, pensando en cuál sería mi próximo movimiento y sintiendo que el cabello de la nuca se erizaba, la puerta se abrió de un golpe.

—¿Quién es usted? ¿Qué quiere? —al parecer, Alberto encontraba que una visita sorpresiva en horas de la tarde era motivo de alarma. Eso me daba una ventaja.

—¿Es usted el señor Cruz? —pregunté educadamente.

El hombre abrió la puerta un poco más y supe que era él: la cabellera espesa y desaliñada, el bigote y la cara oscura eran los mismos que los del hombre del barco.

—¿Qué quiere saber? —me preguntó con un tono de voz que hubiera sido perfecto para un anuncio en contra del cigarrillo.

Abrió la puerta un poco más y eso me dejó ver una cocina levemente iluminada.

—Mi nombre es Lupe Solano. ¿Puedo pasar?

Dio un portazo tan fuerte que por un momento pensé que la puerta se iba a caer. Aturdida, me quedé allí mirando como una idiota hasta que una mano abrió una de las cortinas que había detrás del pequeño ventanuco junto a la puerta. Cruz quería chequear mi aspecto. Estaba intentando decidir si iba a dejarme entrar. Sí, lo haría. La tentación era demasiado grande.

Enseguida oí una serie de clicks, seis en total. Evidentemente, tenía un buen sistema de seguridad.

Con sorpresiva cortesía, Cruz abrió la puerta, se hizo a un lado y con un gesto de su mano me invitó a pasar. El lugar estaba escrupulosamente limpio y ordenado. Acondicionado con demasiado aluminio, tenía un sillón malva que también servía como cama y unas vasijas púrpura brillante llenas de plumas velludas. El lugar exudaba una sensación pegajosa. Me tomó unos segundos acostumbrarme.

—¡Qué lugar agradable! —dije, mientras él me señalaba una de las cuatro sillas de aluminio agrupadas alrededor de una mesa de acero inmaculada y brillante.

Cruz, vestido con pantalones grises y una camisa polo gastada en la que había una insignia naval, se encogió de hombros como un magnate a quien le elogiaran su mansión.

—En este vecindario es mejor que la gente no sepa lo que uno tiene. Es por eso que dejo la ventana sucia y la puerta despintada.

Me senté con cuidado, intentando no desarreglar el tapizado de terciopelo rosa de la silla.

—Buena idea —dije.

Echando una ojeada alrededor, vi sólo un elemento fuera de lugar que contradecía mi impresión de que Alberto era un monstruo obsesivo de la limpieza: había muchísimos ceniceros, de todas las formas y tamaños, algunos de ellos cubiertos de cenizas y colillas sin filtro.

No necesité que encendiera un cigarrillo frente a mí, por su aroma, espeso y alquitranado supe qué marca fumaba. Alberto era un hombre Gauloise, un fumador de fumadores. Conocía el aroma desde mi viaje a Francia, dos años antes. Miré alrededor en busca del conocido paquete de papel azul claro, pero no vi ninguno. Era extraño. Había por lo menos media docena de ceniceros casi al alcance de la mano, lo que implicaba que no estaba acostumbrado a ir demasiado lejos sin encender uno.

Contemplé la idea de que el fumador de la casa fuera otro, pero cuando Alberto pasó junto a mí, la rechacé de inmediato. El hombre olía a Gauloise encendido, y pude ver sus dientes amarillentos y sus dedos manchados.

Tomó la silla que había enfrente de mí y me miró un segundo, como tratando de figurarse si yo estaba intentando engañarlo de alguna manera.

—Bueno, señorita Lupe Solano —me dijo, desviando la mirada—. ¿Me va a decir qué puedo hacer por usted?

—Estoy intentando ayudar a un amigo a encontrar a alguien. Me dijeron que usted podría ayudarme.

Alberto puso sus manos sobre la mesa.

—Disculpe, no le ofrecí nada de beber.

—No se preocupe, gracias.

Cruz pareció ofenderse ligeramente.

—Bueno, no sé de qué me está hablando. Por qué no me explica qué me quiere decir.

—Tal vez esto le ayude a entender.

Le alcancé el sobre con las fotos que Miranda había tomado. Miré cómo examinaba lentamente cada una y saboreé el juego de las emociones que mostraba su rostro: shock, fascinación, confusión y, finalmente, rabia reprimida. Cuando terminó con su tarea, me miró a los ojos.

—¿Qué ayuda necesita exactamente este amigo suyo?

—Mi amigo necesita información acerca del paradero de la madre biológica de su hija adoptiva. Además, tiene todo el deseo de pagarle a quien lo ayude.

—Necesitaría conocer con más detalles el problema que tiene su amigo —dijo Cruz, mostrando sus dientes amarillos al sonreír—. Usted sabe, ha habido tantos bebés...

Yo también sonreí. No me esperaba esto. Supuse que Cruz negaría todo, aun con las fotografías delante de él. Eso era lo que yo habría hecho. Nunca hubiera imaginado que podía ser tan fácil, aunque sabía qué era lo que vendría ahora: él iba a averiguar qué tan desesperadamente necesitaba su ayuda para calcular cuánto le podía pagar.

—¿Cuánto costaría refrescar su memoria acerca de un viaje en barco que tuvo lugar cuatro años atrás, en julio de 1991?

Cruz sacudió la cabeza con pesar.

—Bueno, usted sabe, ya no soy tan joven y mi memoria suele fallar. Tendría que pensar muchísimo para recordar eso. Podría hacerlo, sí, pero no sería tan fácil.

Nos sonreímos uno al otro.

—¿Cuánto exactamente es lo que tendría que pensar? —le pregunté—. Es que tengo que decírselo a mi amigo para que haga los arreglos del caso.

Sólo el hecho de saber que Alberto Cruz era el único que podía decirnos dónde estaba la madre de Michelle me impedía levantarme y estrangularlo. Una persona tan obsesiva por la limpieza debía recordar todos y cada uno de los detalles del tráfico de bebés.

—Creo que veinte mil dólares ayudarían bastante.

Alberto no era tan astuto, al parecer. Les había anunciado a los Moreno que pediría unos veinticinco mil, de modo que al menos sentí el placer de que se subvalorara a sí mismo. Es verdad que era una suma de dinero considerable, pero cuando se trata de la vida de un ser querido, la gente paga. Yo lo sé muy bien. Mi padre habría entregado toda su fortuna para salvar la vida de mi madre.

También sabía que no podía confiar en Alberto, pero no había dudas de que esta era una buena oportunidad.

—Puedo venir mañana con la mitad de esa suma —dije, pues tenía sentido andar ahora con evasivas—. Le daré el resto cuando localicemos a la madre. Aquí tiene una fotografía de la criatura tomada justo después de que le fuera entregada a sus padres. Tiene una mancha de nacimiento en el costado del cuello. Eso puede ayudarlo a recordar.

Cruz estudió la fotografía pensativo mientras paseaba su lengua por las muelas.

—Está bien, lo pensaré —dijo—. Diez mil dólares en efectivo mañana, y diez mil cuando le dé los datos de la madre. Tengo que asegurarme de que ella está donde creo que está, pero eso no tomará demasiado tiempo.

Tenía que hacer el intento.

—¿Dónde están las madres, Alberto? ¿Todo esto tiene algo que ver con el Jackson Memorial?

El hombre me miró con algo parecido a la admiración.

—Realmente le agradezco mucho la visita —dijo, poniéndose de pie y dando unos pasos hacia la puerta—. Fue lo mejor que me pasó en el día de hoy.

Yo me detuve en el vano de la puerta. Ya no había ninguna razón para sonreír.

—Mañana en la tarde, entonces —dije.

Alberto le estaba dando largas al asunto. Era evidente que recordaba a la madre pero quería ser él quien dirigiera el juego. Eso no me sorprendía en lo más mínimo. Su apartamento inmaculado lo delataba como un obsesivo del control. Dime dónde vives y te diré quién eres.

Cuando volví a la agencia, Leonardo estaba sentado a su escritorio, todo sudado. Pasé junto a él a toda velocidad y me recluí en mi oficina.

Un par de minutos después estaba hablando por teléfono con José Antonio Moreno. El hombre se quedó sin aliento cuando le conté todo respecto a Alberto Cruz.

—Es muy importante que tenga los diez mil dólares en efectivo para mañana —le dije—. No extraiga todo de la misma cuenta porque los bancos están obligados a informar al gobierno de todo depósito o extracción por esa suma.

La ley que ordenaba eso había sido sancionada para controlar el dinero del narcotráfico que llegaba a South Florida. Todo un éxito, como seguramente habrán escuchado ustedes.

—Estoy al tanto de esa ley —dijo secamente José Antonio—. El dinero estará listo.

—Si tenemos suerte, no tendrá que pagar los otros diez mil —proseguí—. Contraté a un detective para que vigilara a Cruz. Tendrá una sombra constante encima y si va a ver a la madre, todo esto llegará a su fin.

Mi voz desperdigaba confianza. Si fuese necesario, Néstor Gómez seguiría a Alberto Cruz hasta adentro de un alto horno.

José Antonio no dijo nada. Por un instante pensé que había cortado la comunicación, pero todavía no había sonado ningún tono. Pronuncié su nombre.

—Lo siento, señorita Solano —me dijo—. Me distraje. Espero que todo ocurra pronto. Pero si tenemos que pagar los veinte mil, no habrá problema.

—¿Qué ocurre? ¿Le ocurrió algo a Michelle? —dije.

—Está... está enferma otra vez. Tuvo una recaída esta mañana. Estaba mejorando, pero eso no duró demasiado.

—Lo siento, señor Moreno. Estamos cerca.

José Antonio suspiró. Me di cuenta de que no tenía que alimentarle falsas expectativas. Todo podía caerse en un instante.

—Confío en usted, señorita Solano —me dijo—. Pero mi esposa está muy asustada. No quiero decirle algo que después la desilusione.

He aquí un hombre cubano. Hablaba de los sentimientos de su esposa cuando era evidente que él apenas podía hablar por todo lo que sufría.

Cuando cortamos, llamé otra vez a Regina. Todavía no había podido encontrar nada acerca de Samuels y lo único que quería era hablar de la vieja Habana. Yo no estaba convencida de que estuviera haciendo todo lo posible por encontrar al doctor, había empezado a sospechar que intentaba protegerlo por alguna razón. No tenía ninguna obligación de ayudarme, de modo que no había mucho que yo pudiera hacer. Escuché sus recuerdos durante quince minutos hasta que tuve que decirle que había llegado un cliente y me tenía que ir.

Abrí la puerta de mi oficina y vi que Leonardo estaba leyendo un libro. Di unos pasos hacia él con las fotos de Miranda en la mano. Sentía curiosidad por saber qué era lo que estaba leyendo.

Se había tomado su tarea muy en serio, hasta el punto de usar unos anteojos que yo nunca antes había visto.

—¿De qué se trata el libro?

Leonardo se enderezó en su silla con una sonrisa tímida.

—De cómo hallar tu centro cósmico —dijo.

Supe al instante que detrás de esto había una mujer.

—¿Charity?

—Su nombre es Serenity —dijo Leonardo, poniendo el libro bocabajo sobre el escritorio—. Y sólo somos amigos. Pero anoche salí con una muchacha realmente increíble. Estudió fitness y nutrición, y da clases de aerobics por la noche en el centro comunitario.

Cuando a Leonardo le gustaba una chica parecía volver a su adolescencia. Era conmovedor.

—¿Y cómo se llama? ¿Tranquility? ¿Moon Child?

—Su nombre es Alicia.

—Y te gusta mucho, ¿verdad?

Yo hablaba con el mayor cuidado posible, porque sabía que podía fácilmente avergonzarlo.

—Ya basta —dijo sonrojándose y mirando hacia cualquier parte. Sus ojos se detuvieron en las fotografías que yo llevaba en mis manos.

Las dejé sobre su escritorio y le informé brevemente de qué se trataba, comprendiendo que ya era hora de dejar de atormentarlo por su último affaire. Se quitó los anteojos, probablemente no le servían de nada, y señaló a la mujer obesa que había en la cubierta del *Mamita*.

—¿Y esa quién es? —preguntó—. ¿Cómo es que es capaz de realizar todo ese trabajo físico en la condición en que está?

Me había olvidado por completo de preguntarle a Cruz por la mujer y él, evidentemente, no lo había mencionado. Me quedé mirando fijamente a esa enorme mujer  en la fotografía borrosa y me pregunté, por primera vez, cuál era su papel en este enredo.

# 13

A la mañana siguiente fui al apartamento de Alberto a dejarle el dinero. Dijo que me llamaría «en pocos días» y me cerró suavemente la puerta en el rostro. Yo le recordé que sabía dónde encontrarlo.

Me pasé el resto del día haciendo llamadas, leyendo informes de seguimiento del caso Moreno y, más que nada, intentando inspirarme. Pero la inspiración no llegó y cuando estaba pensando en tomarme un día sonó el teléfono. Era Tommy McDonald para invitarme a cenar. Dado que por el momento no pensaba aspirar a la santidad y que el caso Moreno había ocupado la totalidad de mis pensamientos desde el primer día, me pareció que tenía merecida una velada agradable. Tommy sería el encargado de proveerla.

Él era un americano o, como los llaman aquí en Dade County, un «blanco no-hispánico». Lo había conocido, por casualidad, trabajando en un caso hacía unos años. Me había llamado su socio para testificar en un juicio civil, pero a último minuto el socio no pudo concurrir. Y en lugar de cancelarlo, le pidió a Tommy que lo reemplazara.

El caso era por una tontería, un resbalón en la calle, de modo que Tommy y yo decidimos hacerlo interesante flirteando desvergonzadamente en el tribunal. El taquígrafo no había aún guardado su equipo cuando estábamos en camino a un bar para beber unos tragos. Me desperté al amanecer, cansada y con resaca, con la posibilidad de admirar la vista de su penthouse en Brickell Avenue.

Muy pronto me enteré de que Tommy era un cowboy, un abogado criminal. Esto hacía que tuviera esa actitud irritablemente condescendiente hacia los casos del fuero civil. No había nada mejor para activar su testosterona que un juicio, especialmente cuando su cliente no tenía posibilidades de ser absuelto. Los fiscales menos caritativos lo llamaban «el mejor amigo de los delincuentes», por la clase de clientes que representaba. Pero Tommy era un creyente quijotesco en la Constitución entendida a su manera. Lo que más le atraía era la parte acerca del derecho universal a una representación legal... especialmente para clientes ricos. Salir con él era divertido, pero a veces demasiado interesante, incluso para alguien como yo. Todavía me acuerdo muy bien de la vez en que estaba involucrado en un caso de homicidio relacionado con uno de los carteles de la droga y teníamos que revisar su Rolls Royce antes de salir, por si había bombas.

En un momento de nuestra relación llegamos a considerar la posibilidad de casarnos, pero enseguida lo pensamos bien y decidimos que nos gustábamos demasiado como para cometer ese crimen. Salíamos a comer una vez al mes y, de alguna manera, seguíamos siendo amigos. A Tommy le gustaba sorprender a sus amigos contándoles que estaba saliendo con una católica cubana cuya hermana era monja. ¡Qué diablos! Yo disfrutaba de su compañía más que la de casi cualquier hombre, y el sexo no estaba mal.

Terminamos yendo a Strand, uno de los restaurantes más viejos de Washington Avenue, en South Beach, para una cena temprana. Aunque tenían un menú muy sofisticado, pedí, como siempre, carne picada y sazonada. Era mi favorito, sobretodo si venía acompañada por Dom Perignon.

—¿Qué te ocurre, Lupe? —me preguntó Tommy, con su hermoso rostro irlandés sombreado a la luz de las velas—. No has tocado siquiera el puré de papas.

Yo le acerqué mi plato y Tommy se hundió en él. Era imposible comer más que Tommy.

—Hay un caso que me está volviendo loca. Pareciera que estoy pedaleando en el aire.

La concurrencia era la típica mezcla de South Beach, incluía estrellas de cine, actores en ascenso, modelos, parejas gay de ambos sexos e, incluso, un par de cross-dressers. Tommy y yo formábamos un contraste interesante. Aún con mis tacos altos, Tommy era unos treinta centímetros más alto, además era tan blanco como yo trigueña.

—¿Quieres contarme? —preguntó.

En ese momento, el camarero trajo una botella de champaña a nuestra mesa. Tommy lo miró sin entender hasta que éste señaló una mesa en un rincón. Yo miré en esa dirección y vi una pequeña multitud de colombianos. El que parecía mayor de todos alzó su vaso y sonrió. Tommy lo saludó con la mano.

—Si no fuera por mí, ese tipo hubiera recibido una condena de treinta y cinco años —susurró.

Por un momento pensé en preguntarle por Elio Betancourt. Se movían en los mismos círculos y conocían a la misma gente. Pero no, por un par de horas quería olvidarme de ese caso. Si no dejaba de pensar obsesivamente en Michelle y en sus padres, en Betancourt y en Cruz, me volvería loca.

—Hay algo que te está molestando —Tommy extendió su brazo y me tomó las manos—. ¿Por qué no me lo dices?

Yo hice una pausa para pensar. No, quería disfrutar aunque fuera un poco. Puede que fuera mi última oportunidad de hacerlo por un largo tiempo.

—¿Recuerdas aquella vez que me mandaste a la prisión para entrevistar a un tipo por una invasión de propiedad? ¿Recuerdas que era un caso terrible y que el tipo se enamoró de mí?

Tommy me miró a los ojos. Él sabía que había algo que me molestaba, pero sabía también que era mejor no andar husmeando.

—Sí, comenzó a escribirte poemas —dijo, sonriendo.

—«Sentado aquí, mirando a través de los barrotes de mi celda» —recité—, «sueño con el día en que quede libre y pueda demostrarte todo lo que siento por ti».

—Muy clarito, ¿verdad? —dijo Tommy, dando un respingo pero disfrutando con malicia—. Diablos, ese tipo daba miedo.

—Bueno —dije—, al menos tenía talento para expresarse.

Después de cenar seguimos bebiendo y luego fuimos a su casa. Tommy se sorprendió cuando le dije que no planeaba quedarme, que prefería dormir en mi cama. No se mostró dolido ni insistió. Me fui manejando hasta mi casa con la última luz del día y pensando que Tommy era un buen hombre. Gracias a Dios no lo había arruinado todo casándome con él.

En noches como ésta, cuando volvía a casa relativamente tarde o directamente no volvía, según cómo me fuera, siempre volvía a mi apartamento de Brickell. No tenía sentido poner en evidencia frente a Papi que yo ya no era una niña dulce y virginal, aquella que podía verse en una fotografía enmarcada en el comedor recibiendo la Primera Comunión con su vestidito blanco.

Lourdes era la única de la familia que me preguntaba por mi vida amorosa. El resto parecía preferir ignorarla, lo cual no me molestaba en absoluto. Era más fácil así.

En esto no nos diferenciábamos de la mayoría de las familias cubano-americanas de Miami. Las muchachas eran consideradas castas y vírgenes hasta que se casaban y tenían hijos. De todos modos, no es que yo fuera una libertina perdida. De hecho, en los últimos tres o cuatro años no había estado con un hombre nuevo.

Pero sí me había acostado con antiguos amantes. Cuanto más vieja me volvía, menos energía tenía para encarar nuevas relaciones con los hombres. De modo que prefería a los hombres que ya conocía y en quienes ya confiaba. Cada integrante de mi selecto grupo de amigos se alegraba cuando lo llamaba para que me entretuviera y estaba plenamente satisfecho, al menos eso parecía, con mi estricta política de libertad de compromisos.

Sabía que otros hombres estaban interesados. En mi trabajo me topaba con una gran variedad de hombres en distintas etapas vitales. Pero nunca me preocupaba por ir más allá. Además de los riesgos para la salud que eso implicaba, no tenía deseos de conocer a alguien nuevo, alguien que probablemente no me iba a entender. Y después de pasar mis días enfrentándome a la traición, el engaño y la violencia humanos, era difícil confiar en un extraño sólo por su semblante.

Mi edificio estaba tranquilo esa noche, pero en cuanto me bajé del ascensor sentí que algo andaba mal. Me quedé parada en el vestíbulo y miré la puerta cerrada. Por un segundo pensé en dar la vuelta e irme, pero me sentí ridícula y paranoica. Este caso me estaba afectando de una manera extraña.

Puse la llave en la cerradura e intenté calmarme. Al fin y al cabo, mi edificio tenía un buen sistema de vigilancia: guardias en las entradas y cerraduras que sólo podían ser abiertas por llaves Medecco. Nunca, desde que vivía allí, había oído que alguien hubiera entrado por la fuerza. Todo esto me dio mucha seguridad. Hasta que abrí la puerta y me di cuenta de que alguien había estado allí. Lo supe enseguida.

Había un leve aroma mustio, algo fuera de lugar. Y las cosas no parecían estar en el mismo lugar donde yo las había dejado. Tomé la pistola que llevaba en mi cartera y avancé intentando mantener el pulso. El estudio había sido registrado. Quienquiera que hubiera estado allí se había ido y, a primera vista, no faltaba nada.

Tomé el teléfono y llamé por el interno a la seguridad. Gruñí cuando reconocí la voz del hombre que me atendió.

—¿Bernard? —dije con un suspiro—. Soy Lupe. ¿Puedes venir, por favor?

Un minuto más tarde, el guardia estaba en mi departamento respirando agitadamente. Quería averiguar si alguien había preguntado por mí o si algo extraño había sucedido. Pero yo sabía que no tenía sentido. Bernard era incapaz de encontrar el camino de salida en una bolsa de supermercado.

Bernard estudiaba para peluquero en un instituto de belleza y trabajaba como reemplazo de los guardias. Era un muchacho que agradaba a todos los dueños, pero el consenso general era que teníamos que temerle más a él que a los posibles ladrones. Era más probable que se pegara un tiro a sí mismo por error o que le disparara, también por equivocación, a uno de nosotros, a que acertara a dispararle a cualquier criminal.

—Hola, Lupe, ¿qué pasa?

Bernard me miró con su sonrisa sosa y echó un vistazo alrededor, con total tranquilidad. Era imposible no simpatizar con él; su incompetencia era parte de su atractivo. Noté que llevaba una pistola hacia atrás, apuntando en el sentido opuesto al que indicaba el sentido común.

—Bernard, arregla eso —le dije, señalando la funda de la pistola. La tomó como si fuera un juguete—. Y ten cuidado.

—Gracias —dijo, jugueteando con su cinturón—. Siempre lo guardo mal.

—No te preocupes por lo que te voy a decir —le dije, sin dejar de vigilarlo, lista para esconderme detrás de un sofá si lo veía en problemas—, pero creo que alguien ha estado en mi apartamento esta noche.

—¿De verdad? —preguntó, acercándose a mí—. ¿Y eso es un problema?

Tal vez fuera mejor empezar de nuevo.

—Bernard. Alguien entró aquí por la fuerza.

—¿Alguien que tú conoces? ¿Uno de tus amigos?

Ojalá Bernard fuera mejor peluquero que guardia de seguridad. Si no, le esperaba una vida complicada.

—No, Bernard, no sé quién fue —hablé con lentitud, pronunciando claramente cada palabra—. Por eso es que quería hablar contigo, para averiguar si alguien preguntó por mí esta noche.

Bernard tomó un cuaderno de notas y anotó algo.

—No. Lo siento. ¿Te falta algo?

Puede que hubiera alguna esperanza, después de todo.

—No, no falta nada. Lo único que sé es que alguien estuvo aquí. Eso es todo. ¿Estás seguro de que no viste nada raro?

—No, lamentablemente no —dijo con tono de disculpas—. Si alguien estuvo aquí, no creo que hubiera parado antes en la puerta o en la mesa de seguridad.

Eso era lo que me preocupaba. Quien había violado mi departamento era lo suficientemente bueno como para pasar sin que los de seguridad advirtieran nada. De algo estaba segura: esto tenía que ver con el caso Moreno.

Nos despedimos y me hizo prometer que lo llamaría si había algún problema. Yo intenté no sonreír y lo envié de nuevo abajo.

En cuanto cerré la puerta, me quedé parada un instante en medio de la sala, atenta a cualquier sonido extraño. Luego volví a revisar mi escritorio. No faltaba nada, pero alguien se había interesado mucho por mis cajones y mis archivos. Habían hecho un buen trabajo de ocultamiento, pero algo me molestaba. El lugar estaba demasiado ordenado. Mis papeles estaban apilados de manera perfecta. Me pregunté dónde habría estado Alberto Cruz esa noche y qué diría el informe de mi detective acerca de ello. Esperaba fervientemente que el viejo cubano no hubiera sido capaz de librarse de mi investigador durante la noche. Alberto Cruz podía desaparecer en la bruma con facilidad.

Miré mi cama deshecha, fui al refrigerador en busca de algún resto de comida y me senté a abrir mi correo. Entonces sentí mi pistola entre el respaldar y mi espalda. Esto era ridículo. El lugar estaba demasiado tranquilo y yo estaba comportándome como una paranoica. Podía sacrificar mi privacidad por una noche. Necesitaba ir a casa.

# 14

Atravesando la noche rumbo a Cocoplum, empecé a preguntarme si no estaría imaginando cosas. Intenté pensar. Si estuviera frente a un juez, ¿podría asegurar con total seguridad que alguien había entrado a mi departamento por la fuerza esa noche? Tenía una sospecha, una intuición y una sensación de miedo. Pero probablemente no resistiría el interrogatorio del tribunal.

Me sorprendió ver el Porsche de Emma aparcado en la casa de Papi. Sobre todo porque eran más de las diez de la noche. Yo no le había dicho que venía, aunque tal vez sí se lo hubiera dicho y lo había olvidado. Resolví que no le iba a decir nada a nadie acerca del intruso que se había metido en mi departamento. Papi seguramente iba a insistir hasta el hartazgo para que volviera a vivir en su casa. Me concentré en la felicidad fugaz que había encontrado con Tommy un momento antes y me apuré a entrar. Si Emma había venido esperando que yo estuviera, seguramente estaba por irse.

No era para preocuparse. La hallé balanceándose, feliz, en un banco de la cocina y chismeando en perfecto español con Aída mientras daba cuenta de un esponjoso merengue. Estaban allí hacía un rato largo, porque el mesón donde se apoyaba Emma estaba cubierto de azúcar en polvo.

Emma me vio entrar y golpeó el banquillo que había junto a ella.

—¡Ven, chica, ven a comerte un merengue!

Tomé el frasco donde Aída guardaba los merengues y saqué un par. Después de esto, y de la comida y la bebida que había ingerido con Tommy, anoté mentalmente que iba a necesitar por lo menos treinta minutos más en el gimnasio de Leonardo.

—¿Has tenido una noche agitada? —me preguntó Emma sonriendo como un demonio. Seguía vestida con el traje que había usado para trabajar, y le guiñó un ojo a Aída.

Después de que Aída narrara minuciosamente su día, pues estaba furiosa con Osvaldo porque se había trepado a una escalera para limpiar las canaletas del tejado, fuimos con Emma hacia el muelle.

—Aída es tan divertida... —dijo Emma mientras se sentaba en un banco con almohadones—. Creo que empezaré a venir más seguido.

—No estaría mal que lo hagas —dije—. Hace tanto que no nos sentamos juntas aquí...

—¿Algo te molesta? Pareces tensa.

Emma se fijó en mí como si fuera la primera vez en la noche que me miraba. Antes de que yo pudiera responder, apareció Osvaldo llevando una bandeja de plata.

—¡No me dijeron que estabas aquí! —dijo—. Estaba afuera mirando televisión. ¿Te hubieras ido sin saludarme?

Emma se puso de pie y abrazó al viejo, que la besó una vez en cada mejilla. Creo que todos en la familia, incluyendo a Aída y a Osvaldo, se sentían en deuda con Emma por ayudarnos tanto cuando Mami murió. Estaba segura de que si Emma quisiera mudarse a la casa, todos estarían contentos. Osvaldo tomó la mano de Emma por un momento. Su rostro arrugado parecía estar lleno de recuerdos agradecidos. Luego se dio vuelta y volvió a la casa.

El cielo se había vuelto de un color violeta, un grado más de noche que hacía que el mundo debajo pareciera más brillante. Hasta los pelícanos se tomaron un rato para observar el cielo antes de retomar su pillaje.

—Esto merece una celebración —dije. Osvaldo nos había traído una jarra de mojitos y calamares fritos—. Osvaldo y Aída nunca hubieran hecho esto para mí sola.

Nos servimos la bebida y disfrutamos de la comida. Emma parecía estar hambrienta. Conociéndola, supuse que habría trabajado hasta tarde y luego venido directamente, sin comer. Mi amiga gruñó de placer y extendió su brazo con el vaso en la mano, en busca de otro trago. Evidentemente se había olvidado de mi rostro de preocupación.

—Espero que no te moleste que haya venido sin avisar —dijo, todavía con comida en la boca—. Pero quería contarte algo que oí acerca de Elio Betancourt. No sé si sigues interesada en él...

—Por supuesto que no me importa que hayas venido —dije—. Sigo hasta el cuello con el caso en el que está involucrado Betancourt. De hecho me está volviendo loca. ¿Qué tienes?

Emma se puso de pie lentamente.

—Lupe, ¡mira esa forma, allí! ¿Es un manatí?

Mi amiga caminó con rapidez hacia el borde del muelle, con su largo cabello flotando encima de la espalda, y se inclinó hacia adelante todo lo que pudo. Exactamente así hacía cuando éramos más jóvenes.

—¡Mira, Lupe! ¡Es un manatí, sí! ¡Y tiene un bebé!

Tenía que ir a ver esto. Era inusual ver manatíes vagando junto a nuestro muelle, pero nunca había visto a uno con su cría. Emma se inclinó más aún sobre la baranda.

—¡Ten cuidado, vas a caerte! —grité.

—¿Qué es todo este griterío? —dijo una voz a mis espaldas.

Era Lourdes, que se había acercado hasta mí en completo silencio. Descalza y con su hábito, lucía estricta y austera.

—¡Hola, Emma, tanto tiempo sin verte! Se oyen desde el piso de arriba.

Emma se bajó de la baranda y suspiró aliviada.

—Emma vio a un manatí con su cría —dije—. ¡Miren, allí está!

A la luz de la luna, vi a la madre y su bebé nadando en el agua clara. Sentí un escalofrío cuando sus ojos conmovedores se clavaron en mí.

—¡Hermoso! —exclamó Lourdes, inclinándose sobre la baranda que Emma acababa de dejar libre.

En menos de un segundo se había quitado el hábito, hasta quedar sólo en ropa interior.

—Tengo que hacer esto. ¡Tengo que hacerlo!

Emma y yo nos quedamos boquiabiertas mientras cómo Lourdes se pasaba sobre la baranda, casi desnuda, y se arrojaba al agua con estilo perfecto. Aterrizó justo a la izquierda de los manatíes, casi sin alterar el curso del agua.

Yo miré a Emma y ella a mí. Me encogí de hombros, me quité el vestido y la blusa y me uní a mi hermana, la monja liberada, en el agua fresca. A Emma le tomó unos segundos más quitarse el traje, pero también saltó. Nadamos un rato alrededor de los pilares de madera.

La madre era increíblemente amigable. Nos acercamos a los manatíes, nadamos alrededor de ellos y hasta nos colgamos de las aletas de la madre, dejándonos llevar. Su carne era tibia y resbalosa, y sus ojos oscuros nos seguían con interés mientras girábamos alrededor.

Estuvimos así unos quince minutos, hasta que Fátima apareció encima nuestro, inclinándose sobre la baranda del muelle.

—¿Qué hacen allí? —gritó, asustada—. ¿Necesitan ayuda?

Seguramente, Fátima había visto la ropa desparramada por el muelle y pensó que nos habríamos desvestido, para luego caer al agua y ahogarnos. Bueno, Fátima nunca había sido famosa por su inteligencia. Emma, Lourdes y yo la miramos mientras sus ojos se acostumbraban a la oscuridad. El manatí también miró hacia arriba y, al ver que el juego había terminado, se llevó a su cría hacia la bahía.

En cuanto salimos del agua, Aída trajo toallas y salidas de baño para las tres muchachas caprichosas. Fátima nos miraba, alternando en su expresión la furia y la preocupación.

—¡No puedo creerlo! —le dijo a Lourdes—. Puedes morir envenenada por tragar el agua de ese canal maloliente. Estas dos locas no me sorprenden, ¡pero tú sí! ¡Una monja! ¡Una esposa de Cristo!

Lourdes no se pudo contener. Estalló en una carcajada profunda y, al instante, todas la seguimos; incluyendo, finalmente, a Fátima. Como buenas niñas obedientes, todas entramos a la casa para secarnos y vestirnos. El baño sorpresivo se había encargado de limpiarme el estómago, tal vez porque había bebido demasiada agua del canal. Lo cierto es que los mojitos y la champaña que había tomado con Tommy desaparecieron en cuanto terminé de ducharme y vestirme.

Con Emma nos acostamos en mi cama, tal como hacíamos cuando íbamos a la escuela juntas.

—Bien, dime lo que ibas a decirme acerca de Betancourt.

Emma estaba acostada boca arriba, mirando el techo, con su cabello húmedo recogido en una colita.

—¿Recuerdas que alguna vez te hablé de Marisol Vélez, una mujer uruguaya que solía trabajar para mí como detective?

—Algo recuerdo —dije—. Ella es muy buena para hacer tomas de video, ¿verdad?

—Esa misma —Emma bostezó. Se estaba haciendo tarde—. Bueno, la llamé ayer para trabajar en un caso de custodia filial; un caso realmente sucio. Mi cliente es la madre. Es la misma historia de siempre: el padre que no quiere pagar la alimentación y decide demandar para pedir la custodia.

—Claro —dije—. No es que quiera a los niños, desea fastidiar a la madre.

—Exactamente. La madre dice que él tuvo relaciones sexuales con sus novias delante de los niños. El padre dice que ella hace rituales con sacrificios animales delante de ellos. La verdad, definitivamente, no está en un punto medio. Pero igual llamé a Marisol para que haga algunas tomas de la casa del padre durante las visitas de los hijos. Ella me dijo que no podía hacerlo porque estaba trabajando en otro caso y que su cliente era Elio Betancourt.

Emma giró sobre sí misma y tomó un par de almohadas, echándome una mirada que quería significar: «Apuesto a que esto te interesará». Mi amiga se tomó su tiempo para acomodarse las almohadas y ponerse cómoda. Le encantaba cautivar a su audiencia.

—Y hoy a las cinco de la tarde recibí una llamada de Marisol —dijo Emma—, preguntándome si todavía la necesitaba, porque el trabajo con Elio se había terminado. Obviamente le pregunté qué había ocurrido. Ella no quería hablar, pero finalmente pude sacárselo.

Esa situación me era completamente familiar. Emma era capaz de extraerle a cualquiera lo que ella quisiera; inclusive cosas que la otra persona ni siquiera se daba cuenta de que sabía. Marisol no tenía ninguna posibilidad contra una Emma atizada por la curiosidad.

Del piso de arriba se oyó un fuerte golpe.

—No te preocupes —le dije a Emma, que ya se estaba poniendo de pie con velocidad—. Es Lourdes haciendo gimnasia.

—Ah —dijo Emma, mirando el techo—. Es una mujer sorprendente.

Yo la golpeé con la almohada.

—Vamos, no te vayas por las ramas.

—Tienes razón. —Emma se acercó a mí—. Marisol me dijo que Betancourt quería que ella cometiera un acto ilegal. Era algo más que un problemita que pudiera causar que le revocaran su licencia de detective. Esto le habría acarreado problemas legales.

—¿Qué es lo que Betancourt quería?

—No lo dijo con todas las letras —dijo Emma—. Elio ya la había contratado antes y ella no quería quemar las naves, pero básicamente lo que dijo es que quería que entrara a un apartamento a robar un libro.

De pronto, me sentí sofocada.

—¿Qué? ¿Quería que entrara por la fuerza?

Emma tenía la misma mirada que ponía años atrás cuando chismeábamos acerca de los muchachos que nos gustaban.

—Le dijo a Marisol que era sólo una agenda personal, sin ningún valor monetario, de modo que técnicamente no era robar.

—¿Y él pensó que ella aceptaría?

—No lo sé. No hace tanto que Marisol llegó a este país —Emma se encogió de hombros—. Tal vez supuso que le creería, puesto que él es abogado.

—¡Qué hijo de puta! —dije.

Me puse de pie y empecé a dar vueltas por el dormitorio, intentando elaborar todo lo que me estaba pasando.

—Tú lo has dicho —dijo Emma, poniéndose de pie y estirando sus brazos—. Bueno, me pediste que averiguara lo que pudiera acerca de él y ahí tienes. Betancourt es un tipo de cuidado, por lo que tú me dijiste. Pero intentar que un detective viole un domicilio... parece demasiado.

—¿Le dijo algo más a Marisol?

Emma sonrió.

—Sí. Escucha bien esto. Le dijo que el trabajo era para él personalmente, no para otro cliente.

—No entiendo.

—Cuando Marisol le dijo que no lo haría, Elio se delató. Dijo que necesitaba la agenda porque el otro tipo lo estaba chantajeando.

—¿Chantajeándolo? ¿Cómo?

Emma se quitó los ganchos que le sostenían el cabello y sacudió la cabeza haciendo que su cabello ondeara antes de caer sobre sus hombros.

—No dijo de qué manera lo están chantajeando. Supongo que se recuperó y se dio cuenta de que no le convenía contarle todo a Marisol si ella no iba a realizar el trabajo.

—Por supuesto —murmuré.

Levanté mi mirada para ver que Emma me estaba observando.

—¿Hay algo que me quieras decir? —preguntó.

Yo negué con la cabeza.

—No, no, pura paranoia. No es nada.

Por supuesto, estaba mintiendo, pero todavía no era hora de decirle a Emma en qué andaba. Es una regla para mí: no seas indiscreta sólo para sentirte mejor, especialmente cuando puedes poner a una amiga en peligro.

Envié a Emma a su casa con una bolsa de merengues. Mientras miraba las luces del Porsche desaparecer en la noche húmeda, me quedé pensando en lo que ella me había dicho. Los problemas de Betancourt muy pronto serían los míos. Era sólo una cuestión de tiempo.

# 15

Dos días después de que le enviara el dinero de los Moreno a Alberto Cruz, mientras descansaba en mi habitación de Cocoplum, recibí una llamada de Néstor. Había demasiado ruido, de modo que apenas podía oírlo.

—Lupe, no puedo hablar demasiado. Estoy llamando desde un teléfono público en el baño de caballeros de Dirty Dave's —oí que alguien gritaba del otro lado del teléfono—. Tu hombre, Alberto, acaba de volver de la oficina de Betancourt.

—¿Qué?

—Así es. Entró allí a las tres y cinco y se retiró a las tres y veinticinco —afirmó Néstor sin vacilar. Sabía que había memorizado los horarios y ni siquiera necesitaba consultar sus notas—. De hecho, en este momento, lo estoy mirando. No quiero acercarme demasiado a él para no ponerme en evidencia. Pero pensé que te interesaría.

Néstor podría dar un curso universitario acerca de los sobreentendidos.

—Tienes razón. Me interesa mucho —dije—. ¿Conseguiste sacar fotografías?

—Vamos, Lupe. ¿Cuánto hace que me conoces? —protestó Néstor—. Por supuesto que tengo fotos. Me estás insultando. Las tomé cuando entraba y cuando salía del edificio de Betancourt. Oye, no quiero quedarme mucho tiempo aquí dentro. Voy a salir ahora mismo. Pasaré mañana por la mañana a tu oficina.

Cortó la comunicación. Mi habitación pareció estar completamente en silencio por un momento, en contraste con el ruido de fondo de Dirty Dave's, un bar ruinoso no muy lejos del apartamento de Cruz.

Había supuesto que eso podía ocurrir. Alberto Cruz no tenía otro motivo para ir a la oficina de Betancourt durante el día que contarle acerca de mi visita. El abogado nunca autorizaría una visita tan visible a menos que Cruz le dijera que era muy urgente. No se me había ocurrido antes, pero tal vez el domicilio al que Betancourt quería que entrara Marisol era el de Alberto.

En cuanto yo me fui, Cruz probablemente se había puesto a pensar en cuál era la mejor manera de darle un giro favorable a la situación. Un giro favorable para él, claro. Una vez que recibió mi primer pago y se dio cuenta de que la oferta era real, realizó su movida. Un tipo calculador como Cruz entendería que sus actividades ilegales habían sido descubiertas y que ahora sólo había que esperar para que el trabajo con Betancourt llegara a su fin. Yo simplemente esperaba que Cruz no se volviera demasiado ambicioso.

El acondicionador de aire de la casa estaba muy bajo, de modo que abrí la ventana para respirar el rico calor de la noche y la brisa de la bahía. Papá ya se había ido a la cama y Fátima y las mellizas estaban en Key Biscayne, de visita en casa de una amiga. De modo que tenía toda la casa para mí, si no contaba a Osvaldo y a Aída, que habían concluido sus tareas del día y estaban en su dormitorio mirando televisión. En momentos así era difícil imaginarse lugares como el bar Dirty Dave's y personas como Cruz y Betancourt, pero yo sabía que tenía que concentrarme. Las cosas podían ponerse peligrosas.

Hasta donde yo sabía, Cruz no se había contactado personalmente con la madre de Michelle. Tal vez la hubiera llamado por teléfono, pero sin duda no la había visto porque mis detectives me habrían avisado. Según sus informes, Cruz prácticamente se había quedado en su apartamento, y sólo había salido para ir a emborracharse a Dirty Dave's.

Sabía que no podía dar nada por hecho en lo referente a Cruz. El modo como había violado mi domicilio era prueba suficiente de la perfidia y la habilidad del viejo marinero. Aunque mi detective de turno aseguró que no había salido de su apartamento, estaba segura de que se las había ingeniado para hacerlo. El aroma de sus cigarrillos no era un producto de mi imaginación.

Decir que Dirty Dave's era un bar era otorgarle más dignidad de la que le correspondía. Era una choza de madera junto al río que se balanceaba peligrosamente hacia el agua cuando estaba llena de gente. Casi todos sus clientes eran hombres del vecindario, y gran parte de ellos o bien eran buscados por la policía o bien estaban involucrados en algo que sin duda los conduciría a la cárcel.

Como siempre, yo había hecho una investigación de rutina sobre Alberto Cruz. Su historial de empleo arrojaba que no tenía trabajo estable. En Seguridad Social no se mencionaba nada acerca de empleos anteriores. Eso significaba que siempre había cobrado en efectivo por su tarea y que tal vez su único ingreso era el que le proveía Betancourt. Hacía cuatro años que figuraba en el mismo domicilio; eso me sorprendió. Alberto era obsesivo, pero no lo suficientemente estable como para vivir tanto tiempo en el mismo lugar. Era difícil imaginarse que alguien pudiera vivir durante mucho tiempo en ese palacio magenta, pero sobre gustos, buenos o malos, no hay nada escrito.

Si su dinero provenía del negocio de adopciones de Betancourt, no era sorpresivo que Cruz hubiera dejado aflorar, por un segundo, su preocupación antes de poder reprimirla. No más bebés, no más dinero, no más muebles de aluminio.

Mi gran duda ahora era qué le había dicho a Betancourt. ¿Le advirtió que yo estaba husmeando o le pidió dinero para mantenerse callado? A mí lo único que me importaba era que entregara los datos de la madre de Michelle. Por lo demás, si quería dedicarse a juegos peligrosos era cosa suya.

No me preocupaba que Betancourt viniera en mi busca o en la de los Moreno. Era demasiado inteligente como para hacer eso. Sabía que los Moreno intentarían evitar toda publicidad, eso expondría su participación en una adopción ilegal y podría poner en peligro a Michelle. Alberto, por otra parte, probablemente no conocía la naturaleza de los arreglos entre Betancourt y los distintos padres adoptivos. Sabía sí que su información tenía un valor enorme para una persona, pero no sabía por qué.

Había otra posibilidad, por supuesto. Tal vez Betancourt ya supiera todo acerca de mí, y tal vez ya había llamado a alguno de sus antiguos clientes —un asesino a sueldo de los carteles del narcotráfico, por ejemplo— para que tuviera una conversación conmigo. Apagué la luz de la lámpara y me metí debajo de las sábanas después de confirmar que mi pistola estaba en el cajón de la mesa de noche.

No pude dormir bien.

A la mañana siguiente, el informe de Néstor me estaba esperando en mi escritorio. Él ya se había ido.

Me quedé dormida en la silla. Sólo me despertó la aparición de Leonardo vestido con una camiseta con la leyenda «Vence Beach Gold's Gym» y un par de pantalones ajustados.

—Estás muy bien, jovencito —le dije mientras tomaba los informes de Néstor—. Antes de que te des cuenta, usarás todos los días traje cruzado y zapatos con punteras.

—Alice no tiene nada de yuppie —dijo, mirando una hoja llena de cifras y la calculadora—. ¿Sabes que le vendí dos botellas de vitaminas más a Néstor? Una más y habré superado mi cuota mensual. El resto viene con un premio.

Me miró con una sonrisa.

—Ni lo pienses —le dije—. No necesito esas pastillas artificiales para tener en mi cuerpo las vitaminas indicadas.

Leonardo estaba por comenzar con una de sus disertaciones acerca de la salud, el ejercicio y el futuro de ruina y várices que me amenazaba, pero yo lo despaché con un gesto. Lo último que necesitaba esa mañana era una charla señalando que mis enzimas estaban descontroladas. Ni siquiera sabía qué quería decir con eso.

Cuando Leonardo me dejó sola, comencé a preguntarme si debía contarle la visita de Cruz a la oficina de Betancourt y mis sospechas acerca de mi apartamento, pero me contuve a tiempo. ¿Qué podía decirle? ¿Qué vigilara la aparición de hombres armados y con pasamontañas? El caso estaba avanzando y no era el momento para volverse totalmente paranoica.

Pero hacía ya tres días que le había entregado el dinero a Alberto Cruz y no había tenido noticias de él. Era hora de comenzar a moverse. Si Alberto sabía dónde estaba la madre biológica de Michelle y planeaba darme sus datos, era probable que ya lo hubiera hecho. El dinero era demasiado importante para él como para andar dilatando las cosas.

Estudié el meticuloso informe de Néstor y lo comparé con los escritos por los otros detectives. Esa semana, Cruz había seguido una rutina: se despertaba tarde, trabajaba un rato en el *Mamita*, volvía a casa y terminaba el día invariablemente en el Dirty Dave's. Nadie lo había visitado en su apartamento y no se había reunido con nadie en particular en el bar. Solía almorzar unos sánduches en el barco y cenar en Dirty Dave's. Parecía como si estuviera esperando algo.

Regina no respondió cuando la llamé y había un mensaje telefónico de José Antonio Moreno indicándome que la situación de Michelle era otra vez estable. Me sentí obligada a hacer algo que iba contra mi naturaleza: sentarme y esperar.

Cuando volví de un almuerzo rápido, encontré a Osvaldo en el sillón del hall de entrada. Eso era extraño: Osvaldo solía trabajar afuera y se iba sin intercambiar palabra conmigo o con Leonardo.

La única razón por la que Osvaldo se comportaba educadamente con mi primo era que Leonardo era sobrino de mamá, y por lo tanto algo bueno debía tener. Yo sospechaba que el viejo mayordomo todavía no había hallado ese lado bueno.

Ahora estaba sentado tranquilamente, vestido con su ropa de jardinería y con el sombrero de paja en la mano. Parecía preocupado. Leonardo estaba en silencio en su escritorio, mirando el póster de Mister Miami Beach que había colgado recientemente de la pared.

Osvaldo se puso de pie en cuanto me vio.

—Lupe —dijo—, tengo que hablar contigo. Ya mismo.

Era muy raro que nuestro viejo mayordomo me hablara así. Solamente podía hacerlo en broma. Pero esa vez iba en serio y eso quería decir que algo muy malo estaba ocurriendo. Mirando a Leonardo, que me dijo con los ojos: «Soy inocente», lo hice pasar a mi oficina.

Osvaldo tomó asiento.

—¿Has visto las aves del paraíso que estoy intentando hacer crecer junto a la ventana? —me preguntó—. Esas que me dan tanto trabajo...

Yo asentí, aun cuando no tenía la menor idea acerca de qué flores me estaba hablando. Lo que sí sabía es que eso iba más allá de las flores.

—Mira, Lupe.

Hundió una mano en su bolsillo, extrajo cinco colillas de cigarrillos y las pasó por debajo de mi nariz. Yo le retiré la mano rápidamente. Eran Gauloises. Conocía muy bien su aroma.

—¿Dónde las hallaste?

Osvaldo me tomó del brazo y me llevó al jardín, hasta la ventana trasera que daba a mi oficina. Señaló unas plantas que había a nuestros pies.

—¡Allí! —dijo—. Las encontré esta tarde. ¡Alguien te ha estado vigilando, Lupe!

Gritó tan fuerte que asustó a la familia de loros que vivían en las ramas más altas de un árbol de aguacate que había en el fondo. Los pájaros, azul verdosos, graznaron un momento en son de protesta, hasta que la madre vio que no había nada mal y calmó a sus crías.

—Cálmate, Osvaldo —le dije—. No es bueno que te agites. No es para tanto. Tienes que cuidar tu salud. Recuerda que tienes presión alta.

Le di un golpecito suave en el brazo, intentando apaciguar el temblor que se había apoderado de él. Pero la verdad era que tenía razón en alterarse tanto. Ahora yo estaba segura de que lo que había olido en mi apartamento unas noches antes eran Gauloises.

Tomé las colillas que me entregaba Osvaldo para inspeccionarlas. Presentaban distintos grados de descomposición. Dos de ellas eran casi idénticas, y parecía que los cigarrillos hubieran sido fumados recientemente, mientras que las otras tres eran diferentes entre sí. No había llovido en los últimos días, de modo que todas estaban en buen estado.

Alberto Cruz había visitado Solano Investigations más de una vez, eso era obvio. ¿Con qué propósito? No había ingresado, porque en ese caso habría sonado la alarma. Yo sabía que los cigarrillos habían sido fumados en distintas oportunidades, pero eso era todo.

¿Acaso había estado vigilándome antes de que yo fuera a su apartamento a visitarlo? Tenía que detener mi paranoia. No podía empezar a pensar que todo el mundo me estaba siguiendo todo el tiempo, porque me volvería loca. Tenía que pensar con claridad. Néstor era demasiado honesto como para mentir, si es que había perdido en algún momento a Cruz. Pero eso me hacía surgir otras preguntas. ¿Cuándo había empezado Cruz a vigilarme? ¿Era en efecto Cruz o era alguien que quería hacerme creer que quien me vigilaba era Cruz? ¿Cuánto sabía Betancourt acerca de mi investigación? El círculo se estaba cerrando demasiado rápido.

Para calmarme un poco, decidí trabajar en otras investigaciones. Tenía un caso de estafa en el que Hugh Bresnan, un rico financista neoyorquino, había huido a Florida para escapar de sus acreedores. Se había declarado en quiebra, pero entretanto había comprado una mansión de quince millones de dólares en Miami, con vista al mar, y la había declarado bien de familia. Sus acreedores no podían hacer nada al respecto, puesto que la ley estatal defendía las propiedades usadas como vivienda primaria.

No por nada Florida era conocido como «el paraíso de la bancarrota». Pero yo había encontrado un par de propiedades más cuyo dueño era Bresnan: un condominio para su amante y una casa para su hijo adolescente. Mi cliente iba a estar muy contento y Solano Investigations podría pasar una factura considerable. Supongo que el único que no iba a estar demasiado feliz era Hugh Bresnan, pero afortunadamente nunca iba a conocer mi nombre.

El primer cliente que tuve en mi carrera de detective fue un empleado doméstico, enviado nada menos que por Osvaldo. Era un vecino suyo de La Habana, de setenta y ocho años, que estaba convencido de que su esposa de setenta y cinco lo engañaba. Pero el trabajo era el trabajo y más si era el primero, de modo que me dispuse a seguir a la anciana a todas partes. Los primeros tres días no vi nada extraño. Visitaba a diario a sus dos hijas, iba a la iglesia para ayudar con las flores del altar y jugaba canasta con sus amigas. Yo pensé que todo el asunto era producto de un simple delirio del marido y empecé a sentirme culpable por tomar su dinero.

Pero el cuarto día, mientras pensaba en cómo iba a decirle a mi cliente que abandonaba el trabajo, la mujer fue en auto hasta un motel cerca de Eight Street, en Little Havana. A mí me resultó fascinante y sorprendente ver que se dirigía a una de las habitaciones de atrás.

Poco después llegó un hombre, también anciano, que estacionó su automóvil y se dirigió hacia la habitación de la mujer. A esa altura, yo comencé a pellizcarme para convencerme de que no estaba soñando.

Se quedaron en la habitación unas dos horas. Ella apareció primero y el anciano, con la ropa desordenada, la siguió unos minutos más tarde. Tomé las fotografías, me quedé sentada un rato en el auto para recomponerme y luego mandé a revelarlas. Mientras esperaba, bebí a las carreras una taza de café cubano. Las fotografías eran perfectas. Ambos rostros se veían tan claramente que podrían haber sido tomadas por un fotógrafo profesional.

Llamé a mi cliente a su casa y le dije que necesitaba verlo. Dijo que su esposa no estaría en casa por unas horas y que él no se sentía bien. Yo quería terminar con todo de una vez por todas, por lo que accedí a pasar por su casa en lugar de hacerlo venir a mi oficina.

El cliente vivía en un apartamento modesto y ordenado en Coral Way, cerca de la entrada al puente de Key Biscayne. Mientras esperaba en la sala, vacilé temerosa de decirle lo que había encontrado. Para hacer tiempo le acepté un vaso de agua con hielo.

Cuando el hombre fue a buscarlo a la cocina, miré las fotografías que había sobre los estantes. Me fue fácil reconocer a la esposa. Me detuve en una fotografía con marco de plata. En ella podía verse a mi cliente, a su esposa y, para mi sorpresa, al hombre que había visto entrando y saliendo del motel.

Casi di un salto cuando mi cliente apareció detrás de mí trayendo el vaso de agua. Me sorprendió mirando la foto y me dijo que el tercer hombre era su hermano, Modesto, que nunca se había casado y vivía a dos cuadras de allí. La fotografía había sido tomada en el quincuagésimo aniversario de bodas.

De ninguna manera estaba dispuesta a romperle el corazón a ese pobre hombre. Le aseguré que su esposa le era absolutamente fiel y que sus sospechas eran pura imaginación. Y también le dije que no le iba a cobrar porque no había nada que informar. Ese mismo día busqué la dirección de la casa de Modesto y le envié por correo las fotografías junto con una nota: «A menos que cesen los encuentros, su hermano verá estas fotos». Era un truco pero sin dudas funcionó.

Perdí dinero en ese primer caso pero aprendí una lección invaluable: nada es lo que parece. Y cuando alguien sospecha que algo anda mal y viene a buscar ayuda, el noventa y nueve por ciento de las veces está en lo cierto.

Los Moreno sabían muy bien qué era lo que andaba mal cuando vinieron a buscarme. Y yo ahora sabía que algo andaba mal con Alberto Cruz. La pregunta que me hacía era: ¿encontraría las respuestas antes de que ciertos problemas, que ni siquiera podía imaginar, me encontraran?

# 16

Si siguiera pensando en lo mismo, domicilios violados y colillas de cigarrillo, me volvería loca. Tenía que encontrar algo que me distrajera, aunque sólo fuera por el resto del día, de modo que comencé a hurgar entre los mensajes en mi escritorio para ver si encontraba algo interesante. Entre la pila, en los últimos dos días, había tres de Ethan Chapman, un abogado para quien yo había trabajado algunas veces. La nota de Leonardo indicaba que Ethan me necesitaba para un caso doméstico rápido. Sonaba exactamente como lo que yo necesitaba.

Esperándolo en la línea, me imaginé su oficina. Como el mismo Ethan, era un bastión de la vieja guardia WASP neoyorquina instalado en el caos terrible de Miami. A mí siempre me había gustado Ethan, con su acento bostoniano y sus antecedentes de escuela preparatoria. Estaba casado con una hermosa hondureña a quien había conocido en la Escuela de Leyes de Yale, y ella había insistido en mudarse a Miami para estar cerca de su familia. Quince años más tarde, él seguía usando suéteres de lana con cuarenta grados de calor.

—Lupe, pensé que ya no me ibas a llamar —me dijo.

—¿Cómo van tus cosas, Ethan? —pregunté—. ¿Cómo están Ruth y los niños?

—Bien, bien —contestó distraídamente. Ethan solía estar en varios asuntos a la vez—. Oye, tengo un caso doméstico para ti. Va a juicio en dos días, de modo que necesito sólo un día de trabajo y tal vez un testimonio en la corte. Te pagaré nuestra desorbitada tarifa habitual.

Ése era el tipo de humor que le gustaba a Ethan.

—Está bien —convine—, porque sólo hoy tengo el día libre. Tengo un caso importante, pero por el momento estoy a la espera de algo.

—Bien —dijo y tapó el micrófono con una mano. Murmuró algo, probablemente a su secretaria—. ¿Sigues allí, Lupe? Está bien, bueno, definitivamente éste es un caso de bajo presupuesto. Mi cliente es una camarera cuyo ex marido le debe treinta mil dólares de cuota alimentaria para los tres hijos. Se divorciaron un par de años atrás y él primero pagaba, pero ahora ha llegado el punto en que el flujo de dinero se detuvo por completo.

Ethan hizo una pausa para tomar aire.

—La historia de siempre, según parece —comenté.

—Exactamente. Ella está detrás de él desde hace un tiempo y yo la representé en sus últimas visitas al tribunal. El ex marido aparece pero se comporta como un verdadero crápula —Ethan nunca insultaba y yo sonreí ante su delicadeza—. Sus ropas están raídas y sucias, y tiene vendas por supuestas heridas. A veces lleva un bastón. Es fotógrafo de profesión y dice que no puede trabajar. Llora en la corte, le suplica al juez. Y ha llegado hasta aquí sólo porque el juez tiene un corazón extremadamente blando. Vamos por la séptima prórroga.

—¡Qué basura! —dije.

Ésa era otra razón por la cual nunca me había casado: los ex maridos.

—De la peor calaña —aseveró Ethan—. Pero tenemos suerte. El juez fue transferido a otro tribunal y ya he conversado con su reemplazante. Dijo que si puedo probar que el ex marido está trabajando, lo mandará a la cárcel.

—Si va a la cárcel, no podrá pagar —señalé—. La paga de los presos tarda bastante para acumular treinta grandes.

—Eso es lo que le dije a mi cliente —Ethan hizo una pausa—. Su necesidad de dinero superó a su deseo de venganza. Si logramos tener alguna prueba de que el hombre está trabajando, puedo atraparlo y congelar sus ingresos.

—Dame su nombre y su número de teléfono —le pedí—. Tendré algo para ti al final del día.

Corté la comunicación y esbocé un rápido plan de acción. Ése iba a ser un trabajo breve y placentero. No hay nada peor que un mentiroso hijo de puta que se niega a mantener a sus hijos. Pensé en lo que le iba a decir y marqué el número del tipo.

—Con César Menéndez, por favor —dije con mi mejor tono de ama de casa cubana.

—Él habla.

Su voz era sonora y penetrante, la voz de un hombre sin preocupaciones. En el fondo, se oía una música leve.

—Mi nombre es Carlota Suárez. Me gustaría que me haga un retrato. Es para mi marido.

—Por supuesto. ¿Le puedo preguntar cómo llegó hasta mí?

—Mi amiga María de Hialeah me habló de usted —dije con voz cándida—. Usted le tomó unas fotografías la Navidad pasada. Quedó hermosa.

Imaginé que eso sería suficiente. Todo el mundo conocía a una María de Hialeah.

—Seguro —dijo—. Puedo darle un turno para la semana que viene.

—¡Oh, lo siento! —me lamenté, con la voz quebrada—. Pero tiene que ser hoy mismo. Mañana me voy a Orlando a ver a mi hermano enfermo y no sé cuándo volveré.

César bajó el volumen de la música.

—Está bien —dijo, algo sorprendido—. Supongo que puedo hacerlo. ¿Quiere venir a mi estudio?

No me pareció que esa fuera una buena idea.

—No —me negué—, prefiero una fotografía de exterior. A mí marido le agrada mucho la naturaleza.

—Podemos encontrarnos en el Kennedy Park, en Coconut Grove, a las tres de la tarde —dijo—. ¿Sabe dónde queda?

—Creo que sí —dije simulando incertidumbre. Era a una cuadra de mi agencia—. Me las ingeniaré para encontrarlo. Pero hay algo más. Necesito que la fotografía esté lista para mañana.

—¿No dijo usted que mañana se va a Orlando?

—Sí, pero recogeré la fotografía en la mañana para dársela a mi marido. Usted sabe, no le gusta que me vaya de casa, de modo que quiero hacerlo feliz con este regalo.

—Si usted lo dice... —dijo César—. Pero hay un recargo por el servicio de revelado rápido.

Antes de salir hacia Kennedy Park, pasé por casa para cambiar de ropa. Elegí una blusa de matrona y una falda suficientemente larga y pasada de moda, me recogí el pelo y me apliqué algo de rubor y de delineador de ojos. También cambié el Mercedes por la camioneta de Osvaldo y Aída, que ya había usado otras veces para ocultar mi identidad.

César me estaba esperando en el parque, impecablemente vestido con pantalones de lino y una camisa de algodón blanca inmaculada. En la mano llevaba una cámara Hasselblad. Me presentó a su asistente, un joven apuesto que manipulaba una valija repleta de rollos de película y lentes. César era apuesto, tenía una linda nariz y el cabello artísticamente despeinado. Pero —lo más importante— no tenía herida alguna ni vendas, y a todas luces no necesitaba ningún bastón.

Eso iba a ser bueno.

—Gracias por acceder a mi urgente pedido, señor Menéndez —le dije con timidez—. Nunca un profesional como usted me tomó una fotografía.

César y su asistente intercambiaron miradas.

—Permítame decirle —dijo, tomándome del brazo y conduciéndome hacia un árbol, debajo del cual había una lozana parcela de césped— que será un placer para mí tener como modelo a una mujer tan hermosa.

Ese hombre conocía su negocio. Me hizo posar de varias maneras diferentes. El trabajo del asistente era colaborar con la escenografía, moviendo algunas ramas y colocándome una flor en el cabello. César tampoco perdía oportunidad de «ayudarme», y cada vez que me hacía cambiar de pose me tocaba el brazo o la cintura. Ese hombre era un zorro.

Cuando terminaron, yo sonreí con amabilidad y abrí mi cartera.

—Permítame pagarle ahora —dije.

—No, señora, de ningún modo. Puede pagarme cuando yo le entregue las copias —dijo César, secándose el sudor de la frente con un pañuelo de seda.

—No, permítame insistir —no le di la posibilidad de rechazar el fajo de billetes que oprimí contra su mano—. ¿Esto será suficiente?

César miró el dinero.

—Son ciento veinte dólares. Pero de verdad, señora, no es necesario que pague por adelantado.

El hombre miró a su asistente, como si sintiera que algo, no sabía qué, estaba mal.

—Por favor —dije, sonriendo—. Me sentiré mejor así. ¿Qué le parece si le pago la mitad ahora y la mitad mañana?

—Si usted insiste... —Menéndez tomó el dinero.

Yo sabía que no podría negarse.

—¿Le puedo pedir una tarjeta profesional? —le pregunté con inocencia—. Perdí la que me había dado María.

El fotógrafo buscó una tarjeta en el bolsillo de su camisa.

—¿Puede anotar allí que le di sesenta dólares? Tengo una memoria ruinosa y no quiero olvidarme.

Lo miré con expresión desesperada y patética, asegurándome de que él pensara que mi coeficiente intelectual no llegaba a cien.

Eso era demasiado fácil. César, el papá aprovechado, escribió «Recibí $60», junto con la fecha, en el dorso de la tarjeta. Nos dijimos adiós y él se fue, seguramente hacia el cuarto de revelado. O tal vez a comprarse un nuevo par de pantalones. Le tomé un par de fotografías mientras él guardaba su equipo fotográfico en su camioneta. Demoró unos minutos en esa tarea, porque tuvo que correr la rueda de repuesto para que el equipo entrara.

En cuanto llegué a la agencia llamé a Ethan. Leonardo, inmerso en la lectura de la revista *Modern Nutrition*, levantó la vista para mirar mi vestimenta pasada de moda y luego volvió a lo suyo.

Ethan rió entre dientes cuando le conté cómo había manipulado a César.

—Excelente —aprobó, tan contento como si hubiera hecho un hoyo en uno—. Envíame el recibo y las fotografías hoy o mañana, con tu informe. Te llamaré cuando necesite que testifiques.

—Muy bien, Ethan —dije—. Y muchas gracias. Muchísimas gracias.

—¿Por qué?

—Ya casi había olvidado la razón por la que este trabajo me gusta tanto.

# 17

La primera edición del *Miami Herald* confirmó lo que yo sabía hacía unas horas: Alberto Cruz había sido mortalmente apuñalado en el callejón detrás de Dirty Dave's la noche anterior. Era una noticia pequeña en la sección local. No había testigos y, aparentemente, nadie que supiera algo del episodio. La policía solicitaba que todo aquel que conociera algo del asesinato se contactara con ellos mediante un número telefónico.

Kenny Alston, uno de mis detectives, estaba en Dirty Dave's cuando ocurrió, y me había llamado a las tres de la mañana para contarme que Alberto se había dirigido hacia el callejón en su camino a casa. Kenny había pasado toda la noche en el bar, mirando cómo Alberto bebía su cuota cotidiana de cervezas. Cuando Alberto salió —tambaleándose, como siempre—, Kenny esperó unos minutos antes de levantarse para seguirlo.

Me informó que esa noche no había nada extraño en el comportamiento de Alberto en el bar. Supuso que iba a volver a su casa, como siempre, de modo que le dio un tiempo para que orinara en el callejón, evento que también formaba parte de su rutina. Kenny lo siguió sólo tres o cuatro minutos más tarde y no pudo verlo por ningún lado. Comenzó a revisar el lugar y lo encontró tirado en el piso, escondido detrás de los tachos de basura de aluminio del bar. Obviamente, alguien había estado esperándolo.

Kenny volvió a Dirty Dave's y le dijo al encargado del bar que llamara a una ambulancia. Luego llamó a la policía y denunció que había encontrado el cuerpo. Kenny no dio ninguna otra información y la policía tampoco le hizo demasiadas preguntas. En ese vecindario, un asesinato era cosa de todos los días.

Ahora, yo estaba en mi oficina escuchando cómo los loros se reían unos de otros y luchando con mi conciencia. Alberto había tenido el dinero tres días y había sido asesinado dos días después de ir a ver a Betancourt. Era demasiada coincidencia, y yo quería calibrar exactamente mi responsabilidad en todo eso, así como pensar en la conveniencia o no de decirle a la policía lo que sabía. Por el momento ésta lo había calificado de intento de robo y, hasta donde yo sabía, era posible que fuera cierto.

Había perdido mi única conexión con la madre biológica de Michelle y también los diez mil dólares que los Moreno le habían pagado a Alberto por mi intermedio. Puesto que Alberto era un marinero, supuse que lo habría escondido en el *Mamita*. Y si había sido tan tonto como para chantajear a Betancourt, entonces el dinero estaba probablemente escondido junto a las fotografías que yo le había dejado —y tal vez, también, junto a la agenda que Betancourt buscaba—. Si fuera así, yo no sería la única que intentaría buscarlo.

Sabía que los investigadores de la policía de Miami eran bastante ineficientes, especialmente para un caso de poca importancia como era el de Alberto Cruz, de modo que tenía un tiempo de ventaja. Me parecía poco probable que ya hubieran encontrado el *Mamita*.

La muerte de Alberto me dejaba una sola opción no demasiado atractiva, por cierto: tenía que hallar a la mujerona que aparecía en las fotos tomadas en el muelle de Betancourt. Desafortunadamente no tenía idea de quién era ella. Había dispuesto meticulosamente sobre la mesa sus fotografías en diferentes poses, sólo para ver qué se me ocurría. Era evidente que sabía de barcos, de modo que era posible que la encontrara cerca del Miami River, donde Alberto tenía el *Mamita*. Si no pudiera encontrarla, tendría la posibilidad de mostrar sus fotos por el vecindario. Tal vez alguien pudiera identificarla.

Otra vez tomé prestado el jeep de Leonardo para la expedición. Estacioné del otro lado del barco de Alberto, debajo de un árbol de banyán, y me puse a mirar el velero un rato. El calor era sofocante, aun con las ventanas abiertas. Había sido un acierto ponerme un short y una remera, aun cuando eso provocara las miradas de los pocos vagabundos que pasaban por allí.

Evidentemente mis plegarias de la noche anterior surtieron efecto. En menos de media hora, una mujer pesada, vestida con anchos pantalones de algodón y una camisa de manga corta, pasó en bicicleta a mi lado. Primero fue más allá del *Mamita*, hasta el final de la cuadra, luego esperó un par de minutos y volvió.

La mujer cruzó la calle frente a mí y ató la bicicleta a una palmera seca. Llevaba un gran sombrero de paja y lentes oscuros, pero vi su rostro en una ráfaga. Era la mujer de las fotografías. Con agilidad sorprendente corrió junto a los pilotes del muelle y abordó el velero. Ahora que la veía mejor, me di cuenta de que no era simplemente una mujer gorda. El modo como se movía anunciaba que estaba embarazada.

Le di diez minutos para estar sola en el barco. Ya era hora de sorprenderla. Me trepé a la cubierta y cuando me arrodillé junto a la portilla del camarote, vi que estaba revisando frenéticamente el lugar. Al acercarme me di cuenta de que estaba vaciando un cajón enorme lleno de cartas de navegación de Alberto mientras fumaba un cigarro.

Era evidente que sabía dónde buscar. Estaba a punto de quitar un estante de un armario cuando yo me aclaré sonoramente la garganta. Ella saltó de inmediato, tomó un machete que había contra la pared y se quitó el cigarro de la boca.

—¿Quién eres? ¿Qué estás haciendo aquí? —gritó, revoleando el machete sobre su cabeza con actitud amenazadora.

Yo ignoré sus preguntas.

—¿Estás buscando esto? —le pregunté.

Tenía en mis manos algunas de las fotografías de Miranda, en las que aparecían ella, Alberto y Betancourt. La mujer se arrojó sobre mí e intentó quitármelas. Yo no me resistí. Al fin y al cabo, ella tenía el machete. Había una enorme cantidad de copias en mi oficina.

Ella me miró confundida, con una mezcla de furia y miedo. Era una mulata con una hermosa piel marrón claro y negros ojos almendrados. Su larga cabellera le caía sobre la espalda y casi le llegaba a la cintura. Cuando no estaba embarazada, también debía de ser una mujer enorme.

—Sé quién eres —dijo con los ojos clavados en mí. Aferró con más fuerza el machete—. Eres la que vino a ver a Alberto buscando a la madre de esa bebé. Me dijo que le entregaste un dinero.

—Sí, le di un dinero, pero nunca me dijo dónde podía encontrar a la madre. Supuestamente iba a decírmelo pero murió antes de poder hacerlo —la mujer dejó el machete sobre la mesa y cerró los ojos—. Pero puedo hacer el trato contigo —proseguí—. Sé que estuviste allá. Siempre ibas con Alberto a llevar los bebés.

La mujer entrecerró los ojos. Evidentemente, sabía que le estaba mintiendo.

—Alberto no murió, lo mataron —declaró—. Lo apuñalaron porque iba a decirte lo de los bebés. Dijo que tú lo habías amenazado, que lo obligaste a contarle acerca de los viajes.

—¿Y te dijo que fue a ver a Betancourt e intentó chantajearlo?

La mujer hizo un gesto como para tomar el machete pero luego pareció arrepentirse. En cambio, aspiró larga y furiosamente el cigarro. Intenté no pensar en lo que le estaba haciendo al bebé que llevaba adentro.

Se sentó y comenzó a estudiarme, como si yo fuera a echarme atrás con lo que había dicho o a estallar con respuestas. Yo tampoco me movía, pero estaba haciendo algunos cálculos mentales, intentando establecer quién llegaría primero al machete si las cosas se ponían densas. Tenía la Beretta en mi cartera, pero no llegaría a sacarla antes de que ella me diera con el machete. Embarazada o no, era una mujer muy ágil.

—¿Por qué demonios debería creerte? —dijo, todavía mirándome—. Alberto nunca habría ido sin avisarme a hacer algo así con el abogado. Odiaba al hijo de puta, pero también le temía. Eres una mentirosa.

Se acomodó, intentando mejorar la posición de su panza.

—No estoy mintiendo —le aseguré—. Hice vigilar a Alberto desde el día en que fui a su apartamento. Sospechaba que intentaría hacer algo así.

Ella exhaló una enorme bocanada de humo sobre mi rostro. Si yo no hubiera sido cubana, si no hubiera tenido a mi papá y a mi tío fumando frente a mí todo el tiempo, habría vomitado al instante. Pero tragué saliva. Por el momento, prefería tratar lo más amablemente posible a esa mujer.

—¿Por qué debería creerte? —me preguntó, aparentemente desilusionada por no haber logrado revolverme el estómago—. Conozco a Alberto desde hace años. Y tú eres simplemente una perra que quiere sacarme algo.

Tomé el sobre que contenía las fotografías de Néstor y separé tres de ellas. Se las alcancé y esperé a ver su reacción.

—Ya ves, te estoy diciendo la verdad —le dije con suavidad—. Alberto fue a la oficina de Betancourt a chantajearlo. Y no funcionó. Ahora él está muerto y tú estás metida en un gran problema. Ahora, Betancourt vendrá por ti.

Ella sacudió la cabeza como si estuviera hablando con un chico confundido.

—¿Y por qué vendría a buscarme? Alberto fue allí solo y yo no pienso chantajear al abogado. Betancourt no tiene nada que temer de mí.

Estábamos progresando. Tal vez ella había sospechado siempre que no podía confiar por entero en Alberto. En ese momento, agradecí silenciosamente a Néstor por su excelente trabajo con la cámara.

—Estás metida en un gran lío —insistí—. Es obvio que eres una mujer inteligente, por lo que te aconsejo que no te hagas la tonta.

Ahora que Alberto está fuera del juego, Betancourt puede pensar que tú eres la única que puede conectarlo con el negocio de los bebés. Tú misma me acabas de decir que Alberto le temía.

El barco comenzó a balancearse lentamente debido a la estela dejada por una lancha que acababa de pasar. Yo me aferré a la mampara hasta que pasó la ola.

—Betancourt es una mala persona —dijo la mujer, ignorando el movimiento del barco—. Pero no vendría a buscarme si no estuviera seguro de que estoy tramando algo.

Por primera vez me pareció detectar cierta vacilación en su voz. Ella volvió a aspirar su cigarro.

Yo respiré hondo. Era hora de que las cosas se volvieran más personales.

—¿Cómo te llamas? —pregunté.

Esa mujer no era fácil de abordar. Con los labios apretados, masculló:

—Bárbara. Bárbara Pérez.

—Mira, Bárbara, tú sabes la clase de problema en que estás metida. Hace años que conoces a Betancourt —fue un buen intento, porque ella ni siquiera pestañeó—. ¿Crees acaso que a este hombre le importan los demás? El tipo trafica bebés.

El rostro de Bárbara enrojeció.

—¡Tú eres quien hizo matar a Alberto! —gritó—. ¡Si no hubieras ido a verlo, él estaría con vida!

—Un momento, dejemos las cosas en claro. Fue Alberto el que hizo matar a Alberto —golpeé la mesa—. Él intentó chantajear a Betancourt. Yo no voy a asumir la culpa de que él haya cometido esa estupidez —Bárbara se encogió de hombros, aceptando lo que yo decía—. El que se acuesta con niños amanece mojado, ¿verdad?

Ella rió suavemente entre dientes.

—Tu problema es que crees saber demasiado, niña detective. Dime, ya que tanto sabes: ¿cómo sigue la cosa?

Eso me tomó por sorpresa. Bárbara era dura, pero había comenzado a aceptarme. No íbamos a ser mejores amigas, pero al menos no estaba echándole un vistazo al machete cada dos segundos. Por fin, estaba escuchando.

—Antes que nada, necesito saber algo acerca de la madre de esa bebé que ustedes entregaron hace cuatro años. Te propondré el mismo trato que le propuse a Alberto. Él te dio los detalles, ¿verdad?

Bárbara se masajeó la espalda, casi como un acto reflejo. Hasta donde yo adivinaba, ella estaba en problemas, pero por otro lado yo estaba mintiéndole y ella parecía advertirlo.

—¿De qué me servirá el dinero cuando esté muerta? —preguntó—. Míralo a Alberto. Ya no le importa el dinero.

—Pero Alberto intentó chantajear a Betancourt. A Alberto lo mató la codicia —le recordé—. Tú podrías irte de Miami.

Bárbara levantó las cejas, asombrada; era una muchacha cubana, como yo. Era evidente que abandonar Miami era algo que nunca había considerado.

—Vas a dar a luz a un bebé en unos meses, ¿verdad? Dame la información que necesito y puedes empezar de nuevo en otro lugar.

Bárbara se mantuvo en silencio, considerando las escasas opciones a su alcance. Al comienzo me había asustado con su arranque de violencia y la amenaza que trasuntaban sus ojos. Pero ahora parecía que estaba más asustada de mí que yo de ella. Dejé que se tomara su tiempo. Bárbara era la única esperanza de Michelle Moreno, y lo único que yo había hecho hasta ahora era destruir las otras esperanzas.

Comprendiendo que Bárbara iba a demorar su respuesta, le eché una ojeada al velero por primera vez. Ella no hizo nada para detenerme.

Ese lugar parecía el opuesto exacto al apartamento púrpura de Alberto. Era un dominio claramente masculino: colores oscuros y paneles de madera. Era un barco diseñado para marineros serios, sin lujos, equipado sólo para cubrir las escasas necesidades de la vida en el mar. La única huella dejada por Alberto era la madera meticulosamente lustrada y el resabio del aroma a Gauloises.

—Está bien, te ayudaré —accedió Bárbara a mis espaldas, y me di cuenta de que me había olvidado de ella y me di vuelta—. Pero tienes que garantizarme que Betancourt no me hará daño. No quiero abandonar Miami. Tengo seis hijos; siete con éste —Bárbara se pasó las manos por su voluminoso abdomen—. Tienes que garantizarme que el abogado me dejará en paz y te contaré todo acerca de la madre de la pequeña.

—¿Y cómo puedo garantizarte que no intentará hacerte daño? ¡Yo no tengo idea de lo que ese hombre quiere hacer contigo! —Sentí que se apoderaba de mí una marea de rabia, pero luego recordé que Bárbara podía dejarme inconsciente en menos de un minuto si así lo deseara—. Mira, te daré el doble de dinero. Te daré veinticinco mil.

Bárbara me miró a los ojos.

—Tienes que garantizar también mi seguridad. No sé cómo podrías hacerlo, pero ésa es mi condición.

Ése era un giro inesperado. Bárbara me caía simpática, ¿pero cómo podía garantizar yo las acciones de Betancourt, especialmente ahora que se había decidido a actuar con mano dura? Seguramente no había asesinado él mismo a Alberto —los hombres como él muy raramente hacen el trabajo sucio—, pero yo estaba cada vez más segura de que él era el responsable.

Con su cartera de clientes, podía abrir una agencia de empleos para asesinos y malandrines.

Dejé a Bárbara sentada en la silla del capitán, con los brazos cruzados en actitud desafiante. No la culpaba por haber puesto condiciones tan duras. Desafortunadamente, ahora cada una de nosotras tenía en sus manos el destino de la otra.

# 18

Después de abandonar a Bárbara al calor de la tarde, llamé a Charles Miliken, asistente del fiscal del estado. Era un viejo amigo mío que podía ayudarme a encontrar una nueva perspectiva para la situación. En una época, Charlie y yo habíamos mantenido una relación particularmente intensa. Duró dos años, pero no podía conducirnos a ninguna parte. Él necesitaba una relación estable con una mujer que nunca le dijera que estaba equivocado. Pueden imaginarse cuán lejos estaba yo de encajar en ese ideal.

La recepcionista pareció recordarme cuando ingresé en el cubículo blindado que hacía de antesala de las oficinas de los fiscales en el Metro Dade Justice Building, y me hizo una seña para que entrara en la oficina de Charlie. Yo avancé por los largos pasillos, girando cuatro veces hasta toparme con la puerta de vidrio oscuro de su oficina. El lugar era un laberinto y supongo que eso desalentaba a todo aquel que pudiera esquivar la atenta mirada de los guardias en la planta baja.

La oficina de Charlie no era muy distinta de otras por las que había pasado en mi camino hasta allí: estrecha, institucional, repleta de archivadores. En el centro del salón había un escritorio deteriorado y, frente a él, dos viejas sillas con listones en el respaldo. La típica alfombra industrial estaba tan manchada de café que parecía un mapa del mundo en relieve.

Golpeé a la puerta, primero con suavidad y luego más fuerte. Seguramente, Charlie estaba hablando por teléfono, como era habitual. Cansada de esperar, abrí la puerta. Charlie no era precisamente un buen anfitrión.

Había acertado. Charlie estaba hablando por teléfono recostado en su silla, de espaldas a la puerta. Estaba tan inmerso en su conversación que ni siquiera me había oído entrar, de modo que me senté en sus piernas y comencé a besarlo.

Él cortó la comunicación en medio de una frase. Por un momento sentí la tentación de repetir la historia allí mismo, pero luego resolví que ya me había metido en demasiados líos como para agregar otro.

—Charlie... —dije, soltándome de su abrazo.

—Lupe... —dijo él, tirando de mí hasta llegar a besarme la oreja. Sabía muy bien que ése era mi punto débil.

—Charlie, tengo un problema.

—Más tarde lo hablamos —dijo, poniéndose de pie en cuanto yo salí de encima de él—. Espera a que cierre con llave.

Evidentemente, él recordaba muy bien ciertos placeres vespertinos, y yo me di cuenta de que le había dado una mala idea.

—Charlie, por favor, te estoy hablando en serio.

Él se sentó en su escritorio, intentando recuperar el ritmo cardíaco, y se pasó los dedos por el cabello lacio y algo largo.

—Está bien, ya entiendo. No vas a poder pasarlo bien hasta no decirme qué es lo que ronda por tu cabeza.

Charlie Miliken era el hombre con quien más cerca estuve de casarme. Cinco años atrás me lo había propuesto de rodillas. Yo me pasé una semana en agonía, dudando si dejar que él hiciera de mí una mujer honesta, pero finalmente rechacé su propuesta. Pero no lo rechacé a él; le dije que quería que nos siguiéramos viendo sin mencionar la palabra «matrimonio».

Charlie estuvo de acuerdo, pensando probablemente que me convencería. Seguimos saliendo juntos, pero él no pudo tolerar la incertidumbre. No peleábamos por ello, pero la cuestión del matrimonio comenzó a convertirse en una sombra ominosa que tapaba todo lo demás. Las cosas nunca siguen iguales después de que el hombre ve rechazada una propuesta de matrimonio.

De tiempo en tiempo seguíamos viéndonos sólo para disfrutar de los placeres de la carne. Habría sido difícil renunciar a eso. Para ser un WASP, Charlie era extremadamente apasionado. De hecho, nos entendíamos mejor ahora que antes, cuando salíamos formalmente. Una vez, ya de madrugada, Charlie me confesó que yo le había arruinado la posibilidad de salir con otras mujeres. Yo intenté no sentirme contenta por ello, pero fue difícil.

Me senté en una de las sillas para fingir decoro e intenté arreglarme. El aspecto de Charlie era desastroso, y yo también me había detenido demasiado tarde como para no sufrir ahora cierta excitación hormonal. Debería haber sabido que jugar con esa vieja química era como jugar con fuego.

—Antes de que te diga algo, necesito que me hagas una promesa —comencé—. Prométeme que vas a mantener todo esto en secreto a menos que yo te dé permiso para hacerlo público.

Los ojos celestes de Charlie se clavaron en mí, repentinamente concentrados en lo que yo decía. Mientras me escuchaba, se pasaba una de sus grandes manos manchadas de tinta por el mentón.

—Te lo prometo —dijo.

Ignorando la ley contra el cigarrillo que prohibía fumar en todos los edificios públicos de Dade County, Charlie abrió una ventana que había detrás de su escritorio, extrajo un Marlboro del bolsillo de su camisa y lo prendió con un encendedor de plástico. A él nunca lo habían preocupado demasiado las reglas, lo que explicaba por qué había llegado sólo a asistente del fiscal en lugar de jefe de división.

—Lupe, querida —dijo—, tú sabes que haría cualquier cosa por ti. Pero déjame hacerte una pregunta: ¿esto podría llevarme a la cárcel?

—Probablemente no.

Se encogió de hombros y pitó su Marlboro.

—Suficiente para un empleado estatal.

Le conté toda la historia, empezando por mi reunión inicial con los Moreno y terminando con Bárbara Pérez en el *Mamita*. Le mostré las fotografías tomadas por Miranda. Me escuchó sin interrumpir y no pareció interesarse demasiado por las fotos; fruncía el entrecejo constantemente y encendió otro cigarrillo con la colilla del anterior.

—¡Qué historia, Lupe! Gracias por involucrarme en ella —dijo sarcásticamente y con un tono amargo que yo nunca le había oído—. Empecemos con los cargos que podría haber en tu contra por ocultar información en un caso de asesinato; para no mencionar el hecho de que posiblemente convertiste a este tal Alberto Cruz en blanco de una organización mafiosa.

—No te preocupes, ya he pensado en todo eso —le dije.

Charlie dejó caer unas cenizas en una lata de Diet Coke y sacudió la cabeza maravillado.

—Está bien —admitió—. ¿Por qué detenerse en pequeñeces? ¿Qué es lo que quieres de mí?

—¿Puedes proteger a Bárbara Pérez?

Charlie pestañeó una vez. Había logrado sorprenderlo.

—Veamos —dijo, enderezándose en su silla—. Tus clientes adoptaron ilegalmente a una bebé, y es casi seguro que ahí había algo muy sucio. La bebé no figura en los registros de Dade County, y no puedes encontrar al médico que atendió el parto, a menos que una anciana viuda venga a salvarte a último momento. Sobornaste a un hombre de baja estofa para que te diera información y, debido a ese incidente, él ahora está muerto. Es probable también que hayas firmado el certificado de muerte de su socia, que está esperando un niño, y pareces estar bastante lejos de resolver el caso. Interrúmpeme si estás en desacuerdo con algo.

Acepté sus palabras, algo avergonzada.

—Tienes razón, Charlie. ¿Te sientes feliz ahora?

Por un momento, se me ocurrió que ésa habría sido mi vida matrimonial si yo hubiese aceptado su propuesta. Gracias a Dios, la había rechazado.

Charlie se inclinó hacia adelante en su silla, lo que provocó que mi cerebro crujiera instantáneamente. Mi viejo amigo abrió uno de los cajones de su escritorio, extrajo una botella de Jack Daniel's y llenó dos vasos de plástico que había en el mismo cajón. Sin decir una palabra, me alcanzó uno. Reconocí en ese movimiento uno de sus gestos de reconciliación y, mientras bebía, me di cuenta de que realmente necesitaba ese trago. Aparentemente, él también lo advirtió, porque llenó mi vaso otra vez sin que yo se lo pidiera.

—Para responder a tu pregunta —dijo suavemente—, te digo que no, que no me siento feliz. Y basado en lo que me has dicho, te digo que no puedo proteger a Bárbara Pérez.

Bebió un largo sorbo y se echó hacia atrás.

—Comencemos por la adopción —dijo—. Los Moreno no tienen el menor interés en presentar una denuncia contra Betancourt, porque eso constituiría una admisión de culpabilidad en una transacción ilegal. Y en el proceso probablemente perderían a su bebé.

Yo bebí otro trago. Sentí un ardor mientras el líquido bajaba hacia mi estómago.

—Puedo garantizarte que ninguno de los otros padres estará interesado en presentar una denuncia, suponiendo que pudieras ubicarlos —prosiguió—. Y tampoco testificarían a favor de los Moreno. Aun si el tribunal quisiera forzarlos a testificar, contratarían a los mejores abogados para que los mantuvieran aunque fuera por varios años lejos de los jueces.

Tal vez fuera obra del alcohol, pero yo sentí que mi rostro enrojecía de rabia.

—Charlie, estás hablando como uno de esos abogados de mierda.

Él encendió otro cigarrillo y miró hacia un costado.

—Lupe —dijo—, sabes bien que lo que te estoy diciendo tiene sentido, y es eso lo que te molesta.

—Pensé que con la edad te ibas a volver menos irritante, pero veo que estaba equivocada.

Él ignoró mi comentario.

—Y no tienes nada sustancial que ligue a Betancourt con ese plan de adopciones ilegales —concluyó, echando un anillo de humo por la nariz. Yo me sentía mareada. Beber alcohol a media tarde y con el estómago vacío era una experiencia nueva para mí—. Tienes fotografías de parejas con dinero entrando en su casa, pero bien podrían ser sus invitados. Tienes fotografías de Alberto Cruz y Bárbara Pérez en su muelle, entregando lo que tú aduces que es un bebé.

Tomó las fotos de Miranda y se calzó sus anteojos de lectura.

—Pero estas fotos no son tan claras al respecto. Alberto Cruz era el dueño de ese barco. Betancourt puede decir que estaba conversando con él sobre la posibilidad de comprarlo o sobre la posibilidad de contratarlo para reparar una embarcación, o sobre lo que a él se le ocurra. ¿La muerte de Alberto Cruz se produjo dos días después de que fuera a ver a Betancourt a su oficina? Eso no prueba nada. Nadie llamó para dar información sobre el asesinato en el callejón trasero de Dirty Dave's, y lo más seguro es que nadie lo haga en el futuro. Por lo que me has dicho, esta mujer Bárbara no sería una buena testigo. Podemos ofrecerle inmunidad legal a cambio de su testimonio, pero necesitaríamos alguna corroboración. Lupe, mi amor, todo lo que tienes es una serie de deducciones mal fundadas que derivan en una acusación contra uno de los abogados más prominentes de la ciudad. Esto no basta para sostener un caso ante un tribunal.

Charlie estaba acabando con mi paciencia.

—¿Qué necesitarías para tener un caso? —le pregunté—. ¿Qué necesitas para salir detrás de Elio Betancourt?

El lugar a esa altura apestaba a humo de cigarrillo, y yo me sentía acalorada por el Jack Daniel's. Pensar con claridad, a esa altura, era toda una hazaña.

Charlie, en cambio, parecía estar perfectamente tranquilo.

—Necesito lo mismo que necesitas tú: a una de las madres biológicas. Allí sí podría intervenir con una acusación pública, pero ni siquiera puedo garantizártelo. Recuerda que la madre quebrantó la ley cuando vendió al bebé. Pero ni siquiera sé si constituiría un crimen estatal. Puede que la adopción ilegal sea un crimen federal.

—Charlie, detente un minuto, te lo pido. Me estás provocando dolor de cabeza.

Me puse de pie y me senté en el borde del escritorio. Era muy del estilo de Charlie cubrirse por si acaso, pero sabía bien lo que me quería decir: si hallas a la madre biológica, Bárbara tendrá protección.

Di unos pasos hacia la puerta y la cerré con llave. Charlie no hizo ninguna objeción, por supuesto. Yo tenía trabajo que hacer, pero no podía evitar tomarme media hora para averiguar adónde podía conducirme la vieja química.

# 19

No habría sido correcto ir a un convento oliendo a sexo y a whisky, de modo que hice una parada en mi casa después de abandonar la oficina de Charlie para ducharme, cambiarme y lavarme los dientes. Iba a visitar a Lourdes. A veces siento repentinos deseos de hablar con ella, y ella siempre está allí, esperándome.

El hecho de que Charlie pensara que podía sostenerse una acusación contra Betancourt si yo encontrara a la madre biológica había disparado mi optimismo. Pero ahora, mientras bajaba el efecto del alcohol, recordé que seguía estando en el mismo punto donde había comenzado. Me puse furiosa y llamé a Lourdes a su teléfono celular. Aunque mi hermana es muy devota, hay ciertas cosas a las que no puede renunciar, y el celular es una de ellas. Según la costumbre, la llamé tres veces y corté antes de que atendiera para informarle que era yo. Era una buena manera de acceder a ella en horarios en que supuestamente estaba muy ocupada.

Se mostró feliz de oír mi voz. Como estaba en un retiro, tenía que visitarla en la Orden del Santo Rosario, en Coconut Grove, y no en la casa que compartía con otras tres hermanas. Se suponía que no podía hablar durante el retiro, pero yo debo de haber sonado lo suficientemente desesperada, porque accedió a encontrarse conmigo entre los pinos que había detrás del convento.

Cuando llegué al lugar después de estacionar mi automóvil cerca del bosquecillo, se levantó del césped donde estaba sentada.

—¿Qué hay de nuevo, chica? —preguntó mientras me abrazaba. Sus hombros eran duros y firmes. Lourdes seguía cuidando su físico.

—Necesito hablar contigo —le dije con tranquilidad.

Yo no estaba acostumbrada a verla vestida con su hábito y el azul marino no era el color que mejor le sentaba. Las hermanas del Santo Rosario eran consideradas una orden moderna y activista. Por ejemplo, habían enviado dinero para los sandinistas de Nicaragua. Lourdes desaprobaba ese gesto. Se había incorporado a esa orden con la condición de que no tuviera que participar en actividades con las que no estuviera de acuerdo.

Generalmente, las monjas no tenían derecho a estipular las condiciones de su ingreso en una orden, pero la donación de papá ayudaba a su causa. La jerarquía católica se caracteriza por su pragmatismo. El activismo social de Lourdes se limitaba a dedicarse a tareas docentes con niños pobres de Little Havana, pero ella se mantenía afuera de toda tarea con connotaciones políticas.

Comenzamos a caminar tomadas del brazo junto al muro que daba a la bahía, bajo la sombra de los pinos de Florida y acariciadas por una brisa que cortaba el aire húmedo. Nos sentamos en la pared como niños, con nuestras piernas colgando encima del agua y nuestros rostros refrescados por el rocío de las olas.

La triple vuelta de unas cuentas de rosario alrededor de la cintura de Lourdes no ocultaba la forma de su teléfono celular. Era difícil para una princesa cubano-norteamericana volver atrás. Mi hermana tardó treinta segundos en desatarse sus zapatos negros y quitarse sus gruesas y largas medias también negras.

—Mierda, estas cosas no son nada cómodas —comentó, arrojando lejos de sí los zapatos, que aterrizaron en el césped con un ruido seco—. Dime, hermanita —me dijo mirando el horizonte azulado—, ¿qué es lo que te tiene tan mal que te hace beber a media tarde?

—¿De qué estás hablando?

—Pueda que sea una monja, pero sé distinguir el aroma a alcohol —puntualizó—. Y puedo olerlo en tu aliento, no importa cuántas veces te hayas lavado los dientes.

Me sentí como si tuviera diez años otra vez y le estuviera pidiendo su intermediación para que mis padres me perdonaran alguna travesura. Lourdes, la que lo sabía todo. Sentí deseos de abrazarla para que todo lo malo se fuera, como en los viejos tiempos.

—Lourdes, estoy metida hasta el cuello en un caso terrible —dije, sintiendo que mis emociones afloraban todas de golpe—. Estoy en un gran lío, uno que ni siquiera puedes imaginar.

Lourdes se movió en su hábito, incómoda.

—No quiero que me cuentes los detalles de tu caso —dijo—. Sólo quiero saber si puedes hacer algo para salvar la situación. Intenta evaluarlo objetivamente. ¿Hay algo que esté a tu alcance y te permita arreglarla?

—Lourdes, creo que a esta altura ya quemé las naves...

Ella tomó mi rostro entre sus manos y me miró a los ojos. Yo sentí que mi corazón daba un vuelco y, de pronto, experimenté un gran cansancio. Lourdes siguió mirándome y luego me soltó.

—No estaba bromeando acerca de la bebida —dijo—. A mí también me gusta beber cada tanto, pero hay que mantenerse lejos del alcohol cuando se tienen que tomar decisiones importantes.

Nuestra cercanía de un momento antes me había puesto incómoda y, de pronto, me di cuenta de por qué. Por un instante, sentí que los que me miraban no eran sólo los ojos de mi hermana, sino algo más detrás de ellos, algo que me estaba escrutando. Me desprendí de ella y comencé a buscar un pañuelo de papel en la cartera.

—¿De verdad piensas que tú arruinaste la situación o estás exagerando? —preguntó Lourdes, tomando unas briznas de césped del suelo—. Yo te amo con todo mi corazón, Lupe, pero sabes cómo eres a veces.

—Ojalá haya exagerado, pero realmente la situación es un desastre.

—Bien, así estamos, entonces —dijo con paciencia—. ¿Y qué puedes hacer para arreglarla?

—No estoy segura.

—Bueno, ésa es la pregunta que tienes que responder. No me la tienes que responder a mí, sino a ti.

Nos quedamos allí mirando la tarde hasta que Lourdes dijo que tenía que volver.

—Si sigo aquí —dijo, mirando su reloj—, el retiro no me dará ningún rédito. Cuando estamos aquí, se supone que sólo podemos hablar con Dios y con los santos. No con otra gente y menos con detectives privadas semialcoholizadas.

Le di un beso de despedida y la dejé poniéndose las medias y los zapatos. Rogué para que la Iglesia católica recobrara la razón y admitiera a sacerdotes mujeres. A mi hermana le sentaba mucho mejor el negro que el azul.

Pasé el resto de la tarde en el auto, vigilando las antiguas paradas de Alberto Cruz. El sol golpeaba con particular intensidad y yo seguía allí, confiando en que Bárbara Pérez aparecería por el *Mamita*. No había logrado averiguar dónde vivía y tampoco había recibido ningún mensaje de ella.

Cada mosquito de Dade County parecía haberme picado esa tarde y probablemente sus primos de Broward County tampoco quisieran perderse la fiesta. Yo estaba transpirada, frustrada y me sentía a punto de enloquecer, pero estaba preparada para esperar unos días si eso era necesario. Seis horas más tarde el sol se había puesto y el vecindario pareció cobrar vida, con su estilo marginal. Probablemente no era una gran idea quedarse allí por mucho más tiempo, pero yo de todos modos decidí hacerlo, con la Beretta lista debajo del asiento.

Era cerca de la medianoche cuando vi a Bárbara acercándose al velero. Usaba el mismo conjunto que el día anterior; supongo que el dinero que hacía con Betancourt era para los niños y no para gastar en ropa de futuras mamás.

Esperé hasta que estuvo dentro del barco para acercarme a ella.

—Bárbara, soy yo, Lupe —llamé desde el muelle—. Tengo que hablar contigo.

—Lupe, ¿qué diablos estás haciendo aquí?

—No tengo otra manera de contactarme contigo. Estoy cansada y hambrienta. Hay gente que está intentando encontrarte. Por ahora falló, pero yo no estoy de humor para jugar a las escondidas. Lo único que me sirve como aliento es que si yo no pude encontrarte, posiblemente tampoco Betancourt haya podido hacerlo.

—Podrías poner a tus cien mejores hombres para buscarme y no tendrías éxito. Te aconsejo que guardes las energías para sacarnos de este lío —Bárbara asomó la cabeza, examinando el muelle con binoculares para asegurarse de que yo estaba sola—. Y no me importa si estás cansada y hambrienta, Lupe. Fuiste tú quien me metió en ésta.

Era evidente que no iba a conquistar su simpatía. La vaga camaradería desarrollada en nuestro encuentro anterior había desaparecido y ahora podía palparse cierto antagonismo en su voz. Para ser justa, debo decir que yo habría actuado de la misma manera de haber estado embarazada y asustada.

Bárbara trepó con rapidez a la cubierta del *Mamita*, mirando con desconfianza en todas las direcciones.

—Sé cómo te sientes. Si garantizas mi seguridad, podremos hablar acerca de lo que quieras.

—Entonces vayamos abajo a hablar —le dije, implorando un poco—. Estuve todo el día sentada en el auto esperándote. Mira lo que hicieron los mosquitos con mis brazos —le mostré mis ronchas.

Ella estudió mi piel con mirada de madre experimentada. Las picaduras de insectos, aparentemente, no significaban demasiado para ella. Con el entrecejo fruncido, dio unos pasos hacia el camarote.

—Está bien, vamos —accedió.

Mientras la seguía, encendió una lámpara, y luego se quedó mirándome, rodeada de sombras. Yo estaba tan aliviada de poder salir del auto que realmente no me importaba su actitud. Bárbara tomó dos vasos de plástico que había sobre un estante, sirvió una considerable cantidad de ron en cada uno de ellos y los aderezó con un chorro de Coca-Cola de una lata ya abierta. Yo me limité a desear que el bebé que llevaba dentro no resultara dañado ni heredara el gen del alcoholismo. Mientras revolvía los tragos, encendió un formidable cigarro y luego bebió un largo sorbo. El brebaje no resultaba demasiado prometedor, pero tal vez el mío no viniera rociado con ceniza.

—¿Tienes alguna noticia para mí? —me preguntó, alcanzándome uno de los vasos.

—Nada definido. Todavía no puedo garantizarte nada. Fui a ver a un amigo, un abogado del gobierno, y le conté en qué lío estás metida.

Sus ojos se abrieron bien grandes.

—¿Le dijiste a alguien del gobierno? ¿Acaso eres idiota? Ahora tenemos más problemas que nunca.

—Es alguien en quien puedo confiar —le dije, bebiendo unos sorbos pequeños. La Coca-Cola no tenía una pizca de gas—. Recuerda que yo también estoy metida hasta el cuello. Recurrí a mi amigo en busca de consejo.

Bárbara se rió amargamente.

—No pensaba que fueras tan tonta —dijo—. Pero ahora sé que lo eres. Nadie tiene amigos en el gobierno.

—Él es antes que nada un amigo mío y, además, asistente del fiscal del estado —repliqué.

—Ya veo —dijo, mirándome con una sonrisa infantil—. ¿De modo que tú y ese tipo son más que amigos?

—Lo éramos —comencé a decir, pero me contuve—. De todos modos, eso no interesa. Lo que importa es que él me prometió mantener el secreto.

—¿Tú todavía confías en que los hombres cumplan con sus promesas? —preguntó Bárbara, incrédula, esparciendo las bocanadas de humo por la cabina—. Entonces cometiste dos errores, no uno. ¿Y qué fue lo que te dijo ese tipo?

—Que estás en un problema serio con el gobierno de los Estados Unidos por tráfico de bebés, pero más inmediatamente estás en problemas porque eres la única persona viva que pueda relacionar a Betancourt con ese delito. Es tal como yo te lo dije.

Bárbara bebió un largo trago y luego entrecerró los ojos. Yo intentaba beber poco a poco, recordando el consejo de Lourdes.

—Mi amigo dijo que el gobierno probablemente te dará la inmunidad si testificas contra Betancourt, pero para que el caso sea sólido, primero tenemos que identificar a una de las madres biológicas. Y la que me interesa es la madre que Alberto iba a buscar para mí.

—¿Y ésa es la única manera de salir viva de esto? —preguntó—. ¿Llevar la madre al gobierno?

—Bárbara, descubrí una manera de protegerte. Creo que deberías estar contenta.

Ella volvió a beber y me miró con ojos asustados.

—Bueno, Lupe, será mejor que comencemos a orar. No hay ninguna posibilidad de que eso ocurra.

—¿Qué? ¿No sabes dónde están? Has estado haciendo esto durante años.

Yo estaba adivinando, pero ella no me contradijo. Una pequeña victoria; me parecía que su actitud fatalista estaba basada en algo que realmente sabía.

—Lupe, yo no sabía nada acerca del negocio. Alberto se ocupaba de eso. Mi parte consistía sólo en ir con él en los viajes, para hacer de nodriza y también ayudarlo con el barco. Tú sabes que en Cuba no hay leche envasada, de modo que yo era necesaria para alimentar a los niños en el viaje de vuelta.

Me tomó unos segundos absorber lo dicho por Bárbara. Cuando lo hice, intenté con todas mis fuerzas no mostrarme sorprendida, pero no lo logré. De todos modos, Bárbara ni siquiera lo notó, concentrada como estaba en su propia desesperación.

Los bebés venían de Cuba. Bárbara y Alberto iban en barco hasta allí regularmente para buscarlos.

—¡Dios santo! —murmuré.

Bárbara no dijo nada. Miraba fijamente la colilla de su apestoso cigarro.

Yo no sabía qué preguntarle. Por alguna razón, mi mente se había fijado en la logística de los viajes.

—¿Y por qué no llevaban leche envasada? —pregunté—. ¿Eso no habría facilitado las cosas? ¿O darles alguna fórmula para bebés?

Bárbara asintió.

—Yo también pensé en eso. Alberto me dijo que al comienzo usaban fórmula envasada, pero que el tercer bebé murió en el camino. Alberto decía que Betancourt estaba convencido de que la fórmula había matado al bebé.

—La fórmula no mata bebés —repliqué.

—Lo sé. Yo pienso que Alberto se sentía bien conmigo como ayudante y entonces convenció a Betancourt. Él sabía que yo ayudaba con el barco, pero también era un hombre. Nunca habría admitido que necesitaba una mujer para ayudarlo en un trabajo masculino, de modo que le dijo al abogado que me necesitaba para ayudarlo con los bebés. Y teníamos detrás a las patrullas cubanas y a la Guardia Costera, muy cerca de nosotros. Como el sonido se trasmite por el agua, mi trabajo era mantener tranquilos a los bebés.

Debo de haberla mirado de mala manera, porque se puso a la defensiva.

—Eran pequeños recién nacidos —se justificó—. Extrañaban a sus madres. De modo que yo los acunaba y hacía todo posible para mantenerlos tranquilos. Era realmente una situación muy peligrosa. Un grito en el momento equivocado y todo se derrumbaría.

Yo podía ver el miedo en su expresión mientras ella recordaba las patrullas en alta mar.

—¿Cómo sabes tanto acerca de barcos? —le pregunté—. ¿Acaso creciste junto al mar?

Sus ojos se entrecerraron con momentánea blandura.

—Crecí en Cojimar, una pequeña ciudad pesquera cerca de La Habana. Es un hermoso lugar; bueno, lo era hasta que Castro la arruinó —Bárbara desvió la mirada—. Mi primer marido era pescador. Me casé con él a los quince años y a los dieciséis tuve a mi primer bebé.

Yo comencé a decir algo pero ella me interrumpió.

—Algún día te contaré cómo hice para salir de Cuba. Pero no ahora. Es un asunto muy privado.

Preferí no presionarla y comencé a pensar en el plan de Betancourt. El tipo se especializaba en bebés cubanos para padres cubanos y ricos. Yo había pensado desde el comienzo que esos bebés eran hijos de exiliadas de South Florida. Sin duda, había jugado con varias ideas en mi cabeza: que tal vez llevaran a las madres a una isla de los Cayos para dar a luz o que las llevaran a las Bahamas y trajeran a los bebés en barco. Pero esto tenía más sentido y no me sorprendía que de esa manera Betancourt pudiera acceder a una oferta enorme. Si uno quería bebés cubanos, qué lugar mejor donde conseguirlos que Cuba. Suponiendo que uno pudiera entrar y salir de la isla.

Ahora entendía a qué se refería Bárbara. No teníamos ninguna posibilidad de acceder a una de las madres, y ni hablar de las escasas chances que teníamos de hallar a la madre de Michelle. Parecía imposible que Alberto hubiera logrado hacer tantas veces ese viaje sin ser descubierto. Yo no sabría hacerlo ni siquiera una sola vez.

Bárbara se recostó en la silla de mando y miró por el ojo de buey.

—Déjame decirte una cosa —dijo—. Muchas veces esos viajes eran un verdadero infierno. Esos niños sabían que yo no era la mamá. A veces no querían mamar y durante todo el viaje se mostraban irritables. Tú sabes, no hay leche materna que sea igual a otra.

—Y tú... ¿siempre estabas encinta? —tartamudeé yo.

—A Alberto le gustaba que fuera así. Sabía que significaba que había leche para los niños —ella se miró los enormes pechos apretados bajo su camisa—. Creo que en estos diez años no hubo un momento en que no tuviera leche.

—¿Y por qué lo hacías? —pregunté, mientras dejaba mi trago en el piso—. Tienes una familia. ¿Por qué correr tantos riesgos?

Bárbara se encogió de hombros.

—Porque Alberto me pedía que lo hiciera. En una época, hace mucho tiempo, él fue mi hombre, y fue un buen hombre. Tú sabes, no hay muchos hombres buenos. Sobre todo para una mujer como yo, con tantos hijos, con tanto pasado... A los hombres cubanos eso no les gusta, tú lo sabes. Es difícil encontrar a un hombre bueno. Y Alberto necesitaba mi ayuda.

Yo casi sentía pena por ella, pero por otro lado esa mujer hablaba del peligro como si no fuera nada. Ella sabía bien cómo sobrevivir, y no necesitaba de mi compasión.

—No nos dedicamos siempre a eso, ¿sabes? —dijo Bárbara con melancolía—. Comenzamos como pescadores. No era una gran vida, pero el menos podíamos comer, beber ron, fumar cigarros y pasarnos buena parte del día en el barco. No en el *Mamita*, sino en un remolcador. Alberto también hacía trabajitos para gente rica cerca de los muelles.

—Y fue así que conoció a Betancourt.

Bárbara se mordió el labio y bajó la vista.

—Alberto sufrió una herida mientras trabajaba en el barco de un hombre rico. Betancourt era el abogado de la compañía de seguros contratada por el tipo. Y Alberto terminó haciendo trabajitos para Betancourt. Alberto y yo ya nos habíamos separado cuando él me llamó por la cuestión de los bebés. Yo no hacía mucho más que tener bebés y criarlos, en ese momento. Aunque no me pagaba demasiado, yo no necesitaba más que para darles de comer a mis niños.

Bárbara se estaba poniendo triste con sus recuerdos de Alberto y a mí me resultaba difícil seguirla. Yo seguía aturdida. ¿Cómo diablos había hecho Betancourt para organizar esta difícil empresa? Era realmente una idea brillante. Seguramente, a las madres cubanas les pagaba unas pocas monedas. Y sabía que ninguna de ellas iba a reclamar, años después, a sus hijos biológicos, que estarían viviendo en los Estados Unidos de América. Las únicas personas que habían corrido un gran riesgo eran Alberto y Bárbara.

—¿Y por qué no puedes hacer el viaje a Cuba sin Alberto?

—El viaje no es el problema —contestó Bárbara—. Puedo hacerlo. Sé que puedo hacerlo. Siempre fui mejor que Alberto para timonear un barco. Es peligroso, pero si se va con cuidado se puede hacer. Sólo necesitas las provisiones suficientes, un clima favorable y a Santa Bárbara de tu lado.

Yo ignoré su referencia al santoral.

—¿De verdad piensas que puedes hacerlo? —le pregunté, temiendo mientras esperaba su respuesta.

Ella se quedó en silencio un momento, mirando alrededor.

—Tal vez ya sea hora de decirte cómo escapé de Cuba hace treinta años.

Yo simplemente la miré. Sí, tal vez ya fuera hora.

—¿Recuerdas que te dije que estaba casada con un pescador? Bueno, Eduardo era mi novio de toda la vida. No sé dónde está ahora, pero eso no es lo que importa. Siempre habíamos sido novios, ¿comprendes? Hasta pensábamos lo mismo.

Le di un sorbo a mi bebida. No estaba tan mal.

—En cuanto nos casamos, comenzamos a pensar en cómo irnos de Cuba. Allí no había futuro. Todo el tiempo nos vigilaban los malditos espías del gobierno, porque Eduardo era dueño de un barco y había una posibilidad de que quisiera escaparse. Al comienzo él iba de pesca con su hermano, pero luego su hermano enfermó.

Bárbara hizo una pausa para inhalar su cigarro. Yo comencé a preguntarme si ingerir el humo de un cigarro de otro sería tan dañino como ingerir el de un cigarrillo. Luego me di cuenta de que no importaba. Probablemente era uno de los peligros más leves que me acechaban en ese momento.

—Cuando tuve a mi primer bebé, un varón, supimos que debíamos irnos de allí —Bárbara hablaba lentamente, como para asegurarse de que yo la entendía—. Ninguno de los dos quería criar al niño allí. Entonces trazamos un plan. Yo había comenzado a ayudar a Eduardo con la pesca; nos levantábamos temprano y volvíamos muy tarde. Todos los hombre del pueblo se reían porque los hombres no llevaban a sus mujeres al mar, pero al tiempo dejaron de burlarse. A los chivudos no les importaba porque yo siempre dejaba al bebé con mi madre en Cojimar. Sabían que no iríamos a ningún lado sin él.

Una amplia sonrisa se dibujó en su rostro; obviamente, esa parte de la historia era su favorita. Estaba tan entusiasmada que se olvidó de arrojarme el humo de su cigarro en la cara.

—Eduardo y yo sabíamos que si fallábamos iríamos a pasar muchos años en la cárcel. Teníamos que ir con mucho cuidado. Pero entonces comenzamos a guardar parte de lo que pescábamos. Lo conservábamos en una heladera en la casa del hermano de Eduardo. Un mes después, la heladera estaba llena. Guardarse pescado también era un delito; eso ya era un gran riesgo.

Un velero chirriante pasó cerca de nosotros. Bárbara se puso de pie y miró por el ojo de buey.

—Entonces convencimos al hermano de Eduardo para que nos ayudara —prosiguió—. Una vez a la semana, él tenía que ir al hospital por su problema de corazón. De modo que, cuando la heladera estuvo llena, le pedimos que le dijera a la enfermera que no podía dormir. Él era un buen paciente y nunca pedía favores especiales, y eso ayudó para que la enfermera accediera a darle un medicamento para dormir.

El velero pasó de largo. Sólo una orden federal me hubiera sacado de allí en ese momento.

—Temprano en la mañana le di el medicamento al pequeño José —dijo Bárbara—. Sólo tenía nueve meses, por lo que le di una dosis pequeña. Eduardo lo cubrió con una vieja sábana y lo colocó en el fondo del cajón para pescados. Luego lo cubrimos hasta el pecho con pescado que tomamos de la heladera que había detrás de la casa del hermano de Eduardo.

—¿No tenían miedo de que José se asfixiara?

Ella se rió.

—Por supuesto. ¿Pero qué clase de madre podía ser yo si no hacía todo lo posible para que él tuviera una vida mejor?

Yo me quedé sin respuesta.

—De modo que pusimos proa hacia Key West —dijo ella rápidamente—. Tres veces fuimos detenidos por patrullas cubanas, y dos de ellas revisaron el barco. Miraron incluso en el cajón de los peces, pero no lo vaciaron. Querían saber por qué estábamos yendo tan al norte, y nosotros les dijimos que habíamos oído que la pesca estaba buena allí. Los tipos eran muy estúpidos, y nos dejaron ir. En cuanto llegamos a aguas internacionales, yo saqué a José y lo bañamos.

Treinta años después, el recuerdo parecía estar tan fresco como si todo hubiera ocurrido el día anterior.

—¡No imaginas lo que tardé en quitarle al pobre niño el olor a pescado! —bramó Bárbara.

Mientras ella encendía un nuevo cigarro y me observaba para saber si estaba disfrutando con su cuento, me pregunté por qué se molestaba en contarme eso. No era difícil responder a esa pregunta. Ella quería demostrarme que era una mujer valiente, una mujer de acción. Seguía siendo aquella mujer que treinta años atrás había arriesgado su vida y la de su hijo.

Luego, Bárbara cambió de tema. Yo lo lamenté.

—Pero tienes que entender lo de los bebés. Una vez que llegara a Cuba, no sabría qué hacer. Como te dije, era Alberto quien se ocupaba del negocio.

Yo odiaba verme obligada a molestarla, pero sólo tenía parte de la respuesta. Y necesitaba el resto.

—Puesto que Betancourt sabe de tu existencia, igual estás en graves problemas —dije con frialdad—. Ese hombre no tiene el menor remordimiento. No creo que vacile si tiene que volver a matar.

Ahora su expresión se tornó crítica otra vez.

—Y tú también, ¿verdad? —dijo pensativa—. También irá detrás de ti, ¿verdad?

—Tenemos que estar juntas en esto, es la única manera de hacerlo.

Me acerqué a ella y le tomé las manos.

Sus manos ásperas apretaron las mías. Supuse que ahora éramos socias, de modo que resolví contarle todo acerca de las colillas de cigarrillos en el jardín de mi agencia y de la violación de mi domicilio.

—¿De verdad piensas que Alberto pudo haber hecho eso? Me extrañaría mucho —dijo ella. Yo podía ver que su confianza en mí era todavía muy frágil, que nunca aceptaría todo lo que yo le contara. Decidí dejar pasar el comentario—. Yo sabía que no tenía que volver al *Mamita* esta noche —agregó, con tono de decepción—. Tenía un presentimiento.

—¿Y qué te hizo volver?

Yo me sentía agradecida de que ella hubiera traído el tema; había tenido la intención de hacerlo, pero no sabía cómo iba a reaccionar ella.

—Estaba buscando el dinero —dijo ella—. Los diez mil que le diste a Alberto. Estaba segura de que los había escondido aquí. Es el único lugar en donde se sentía seguro.

—¿Y lo encontraste?

Bárbara lanzó una ruidosa carcajada.

—Si lo hubiera encontrado, no estaría conversando aquí contigo, querida. Puedes estar segura de ello.

Todavía faltaba un largo trecho para que de verdad fuéramos socias.

—Tal vez haya sido mejor así —dije con tono no muy convincente—. De todos modos habrías estado en problemas.

Los ojos de Bárbara parecieron ensombrecerse, y su rostro curtido por el sol y el viento se volvió pensativo. No era una simple mujer quejosa, eso estaba claro. No culpaba a Alberto ni a nadie por sus problemas. Esa mujer enfrentaba sus dificultades así: con calma, fumando su cigarro, bebiendo su ron; como una matrona cubana.

# 20

A la mañana siguiente, temprano, Bárbara me estaba esperando en la escalera de entrada a mi agencia. Me había telefoneado antes del amanecer, pidiéndome que fuera hasta allí para encontrarnos. Mientras me acercaba a ella, me llamó la atención su expresión impasible y rígida.

Se la veía tan fuera de lugar que me habría asustado si no la hubiese conocido. Por las cenizas de cigarro desparramadas en los escalones, supe que estaba esperando hacía un tiempo. Yo abrí la puerta, desactivé la alarma y la invité a pasar.

Bárbara estudió el lugar.

—Dos hombres de traje estuvieron buscándome ayer cerca de los muelles —comenzó, sentándose en el borde del escritorio de Leonardo—. Ni siquiera conozco a ningún hombre que se vista así. Deben de haber venido de parte de Betancourt.

Yo encendí la máquina de hacer café y abrí las persianas.

—¿Quién te lo contó?

—Mi hijo José, cuando llegué anoche a casa. Los tipos que trabajan allí se lo dijeron a él. Pensaron que los hombres de traje venían a traerme problemas.

—¿Y qué les dijeron tus amigos?

—Nada —respondió Bárbara con cierto orgullo—. Somos muy unidos, como una familia.

—Esos tipos volverán. Éste es sólo el comienzo —dije mientras me acercaba con dos tazas de café—. Tal vez sólo quisieran intimidarte, pero, ¿quién sabe? Comenzarán a vigilar a tus hijos, a vigilar tu casa. Si están decididos a hallarte, entonces lo lograrán.

—Ya lo sé. No soy ninguna estúpida, Lupe.

Le alcancé su taza, que ella aceptó con gusto. Yo había supuesto que una mujer embarazada que fumaba cigarros y bebía ron no tendría problemas con la cafeína. Y había acertado.

Michelle se estaba quedando sin tiempo, y ahora a Bárbara le estaba ocurriendo lo mismo. Y también era sólo cuestión de tiempo que alguien viniera por mí. Me di cuenta de pronto que ya había perdido la oportunidad de preguntarme si me atrevería o no a hacer el viaje a Cuba.

Cuando miré a Bárbara, me di cuenta de que ella pensaba como yo.

—Quiero ir, Lupe —dijo simplemente—. Tengo que terminar con esto.

Al instante supe cuál sería mi respuesta. Yo estaba tan atrapada como ella.

—Hace un rato, mientras me vestía, miré el Weather Channel —dije—. Parece que no hay tormentas a la vista.

Bárbara rió despectivamente.

—¿El Weather Channel? No seas ridícula. ¡Yo no necesito eso! ¡A mí me basta con oler el mar para saber si se acerca una tormenta! No necesito que una niñita bien educada venga a hablarme del clima. ¡Con esto me basta! —concluyó, señalándose la nariz.

Yo me sentí cohibida y me quedé mirándola. Con sus ojos oscuros brillando, Bárbara echó de pronto su cabeza hacia atrás y se rió a carcajadas.

—Te lo creíste, ¿eh?

Estábamos planeando ingresar ilegalmente en la Cuba comunista, y ella me estaba probando. Grandioso.

—No tiene sentido esperar —dije, y su sonrisa desapareció—. Betancourt puede estar enviando a alguien detrás de nosotras en este mismo momento. Deberíamos comenzar con los preparativos y partir mañana.

—Necesito dinero para poner el barco en condiciones —dijo ella, extendiendo la mano.

Bárbara era tan rústica y expeditiva en su manera de hablar como en su manera de ser. Yo ya estaba comenzando a apreciar esa característica. Los círculos en los que yo me movía eran tan frívolos que cualquier gesto sincero me conmovía.

Al mismo tiempo, había en ella algo inconstante y volátil que me confundía. Abrí la caja fuerte de la oficina y tomé varios cientos de dólares.

—Aquí tienes —dije—. Esto será suficiente.

—También necesito dinero para los parientes de Alberto y para darles provisiones —dijo.

Los billetes que acababa de darle parecían de juguete en sus enormes manos.

Yo volví a dirigirme hacia la caja fuerte mientras comenzaba a hablar. Ella me interrumpió.

—Te explicaré lo que quiero decir. Te explicaré todo antes de partir.

Otro par de billetes de cien fue suficiente para dejarla satisfecha, y ella levantó su camisa blanca de algodón y apretó el efectivo contra su cuerpo con el elástico de su enorme bombacha. Yo pude ver su panza como en una ráfaga. A menos que llevara mellizos, definitivamente su preñez estaba en un estado más avanzado del que yo había pensado.

—Tengo que hacerte una pregunta —dijo mientras se arreglaba la ropa—. ¿Te mareas en los barcos? Te advierto que el viaje puede ser movido.

—Nunca me pasó —mentí, intentando que el miedo a la náusea se transparentara en mi voz—. No te preocupes, sabré superar cualquier problema. Pero ahora necesito saber todo acerca de tus viajes con Alberto. Esto va en serio, Bárbara. Si quieres que salgamos con vida, será mejor que yo sepa tanto como tú al respecto.

—Te entiendo —declaró, mirándome de manera extraña—. Tú estás más asustada que yo, pero está bien. Recuerda, el mar será un amigo siempre que lo trates con respeto.

—Eso decía siempre mi padre.

Bárbara sonrió y pasó una mano maternal por mis hombros. Su apretón era demasiado fuerte. De pie junto al escritorio de Leonardo, movió a un costado los documentos de mi primo, se levantó la camisa y extrajo una gran cantidad de papeles que llevaba escondidos debajo. Yo sentí un escalofrío cuando vi el tamaño de su vientre.

Ella desparramó los papeles por el escritorio, y yo pude ver que eran cartas marinas.

—Vine preparada, por si tú venías dispuesta a viajar —dijo.

Inclinada sobre los mapas, identificó la larga isla de Cuba y señaló un pequeño punto al este de La Habana que estaba marcado con lápiz.

—Aquí atracábamos —informó—. En una pequeña aldea de pescadores llamada Isabela de Sagua, en la provincia de Las Villas.

Yo me acerqué para observar con mayor detalle. La aldea estaba en la parte norte de la isla, justo al sur de Sagua la Grande —un lugar que yo le había oído mencionar a mi papá— y a mitad de camino entre las provincias de La Habana y Oriente. Protegida del mar abierto por una hilera de pequeños cayos que se alineaban en la costa, parecía un lugar ideal para atracar. El promontorio sobre el cual se erigía la aldea me recordaba a Cape Cod, aunque en una escala mucho menor.

—¿Por qué allí?

—Porque Alberto tiene a sus parientes allí y porque Betancourt lo sugirió por sus propias razones. Las dos cosas vinieron juntas. Alberto conocía esas aguas desde pequeño. Él también venía de una familia de pescadores y solía pescar allí con ellos.

Bárbara me alcanzó una pequeña libreta negra.

—Puesto que era el único que sabía lo que ocurría en esos viajes, Alberto siempre tomaba notas. Sentía que algún día iba a necesitarlas. Pero hay un problema. Creo que tomaba notas en clave.

Parecía una libretita inocente, el diario íntimo de una niña. Pero para Elio Betancourt era letal y Alberto lo sabía. Si Marisol Vélez no hubiera sido tan honesta, Betancourt habría estado más seguro.

—¿Por qué dices que está escrita en clave?

Bárbara me miró con expresión de desafío.

—Tú eres inteligente, puedes darte cuenta sola —su súbito furor ya estaba disminuyendo, y dirigió su mirada a los mapas—. No puedo leer, ¿algún problema?

—¿Pero cómo vamos a...?

—No puedo leer esa libreta y no puedo leer los nombres de los lugares en ese mapa. Pero puedo leer el mapa mejor que nadie —dijo, señalando con su dedo regordete un punto en el Océano Atlántico—. La línea de la costa, las corrientes, los bancos de arena. Fui educada por marinos y conozco el mar.

Abrí la libreta de Alberto e intenté leer sus notas. Eran una suerte de jeroglíficos. Decidí no perder tiempo con eso y guardé la libreta en la caja de seguridad.

—¿Y? ¿Estaba en lo cierto? —me preguntó Bárbara, con la mirada fija en mí—. ¿Escribía en clave?

—No tengo idea de qué es lo que dice —admití.

—Alberto era un hombre inteligente —dijo la mujer con admiración—. Ya ves, tú sabes leer pero no puedes leer lo que él escribió.

—Un verdadero genio. Tanto que elaboró un sistema tan complicado que logró ocultarnos información que serviría para que salvemos nuestras vidas.

La puerta de entrada se abrió detrás de nosotras y ambas giramos en redondo, aterradas. Era Leonardo, que llegaba al trabajo para ver que una enorme mujer encinta lo miraba asombrada. Él me miró con expresión vacilante y dio unos pasos hacia la puerta trasera.

—Está bien, Leonardo —le dije—. Bárbara, te presento a mi primo. Trabaja conmigo.

Bárbara se recompuso y extendió una mano hacia él. Leonardo dio un respingo cuando se estrecharon las manos.

—¿Estoy interrumpiendo algo? —preguntó.

—No, no —dije yo. No quería enterarlo de todo el asunto. Estábamos ingresando en un territorio en el cual cualquiera que supiera algo de lo que planeábamos estaría en la frontera de la ilegalidad—. Pero tal vez sea mejor que vayamos a hablar a mi oficina.

Leonardo no podía sacarle los ojos de encima a Bárbara; estaba paralizado.

—No, no —dijo rápidamente—. Pueden usar mi escritorio. Yo iré a la otra sala y cerraré la puerta. Tengo que hacer algunos ejercicios.

Yo le agradecí mientras él se dirigía a nuestro ya no tan pequeño gimnasio.

—Un muchacho atractivo —comentó Bárbara, dándome un codazo.

—Si sobrevivimos a ésta, puedo hacer una presentación formal —propuse—. Pero, por ahora, sigamos con lo nuestro. ¿Cómo sabían cuándo partir para Isabela de Sagua?

—¿Dices en serio lo de tu primo? —insistió ella. Advirtió que yo no mordía el anzuelo y suspiró—. Está bien. Betancourt llamaba a Alberto dos días antes de partir. Siempre era igual. Alberto iba a la oficina de Betancourt una noche para recoger un sobre con dinero y con los nombres de nuestros contactos en Cuba. Y luego Alberto hacía los preparativos; le ponía combustible al *Mamita*, compraba alimentos y hielo.

—¿De modo que ustedes dos eran los únicos involucrados?

—Bueno, mi hijo José revisaba los motores. Es un excelente mecánico. Su padre, Eduardo, solía arreglar él mismo los motores de su barco.

—¿Y nunca consideraron llevar a José a sus viajes a Cuba? —pregunté—. Podría haber sido muy útil en el caso de que el motor del barco fallara.

Bárbara sacudió la cabeza con tal violencia que algunos mechones de pelo se escaparon de su trenza.

—Ya conoces lo que sufrí para sacarlo de la isla —dijo—. Santa Bárbara estuvo junto a mí aquella vez, pero no hay que pedirles a los santos más de un milagro. El viaje es muy peligroso, Lupe, no te quiero engañar. Yo desafié ya demasiadas veces al destino, tarde o temprano mi suerte se acabará. Aunque al fin y al cabo la que pone en riesgo su propio pellejo soy yo. Pero hacer volver a Cuba a mi hijo después de todo lo que pasé para poder traerlo a los Estados Unidos...

Estaba muy claro.

—¿Alberto estaba de acuerdo contigo?

—No, peleamos muchas veces por eso. Tanto que una vez él viajó sin mí, ¡y bien que aprendió la lección! —hablaba casi como si Alberto estuviera allí con nosotros—. Se dio cuenta de que no podía hacerlo solo, por lo que decidió no insistir nunca más con que José viajara. Además, José no sabe adónde vamos. Piensa que vamos a pescar. No quiero que él ni ninguno de mis hijos sepa nada acerca de los bebés. Es mi secreto.

De alguna manera, Bárbara lograba conmoverme. Pese a toda su energía y su espíritu de aventura, se preocupaba enormemente por que sus hijos no conocieran sus secretos. Pero, por otro lado, pensé: a esta mujer le gusta guardarse algunos secretos.

—Está bien, sigue. ¿Cómo comenzaban los viajes?

—Cuando el *Mamita* estaba listo, Alberto me decía a qué hora me esperaría en el muelle. Normalmente partíamos al mediodía, de modo que pasáramos por la dársena de Key West a última hora de la tarde. Esperábamos allí hasta después de medianoche y poníamos proa hacia Cuba antes de las primeras luces del día. Íbamos a toda marcha. El *Mamita* consume enormes cantidades de combustible debido a los motores especiales que instaló Alberto. Eso nos obligaba a parar en Key West para llenar los tanques. Sabes que en Cuba hay racionamiento de combustible.

—¿Y cómo lograban evitar las patrullas norteamericanas y cubanas? —pregunté. La sola posibilidad de ser capturada por soldados cubanos me aterrorizaba.

—Íbamos con cuidado.

Bárbara no tenía nada más para decirme, de modo que fui a buscar más café para no estallar en llanto allí mismo.

—¿Con quién se encontraban en Isabela de Sagua? —pregunté cuando volví con dos tazas llenas.

—Con dos parientes de Alberto, dos hombres, siempre los mismos —Bárbara sopló su café para enfriarlo—. Alberto les llevaba provisiones y el pago en efectivo de Betancourt. Los pagos se fueron haciendo más grandes a medida que pasaba el tiempo. Creo que Alberto tenía que sobornarlos para que no lo delataran. La familia es la familia, pero las cosas no están bien en Cuba. No puedes confiar en nadie allí.

—De modo que Betancourt contrató a Alberto para que recogiera bebés justo en la provincia en la que él había crecido...

Bárbara asintió.

—Alberto decía que era la mayor suerte que había tenido en la vida.

Alberto estaba equivocado.

—¿Qué pasaba luego de que se encontraban con los parientes?

—Nos quedábamos en el barco, en una pequeña bahía escondida. Luego los hombres venían a buscar las provisiones y Alberto se iba con ellos en un bote mientras yo permanecía a bordo. Un par de horas después él volvía con un bebé. Esperábamos hasta que oscurecía y luego zarpábamos de vuelta.

—¿Y tú no sabes adónde iba a recoger esos bebés? —pregunté, nerviosa—. ¿Nunca fuiste con ellos?

—Nunca. Siempre me quedaba en el barco —aseguró Bárbara, lamentando no poder contentarme.

—De modo que todo era muy rápido. No estaban en Cuba más de veinticuatro horas.

—Jamás. Llegábamos antes del amanecer y nos íbamos después de la puesta de sol. Siempre era igual.

—¿Cuántos viajes piensas que hicieron?

—Realmente no lo sé. El mar se pone peor en invierno, de modo que en esa época no solíamos viajar. Yo fui a Cuba con Alberto desde... —Bárbara me miró como esperando que yo completara la frase—. Hace ya tres o cuatro años que comenzamos. No era algo regular. A veces, en el verano, íbamos dos o tres veces por mes, y yo me perdí algunos viajes cuando estaba por parir a mis bebés. De modo que habré ido unas... veinte veces.

Como si estuviera escuchando desde la sala contigua, se oyó gemir a Leonardo. A pesar de la pared de por medio, parecía como si el bebé número veintiuno estuviera en camino.

Bárbara preguntó tímidamente dónde estaba el baño, y luego fue hacia allí. Esa mujer era un manojo de contradicciones. A mí me faltaban demasiadas piezas del engranaje porque Alberto le ocultaba deliberadamente muchos aspectos de la operación. Lo que me asombraba era que hubieran viajado tantas veces y que Betancourt hubiera logrado arreglar tantas adopciones. De modo que había muchísimas familias cubanas ricas en Miami comprando bebés nacidos en la isla. Y yo todavía no sabía con precisión de dónde venían esos bebés.

Había otra cuestión que me preocupaba, y fue lo primero que le pregunté a Bárbara cuando salió del baño.

—Bárbara, cuando te vi por primera vez pensé que estabas de seis meses —dije con la mayor delicadeza—. ¿De cuánto estás en realidad?

—De seis o siete meses. Tal vez más, no estoy segura. Es difícil decirlo cuando una está encinta y a la vez da de mamar.

Leonardo volvió a lanzar uno de sus gruñidos. Hubiera sido posible grabarlo para dictar cursos de parto con el método Lamaze. Yo rogué para que el bebé de Bárbara no oyera, así no adquiriría ideas equivocadas.

—No te preocupes —dijo Bárbara—. He hecho este viaje encinta de ocho meses. Si algo inesperado ocurre, sabré qué es lo que debo hacer.

La Asociación de Planificación Familiar pondría el grito en el cielo. Bárbara Pérez era una máquina de bebés. La gente de la Liga de la Leche Materna podría haber contratado a esta mujer como modelo de sus avisos publicitarios. Y yo no quería imaginarme lo que quería decir con eso de «sabré qué es lo que debo hacer».

—¿Tú tienes hijos? —preguntó Bárbara—. ¿Y marido?

—Ni lo uno ni lo otro —contesté rápidamente.

Ni me pasó por la cabeza la posibilidad de contarle a Bárbara qué opinión me merecía el matrimonio. Habría sido una pérdida de tiempo, y no era el momento de hacerle pensar que yo tenía algún tipo de alteración mental. Puede que ella tuviera una vida poco convencional, pero yo estaba segura de que tenía ideas muy convencionales acerca de la maternidad. Bárbara tenía la visión cubana: que la maternidad debía ser el mayor objetivo de una mujer en su vida. A veces me pregunto si fue esa presión la que condujo a Lourdes a su vocación religiosa.

Mis pobres padres sin duda se vieron sorprendidos por el modo en que sus hijas afrontaron el matrimonio y la maternidad. Una se hizo monja, la otra se divorció de una rata y la tercera se convirtió en una soltera profesional.

Yo no estaba en contra del matrimonio en general; era sólo una cuestión personal. Después del fiasco de Fátima y de enfrentar en mi vida de detective cientos de casos de problemas familiares, comprendí que el feliz matrimonio de mis padres constituía una rareza. Para hacerme renunciar a mi compromiso de soltera, el posible candidato tendría que convencerme de que su presencia en mi vida la mejoraría. Charlie fue muy persuasivo, y luego Tommy, pero yo logré resistir la presión de ambos. Es que no tenía ninguna necesidad de casarme. Leonardo decía que yo pensaba más como un hombre que como una mujer. Aunque nunca se lo admitiría, estaba convencida de que era una descripción muy adecuada.

Bárbara sacudió la cabeza como expresando la compasión que sentía por mí, y eso me permitió entender algo acerca de ella. Era una mujer que no confiaba en nadie más que en sí misma y que veía a su numerosa familia como un don y una prueba de su capacidad para hacer su camino en el mundo. Aun con objeciones, yo la admiraba. Ella se beneficiaba con actos ilegales e incluso inmorales, pero cuando llegaba la hora de pagar el precio por ello lo aceptaba sin quejas ni arrepentimientos. Yo sabía que podía confiar enteramente en ella.

—¿Y qué hay del viaje en sí? —pregunté—. Tiene que ser peligroso.

—Bueno, está la Guardia Costera, y luego las patrullas cubanas —dijo ella distraída—. Pero los cubanos no vigilan tanto como quieren hacerte creer. La escasez de combustible les impide tener una presencia realmente importante.

De todos modos, el solo pensamiento me hacía temblar. Era sabido que los militares cubanos trataban con enorme rudeza a los cubano-norteamericanos. Yo sabía también que la Guardia Costera patrullaba celosamente la zona para impedir que grupos de exiliados cubanos realizaran un ataque a Cuba desde Florida, además de vigilar la entrada de balseros cubanos y haitianos. La DEA también vigilaba la zona, para interceptar cargamentos de droga provenientes de las Bahamas. Y además, estaban los barcos, los cruceros y los cargueros legítimos.

Bárbara me observó atentamente. Supe que estaba leyendo mis pensamientos.

—Lupe, no pienses tanto —dijo—. Cuanto más te dejes invadir por los temores, más pronto se harán realidad.

Yo no sabía si ella estaba en lo cierto, pero era verdad que no tenía sentido preocuparse tanto.

—¿Y cómo hacía Alberto para informar de su llegada a los hombres de Isabela de Sagua?

—Les enviaba un mensaje por medio de esa estación de radio cubana, Radio Ritmo. Llamaba a la radio y pedía que pasaran el tema *Aquellos ojos verdes* exactamente a las seis de la tarde del día anterior a nuestra partida. Sus parientes de Cuba tenían sintonizada la radio permanentemente, de modo que sabían en qué momento esperarnos. Alberto solía explicar que los planes más efectivos eran siempre los más simples.

Yo pensé que Alberto había visto demasiadas películas sobre la invasión de Normandía, pero preferí no decirlo. Cuanto más oía acerca de él, más emprendedor y creativo me sonaba. Esperé que también fuera prudente.

—Entonces tenemos que hacer lo mismo —dije—. Compraremos provisiones, pediremos la canción y zarparemos a la hora acostumbrada.

Intenté sonar confiada. Nuestro plan no funcionaría si los familiares de Alberto en Cuba habían oído hablar de la muerte de Alberto. Nuestro plan tenía tantos puntos débiles que no tenía sentido enumerarlos. Pero era el único a nuestro alcance, y teníamos que cumplirlo a pie firme.

Ni siquiera podía pedirle a Lourdes que rezara por nosotras porque no tenía la menor intención de hacerle saber a mi familia lo que pensaba hacer. Si Fidel Castro no me asesinaba, mi padre se encargaría de hacerlo a la vuelta. De hecho, yo preferiría tener que enfrentarme a Fidel enojado antes que a mi padre.

—¿Y una vez que lleguemos? —pregunté, intentando sonar esperanzada.

—Tendremos que tocar de oído.

Grandioso.

# 21

—¿Tommy?

—Hmm.

—Necesito que me hagas un favor.

Tommy se hundió aún más en su almohada.

—Lo que tu digas, mi amor.

—Quiero que prepares mi testamento.

Mi viejo amigo se dio vuelta sorprendido. En la oscuridad, vi que abría desmesuradamente sus ojos.

—Lo que tú digas —dijo vacilante—. Puedes venir a mi oficina la semana que viene.

—No, quiero decir ya mismo.

Él se incorporó, apoyándose sobre el codo.

—¿En este mismo instante? ¿Qué ocurre, te has vuelto loca?

Pero enseguida pareció entenderlo todo repentinamente, se levantó de la cama y dio unos pasos hacia la puerta de su dormitorio. Tommy era muy seguro de sí y de su atractivo físico, pero no era tan vanidoso como para no darse cuenta de cuál era el motivo que me había llevado a pedirle un encuentro inmediato. Él tenía que saber que en algún momento yo le explicaría la razón por la cual había insistido para que nos encontráramos en su casa.

En su edificio había sólo un apartamento por piso, lo que permitía que cada uno tuviera tanto una vista de Biscayne Bay hacia el este como la de Miami hacia el oeste. Tommy solía mantener todas las ventanas abiertas, permitiendo que una brisa suave atravesara el lugar. Todavía desnuda, fui a unirme a él en el balcón. La vista desde el piso catorce era impresionante.

Cuando compró el apartamento, Tommy lo remodeló por completo, convirtiendo el living en dormitorio. El consorcio había aceptado rápidamente la propuesta, porque la mayoría de sus vecinos eran también clientes suyos. Él supuso que pasaría la mayor parte del tiempo en su dormitorio, y que sólo estaría una cantidad limitada de tiempo en el living.

—Tengo una especie de premonición —le dije, mirando el espectáculo de la ciudad a nuestros pies—. Tú sabes, intuición cubana. Quiero poner mis cosas en orden ya mismo.

Tommy se inclinó sobre la baranda y se rió.

—¿Intuición cubana? Superstición cubana, querrás decir. ¿Has estado otra vez con los santeros?

Mientras hablaba, me escrutaba en la oscuridad. Yo sabía que mi pedido lo había alterado.

Hacía algunos años, yo había tenido como clientes a unos santeros, los sacerdotes afronorteamericanos de la religión de la Santería. Y había intervenido en algunas de sus ceremonias. Pero finalmente me alejé cuando presencié el sacrificio ritual de animales en Hialeah.

—No es eso —dije—. Es que se me acaba de ocurrir que todo el mundo debe tener un testamento.

—Está bien, está bien. Supongamos que es así. ¿Tienes muchos bienes? Porque si va a ser muy complicado, lo que yo puedo hacer es recomendarte a un especialista, uno que conozca todas las leyes impositivas y los detalles de lo que quieres hacer —Tommy hizo una pausa, y luego preguntó—: Lupe, ¿por qué quieres hacer eso ahora?

—No hagas preguntas, Tommy, por favor. ¿Me ayudas o busco un abogado en las páginas amarillas?

Él se aferró a la baranda con ambas manos. Como en nuestra relación no había compromisos, nunca había momentos tensos o peleas.

—Lo haré por ti —declaró—. No me gusta, pero si realmente quieres hacerlo lo haré.

Volvió adentro y vació el vaso de champaña que había junto a la cama antes de colocarse sus shorts con barras azules. Una vez que yo me hube puesto mi camisa de franela, él encendió las luces y fue hacia la mesa de mármol del comedor, que estaba repleta de papeles. Sacudiendo la cabeza y murmurando con voz apenas audible, buscó una libreta y señaló una silla vacía.

Con voz cansada comenzó a hacerme preguntas, tomando notas mientras yo hablaba. Era todo muy directo. Además de mis joyas, yo le dejaba la mitad de mi dinero en efectivo a las hijas de Fátima. La otra mitad la dividí por partes iguales entre una institución de investigación sobre el cáncer (en honor de mi madre) y los Hermanos al Rescate, un grupo de pilotos exiliados que voluntariamente vigilaban las aguas próximas a Cuba en busca de balseros. Le dejaba también todo el equipamiento de gimnasio a Leonardo. Sabía que él le iba a dar el mejor uso posible.

—Parece estar todo muy claro —dijo Tommy, revisando el documento antes de escribirlo en su computadora—. Puedes pasar mañana por mi oficina y lo tendré listo para que lo firmes. Mi secretaria es notaria, de modo que ella puede hacer de testigo.

Yo me sentía aliviada por poder poner mis cuentas en orden. Si algo me ocurriera en mi expedición a Cuba, quería al menos ahorrarle a mi padre la experiencia de tener que pasar por los tribunales. Ojalá hubiese tenido un seguro de vida, pero ya era tarde para eso. Me pregunté: si pagara con mi American Express el combustible para el *Mamita*, ¿eso habría estado incluido en un seguro? ¿Y la compañía estaría dispuesta a pagarles a mis herederos en caso de muerte o desmembramiento, como dice en el dorso de los tiquetes aéreos? Lo dudaba.

También me pregunté qué estaría haciendo Bárbara en ese momento. ¿Estaría con sus hijos, saboreando cada momento, sabiendo que tal vez era su última tarde con su familia? ¿O en el *Mamita*, fumando cigarros y bebiendo ron, pensando tranquilamente en la vida que había vivido y en el peligroso cariz que estaban tomando las cosas?

Tommy redactó el documento y lo tuvo impreso en quince minutos. Tomó el papel y, con aire ceremonioso, lo colocó en su maletín de cuero. Yo sabía que le costaba muchísimo no hacer preguntas. El gesto, de su parte, era casi una declaración de amor.

No había manera de que Tommy me cobrara por sus servicios, de modo que expresé mi gratitud de la manera que él apreciaría mejor. En ese acto, descubrí que no hay nada mejor para inspirar pasión que el miedo a la muerte.

En casa cenamos tarde y hablamos poco. Papi se fue a dormir y Fátima llevó a las mellizas a la cama. Lourdes vino a mi dormitorio con expresión sorprendida.

—¿Qué es lo que pasa, hermanita? —preguntó con los brazos cruzados. A veces sentía que nuestro lazo era tan íntimo que ella podía leerme la mente.

—¿A qué te refieres? —pregunté con aire inocente.

Lourdes rió entre dientes.

—Sabes muy bien que no me puedes esconder tus preocupaciones —señaló—. Hay algo importante que te está molestando. No voy a obligarte a hablar, pero quiero que sepas que estoy dispuesta a escucharte, si quieres.

Estaba recostada en la cama junto a mí, tal como hacíamos cuando éramos niñas.

Yo miré al cielo.

—Bueno, estoy un poco preocupada por un caso —dije—. Pero todo puede resolverse pronto.

De ninguna manera mi hermana me iba a creer eso.

—No me mientas, Guadalupe. Que yo sea monja no implica que no pueda oler pescado podrido.

No había manera de distraerla.

—Tienes razón. No estoy siendo completamente honesta contigo. La verdad es que este caso me está volviendo loca.

Lourdes se levantó y abrió la puerta del armario. Tomó las almohadas suplementarias que Aída guardaba allí, las colocó contra la cabecera, se acomodó y me miró expectante.

—Ya estoy cómoda. Ahora, puedes comenzar.

Cuando Lourdes tenía algo entre ceja y ceja no lo dejaba escapar. Era como un pequeño toro. Yo deseaba que toda esa situación no hubiera tenido lugar, pero ahora sabía que ella se quedaría en mi cuarto hasta enterarse de lo que estaba ocurriendo conmigo.

—Lourdes, si te digo esto, tienes que jurar que no se lo vas a decir a nadie. Prométemelo.

—Prometido.

—Lo siento, pero eso no es suficiente.

Ella levantó la vista, sorprendida. Al fin y al cabo, era una monja y no estaba acostumbrada a que su palabra fuera cuestionada. Yo extendí la mano hasta alcanzar la fotografía de mamá que tenía en la mesa de luz.

—Dame tu rosario —le dije. Ella lo hizo, y yo lo coloqué sobre la fotografía de Mami—. Ahora jura —ordené.

Decir que Lourdes estaba sorprendida sería poco. Sus ojos se agrandaron tanto que parecía que se le iban a salir de las órbitas. Y eso no era nada comparado con la reacción que iba a tener cuando se enterara de mis planes.

—Lo juro —dijo—. Te lo prometo, ¿está bien?

—Bien. Me voy a Cuba.

Lourdes se santiguó, temblando.

—¿Oí bien lo que dijiste? O tal vez te oí bien y sólo estoy deseosa de haberte oído mal. No puede ser que hayas dicho lo que acabas de decir.

Estaba balbuceando. Había acertado al hacerla jurar sobre el rosario y la fotografía de mamá.

—Es por este caso que me tiene loca —la interrumpí—. Tengo que ir a Cuba para resolverlo.

—¿Pero vas a conseguir una visa? —dijo casi sin respirar—. Dicen que es casi imposible que le den autorización a un cubano-norteamericano.

—Lourdes, no voy a necesitar la visa. Voy en barco.

—¿En un... crucero? —preguntó esperanzada.

—No exactamente. En un velero.

Mientras observaba su reacción, comprendí que yo había querido contarle mi plan. Era mejor que alguien supiera dónde buscar si las cosas fueran mal.

Lourdes dejó la habitación sin pronunciar una sola palabra, y pocos segundos después oí que se abría la puerta que conducía al cuarto de arriba. Volvió con una botella de champaña y dos copas. Después de abrir la botella con un movimiento fluido, llenó las copas y me alcanzó una.

—Salud. Creo que ambas necesitamos esto —Lourdes vació su vaso y esperó a que yo hiciera lo mismo—. Bueno, ahora estoy lista.

Le conté toda la historia desde el principio hasta el final. Por sus labios crispados supe que mi hermana estaba horrorizada. Se inclinó hacia atrás para vaciar otra vez la copa cuando le conté la parte del asesinato de Alberto Cruz.

Cuando terminé, no me dijo nada por unos minutos. Se levantó y dio unos pasos alrededor de la habitación. Yo esperé.

—Lupe —dijo en voz alta, y luego la bajó—. Entiendo por qué sientes que debes ir a Cuba, pero... creo que esto es llevar tu propia responsabilidad demasiado lejos. ¿Por qué no dejas que Papi se contacte con Stanley Zimmerman para que él te saque de este enredo?

Sabiendo que no era viable, la escuché desarrollar esa idea.

—Piénsalo —aconsejó—. Podrías irte un tiempo a un spa, tal vez al Golden Door de California, o al Canyon Ranch. A Mami le gustaba ése. Cuando hayas vuelto, todo esto estará resuelto. Papi puede darle a esta mujer Bárbara dinero para que ella y sus hijos puedan irse de aquí. Todo volverá a la normalidad.

—Lourdes —dije—, Stanley Zimmerman no puede hacer nada con Elio Betancourt, que está entre la espada y la pared y no va a quedarse sentado a esperar su condena.

—Pero... —comenzó ella.

—¿Y la niña? —pregunté—. Si no consigue ese trasplante de inmediato va a morir.

—Lupe, los Moreno no pueden esperar que tú arriesgues tu vida yendo a Cuba en una búsqueda cuyos resultados no están para nada claros. Has hecho todo lo que podías hacer por ellos, y más también.

—Si no voy —aduje—, nunca más podré vivir con mi conciencia.

—Lupe, ir a Cuba es ilegal. Si los norteamericanos te atrapan, tus huesos irán a dar a la prisión. Todos los meses salen en los diarios esos arrestos a los miembros de Alpha 66.

—Lo sé.

—¿Y el gobierno cubano? Si te atrapan, tendrás suerte si no te torturan hasta morir. Y si Castro descubre que nuestra familia tiene dinero, puede pedir un rescate.

No había pensado en ello, y Lourdes insistió en ese punto, suponiendo que había encontrado el talón de Aquiles de mi plan.

—Ha habido casos, tú lo sabes —insistió, sentándose a mi lado—. ¿Recuerdas a la amiga de Mami, aquella con la que solía jugar al bridge?

—Retuvieron a su hermana y a su cuñado como rehenes hasta que la familia pagó —admití—. Lo recuerdo, sí.

—Exactamente —dijo ella con tono triunfal—. El gobierno cubano está desesperado por tener dólares. No te dejarán ir hasta que Papi deposite unos cuantos millones en una cuenta en Suiza. ¿Realmente quieres que Papi pase por eso a esta altura de su vida?

Lourdes siempre había sido una rival de cuidado.

—Tengo que correr ese riesgo —argumenté—. Bárbara está en peligro y yo también.

—Todo eso podría...

Y entonces lo hice. Le conté que Alberto me había estado espiando y había ingresado por la fuerza en mi apartamento. Y luego le conté acerca de los hombres de traje que habían estado preguntando por Bárbara. También le conté de mi visita a Michelle Moreno. Yo sabía que a Lourdes le gustaba la lógica, de modo que intenté ser concisa. Ella se limitó a escuchar.

Evidentemente era escéptica, pero de todos modos fue un alivio contarle. Había sufrido tanto desde que decidí ir a Cuba, que hablar de ello me hizo sentir alivio de poder por fin liberarme de la presión emotiva que padecía. También comprendí que aun cuando mi decisión era la única razonable, mi estado de ánimo no era precisamente estable.

—Que Betancourt llegue hasta mí es sólo una cuestión de tiempo —le dije—. La única carta que puedo jugar es la de la madre biológica. No sólo porque salvaría la vida de Michelle y la de Bárbara. También la mía. Betancourt puede tomarse su tiempo para hacerme daño a mí, y yo no podría vivir con esa amenaza encima. ¿Y qué si mata a Bárbara? Entonces no habría testigos que pudieran desmontar su organización, y no habría manera de hallar a la madre. ¡Sería el fin para nosotras!

Me detuve, dándome cuenta de que estaba desvariando. Los ojos de Lourdes estaban clavados en mí.

—Es realmente el mejor plan posible, ¿verdad, hermanita? —preguntó con tranquilidad—. ¿O acaso es tu única opción?

Lourdes no era ninguna tonta. Pero yo sabía qué era lo que podía conmoverla.

—¿Y los Moreno? —dije—. Sabemos todo lo que están atravesando. Imagínate cómo nos sentiríamos si alguien hubiera podido salvar a Mami pero se hubiera negado a último momento.

Lourdes parecía haber recibido una revelación.

—Sé que andarás con cuidado —susurró—. Pero si algo te ocurre, nunca te lo perdonaré. Nunca.

—Lourdes, yo...

—Cierra la boca. Ahora dime cómo piensas hacerlo.

# 22

La policía no había requisado aún el *Mamita*, lo cual significaba que no estaban realmente interesados en la investigación del crimen de Alberto Cruz. Esa mañana, temprano, le pregunté a un policía amigo por el caso y me dijo que no se estaba moviendo. Mi amigo señaló que no había parientes que hubieran venido a reclamar nada, de modo que no había demasiadas motivaciones para investigar. Ésta era una buena noticia. Lo último que necesitábamos era un detective confiscando el barco para utilizarlo como evidencia justo el día en que íbamos a zarpar.

Por si acaso, Bárbara había llevado el *Mamita* a un muelle privado en Coconut Grove la noche anterior. La tarifa era exorbitante, pero queríamos asegurarnos de que el barco estuviera a buen resguardo por si los policías cambiaban de idea. Ahora estábamos sentadas una junto a la otra en el camarote, donde casi no había aire. Al menos nos encontrábamos fuera del alcance del sol matinal, que castigaba sin piedad desde un cielo sin nubes.

—¿Hay algo más que debamos hacer antes de salir? —le pregunté a Bárbara, sintiendo que una parte de mi vida acababa de terminar y que otra estaba comenzando.

—No. Y gasté todo tu dinero, si eso es lo que te estás preguntando —dijo—. Vamos a necesitar más para ir a Key West. El combustible es muy caro allá, y necesitamos llenar el tanque.

—Está bien, traeré más efectivo. ¿Algo más?

—No, ya estamos listas —Bárbara miró por la escotilla y se abanicó con un diario amarillento—. Le dije a mi familia que me voy durante cinco días, por si vienen esos tipos a preguntar. Eso los mantendrá lejos de mis hijos.

—Buena idea —aprobé—. Mi hermana va a decirle a mi familia que yo me fui a Naples a visitar a la familia de un novio. —De pronto, se me ocurrió algo—. Bárbara... —dije vacilante—, si algo ocurre con nosotras, ¿has arreglado las cosas para que tus hijos no pasen privaciones?

La expresión de su rostro no se alteró.

—Mi hijo José tiene muchísimo trabajo —dijo—. Él puede ocuparse de sus hermanos y hermanas.

—Es sólo que... bueno, yo podría hacer algo antes de partir. Nada extraordinario, pero lo suficiente...

—Deja, deja —se opuso Bárbara, sacudiendo la cabeza—. No hables de ese modo. No seas pájaro de mal agüero.

Me di cuenta de que hablaba en serio.

—Está bien —dije, poniéndome de pie—. Si no hay nada más, entonces, me voy. Tengo mucho que hacer antes del mediodía.

—Todo va a ir bien, Lupe. Preocupándote no resuelves nada.

Para mi sorpresa, Bárbara se acercó y me abrazó, apretándome con fuerza. Olía a tabaco y a perfume. Supongo que quiso tranquilizarme, pero más bien me asustó y me sentí muy incómoda. Siempre fue difícil para mí recibir una demostración de afecto de otra mujer, sobre todo si esa mujer tiene un vientre prominente.

Ya había telefoneado a la secretaria de Tommy para avisarle que pasaría por su oficina a las nueve y media para firmar el testamento. Ella me había enviado el documento por fax para mi aprobación final antes de imprimir la última versión. Tommy había hecho un trabajo excelente. Era precisamente lo que yo quería.

Mi viejo amigo estaba en los tribunales cuando llegué, y eso me dejó más tranquila. Firmé el testamento y le di a la secretaria —una rubiecita de poco más de veinte años— una caja de chocolates Godiva en agradecimiento.

Sentí que Bárbara me estrangularía si se enteraba de que yo había redactado mi testamento la noche anterior a la partida. Yo no soy supersticiosa. Escribir un documento no tiene ninguna relación con la posibilidad de ser arrollada por un ómnibus o ser asesinada por soldados cubanos al día siguiente. Pero Bárbara era una clásica supersticiosa cubana, tanto como mi hermana Fátima, que lleva al extremo el cumplimiento de las típicas supersticiones. De más está decir que jamás pasa por debajo de escaleras ni se sienta en mesas de trece personas ni enciende tres cigarrillos con el mismo fósforo. Suele consultar a adivinas para que le anuncien el futuro. Y sigue sus consejos al pie de la letra, no importa cuán ridículos sean, especialmente cuando se trata de alejar a los malos espíritus. Una vez llegué a casa y encontré a Aída furiosa porque había tenido que dedicar toda la mañana a limpiar los testículos de armadillo en polvo que Fátima había desparramado por toda la casa. Pero también debería hablar de Lourdes, aun cuando sea más tradicional. Ella suele dejar a su paso, en todos los rincones, frascos de agua bendita.

En Miami es muy común verse enredado en algo así. Pero yo nunca me sentí tentada: una vez vi un aviso en el *Miami Herald* que rezaba: «Se buscan médiums. Recibirán entrenamiento». Eso me curó de espanto.

De pronto me di cuenta de que estaba sentada en mi auto, estacionado frente a la oficina de Tommy, llorando al pensar en mis hermanas. Tenía dos horas y media antes de la hora convenida para partir y había que ocuparlas de alguna manera.

Me acordé de Regina y la llamé desde el teléfono del auto, después de sonarme la nariz y arreglarme un poco con maquillaje. Extrañamente, Regina no respondió. Siempre estaba en casa cuando llamaba y atendía enseguida.

No me sorprendió que no tuviera contestador. Era lo normal entre las damas cubanas de su generación. Pero tal vez estuviera camino a su casa. Últimamente, sus excusas para explicar la razón por la cual no había encontrado la dirección del doctor Samuels eran cada vez más débiles. Decidí ir hasta su casa en Sweetwater. No me tomó demasiado llegar hasta allí, de modo que si ella no estuviera no perdería demasiado tiempo.

«Acéptalo, Lupe», me dije, mientras estacionaba, «necesitas encontrar algo para hacer, porque si no vas a perder el equilibrio».

Me alivió ver que la casa parecía estar en orden. No estoy segura de qué era lo que esperaba encontrar, pero me hallé agradeciéndole a Dios que todo estuviera bien. Fui hasta la puerta y toqué varias veces el timbre, pero nadie atendió. Después de una eternidad, una mujer de edad avanzada a quien no reconocí vino hasta la puerta y espió a través de la ventana.

—¿Qué quiere? —gritó, y su voz me llegó en sordina por el vidrio que nos separaba.

—Estoy buscando a Regina Larrea —grité—. No contesta mis llamadas. ¿Usted sabe dónde está?

—No está aquí —dijo la mujer, mirándome desconfiada—. Está de viaje.

—¿Volverá? Necesito hablar con ella.

—Dijo que se iba por un par de días. Es todo lo que sé. —La mujer abrió un poquito la ventana y puso su boca contra ella—. Yo soy su vecina. Estoy aquí para recoger su correspondencia y limpiar un poco la casa.

—¿Y sabe adónde fue? —Intenté ayudar un poco a la suerte. La mujer parecía estar interesada en entablar una conversación.

—No me dijo adónde. Creo que se fue al norte.

—¿Cuándo vuelva puede decirle que estuve aquí? Mi nombre es Lupe Solano.

Lo más amigablemente posible, dejé caer en el buzón una tarjeta personal, y luego me fui con las cuerdas vocales doloridas.

Bueno, al menos Regina estaba viva. Me habían pasado por la cabeza imágenes de ella tirada en el piso, a punto de morir. Creo que había visto demasiados comerciales televisivos acerca de ancianos que se caían en su casa y no podían avisarle nada a nadie.

Mientras me iba, me pregunté adónde habría ido. «Al norte» podía significar cualquier cosa si uno estaba en Miami. Podría haber ido a Orlando o a Canadá. Y había algo sigiloso en su manera de irse sin llamarme. Ella sabía que yo estaba esperando su llamado. No era común que una mujer como Regina hiciera eso.

Pero no podía seguir ocupándome de eso. Tenía asuntos más urgentes que resolver.

# 23

—Rápido, ¿verdad? —Bárbara sonrió por sobre su hombro mientras hacía marchar al *Mamita* a todo vapor—. Con un motor así podemos ir tan rápido como cualquier lancha de carrera.

—Excelente.

Yo apenas podía hablar por el viento caliente que me golpeaba el rostro. Cuando Bárbara aceleró, tuve que aferrarme con fuerza a la baranda de madera para no caerme.

—Alberto nunca me dejaba timonear. Siempre quería hacerlo él —Bárbara miró hacia el cielo y gritó—: ¡Alberto! ¡Alberto Cruz! ¡Dudo de que estés allí, pero si lo estás, mírame! ¡Ahora estoy yo al mando del *Mamita*, bastardo!

Luego echó la cabeza hacia atrás y lanzó una carcajada. Yo rogué que no hubiera empezado con el ron antes de partir. Lo que menos necesitaba en ese momento era una mujer encinta, borracha y lunática como capitana.

El *Mamita* atravesaba las aguas a tal velocidad que la línea de la costa ya era apenas una mancha. Cuando logré acostumbrarme al vértigo, ya estábamos bien lejos de Miami, acelerando a través del azul brillante hacia los Cayos.

—Ingenioso, ¿verdad? —gritó Bárbara, mirándome a mí en lugar de mirar hacia adelante—. Alberto tuvo una buena idea cuando puso estos motores en un velero como éste. Nadie iba a molestarnos de esta manera: los traficantes de drogas tienen Donzis o Cigarettes, no veleros de madera. Me dijo que al tipo que contrató le tomó una semana reformar al *Mamita* para que fuera tan rápido.

—Muy astuto —grité yo—. Pensó que iba a estar mucho tiempo dedicado a esto, ¿verdad? Por eso puso tanto dinero en este barco.

El *Mamita* refrenó su marcha cuando Bárbara paró el motor, ignorando mi pregunta.

—Estamos bien de tiempo. No usaré el motor hasta que no lo necesite.

Bárbara se instaló en los almohadones que había detrás del timón, conduciendo con el pie, totalmente relajada. Yo consideré seriamente la posibilidad de tomar un par de pastillas de Valium, pero sabía que no podría tolerarlas en ese momento.

—¿Puedo pilotear un rato? —le pregunté a mi compañera. Necesitaba algo que me distrajera.

—Seguro, así le tomas el pulso —asintió, poniéndose de pie con un gruñido—. Puede que más tarde te sea útil tener algo de práctica.

Tener algo útil que hacer me calmó un poco. Pocos minutos después, Bárbara se había dormido. Su tranquilidad me resultaba envidiable.

La agitación del mar era muy leve, y eso minimizaba el choque de las olas contra el barco. Los canales estaban claramente marcados, y como era un día laborable no había muchos barcos. Si el viaje fuera sólo hasta los Cayos, yo lo habría disfrutado.

Había ido por última vez a Key West tres años atrás, mientras investigaba el caso de un marido que había desaparecido una mañana de su oficina en South Miami. En verdad, no puede decirse que hubiera desaparecido. El problema era que su esposa no podía aceptar lo que la policía le había dicho: que su marido los había abandonado a ella y a sus cuatro hijos por la dueña de un restaurante en Key West.

Yo tuve la ingrata tarea de informarle no sólo que él la había abandonado, sino también que el dueño del restaurante era un hombre. Aun cuando entendía que absorber la noticia fue para ella muy difícil, a mí me pareció excesivo el interés con que se puso a observar las fotografías en que se veía a ambos hombres comiendo *crème brûlée* con una sola cuchara.

Normalmente no habría aceptado un caso así, pero Key West realmente me encanta. Además, tenía allí un ex novio de cuya compañía también disfrutaba. Hasta que renunció a su puesto, Sam Lamont era uno de los mejores polígrafos de Dade County. Sus habilidades eran legendarias, porque su índice de confesiones llegaba casi al ciento por ciento. Una vez que los sospechosos eran sujetados a su máquina, algo los quebraba y les hacía decir la verdad. Él sabía con precisión qué preguntas hacer, y era respetado prácticamente por todo el mundo en el ambiente de la justicia criminal.

Un día, hacía cinco años, en medio de un examen, salió de su oficina, se subió a su automóvil y desapareció. Seis meses más tarde apareció en Key West. Se había comprado una vieja casa victoriana en Caroline Street y estaba renovándola. Había reunido un buen capital como polígrafo y era una persona muy ahorrativa, de modo que le alcanzaba como para jubilarse y darse sus gustos.

Cuando fui a Key West por el caso del marido desaparecido, resolví buscarlo sin saber con qué me iba a encontrar. No conocía a nadie que se hubiera retirado de ese modo y pensé que tal vez había sucumbido a la presión. Pero lo vi tan feliz como no había visto a nadie y me pareció fantástico. Tanto, que mientras duró el caso, viví con él en lugar de hacerlo en el hotel.

Después de aquello nos mantuvimos en contacto, de modo que yo sabía que él seguía allí, siempre renovando su querida casa. Lo había llamado desde mi Mercedes al llegar al muelle de Coconut Grove, justo antes del mediodía. Le dije que era posible que le hiciera una visita breve, de una hora o dos. Quería disfrutar todo lo que pudiera antes de surcar las aguas internacionales con rumbo a Cuba.

Ya estábamos cerca de Key West, y cuando me di vuelta para despertar a Bárbara vi que su rostro estaba a centímetros del mío.

—¡Allí está, a la derecha! —gritó.

—¡Lo veo, lo veo! —grité yo, más fuerte que ella—. ¡Mierda! ¡Pensé que estabas durmiendo!

La tipa me había asustado con su aparición repentina.

—¡Mira las boyas! ¡Estás demasiado cerca! ¡Cuidado, cuidado, que nos vas a matar!

Bárbara agitaba furiosamente los brazos y golpeaba los míos para guiar el timón.

Su histeria era contagiosa. Yo solté el timón, feliz de poder ceder el mando.

—Yo no puedo hacerlo, hazlo tú.

Yo temblaba de miedo y furia. Toda la vida había estado cerca de algún barco, pero Bárbara me hacía sentir una neófita que viniera de un país sin salida al mar.

Me golpeó la espalda y rió. Me di cuenta de que ésa era otra de sus pruebas.

—No, hazlo tú, Lupe. Eres buena. Llévalo tú al muelle.

El viento había aumentado en intensidad, llevándonos demasiado hacia el oeste. No debíamos llamar la atención, por lo que decidí disminuir el motor. Con el ruido mecánico reducido a un suave murmullo de fondo, estuve consciente de pronto de lo que me rodeaba: la fresca insistencia de la brisa, el pulso gentil de las olas, el graznido de las gaviotas que volaban en círculos por encima de nosotras.

Era todo lo que se debía hacer para mantener al *Mamita* en curso mientras el Truman Annex se hacía más y más visible. Podía ver con claridad la oficina del capitán del puerto, por donde deberíamos detenernos para esperar que nos asignaran un lugar. La sola idea de fallar en esa simple operación me dio un escalofrío. Realmente, Bárbara se había reído de mí.

Alberto elegía el Truman Annex por muchas razones, según Bárbara. La principal era que ése era el muelle más al sur de Key West, y

Cuba estaba hacia el sur. Además, era un espacio abierto al público, de modo que aceptaba barcos de paso. Un barco que atracara allí una o dos noches no llamaría demasiado la atención. Estaban acostumbrados a ello.

Cuando acerqué el *Mamita*, el capitán del puerto nos estaba esperando. Nos había visto llegar y me señaló el lugar donde tenía que atracar. Apagué el motor y Bárbara le sonrió con familiaridad.

El capitán de puerto se llamaba Henry Abbot. Era un hombrón grande, rubio y bronceado, amigable y encantador.

—¡Bienvenidas! —dijo, subiendo a bordo y mirando la cubierta inmaculada con satisfacción—. Qué bueno verte otra vez, Bárbara.

—Hola, Henry —Bárbara encendió un cigarro y se echó hacia atrás en sus almohadones—. ¿Cómo has estado?

—Bien. Muy bien —contestó con voz grave, que sonaba como el mar y como los días que él había pasado bajo el sol. Se volvió hacia mí y me sonrió—. ¿Dónde está Alberto?

—Se quedó en Miami. Éste es un viaje de chicas —Bárbara se puso de pie y me pasó el brazo por los hombros, colocando su cigarro peligrosamente cerca de mi rostro—. Ésta es mi amiga Marta.

—Encantado de conocerte, Marta.

Henry extendió su enorme mano derecha hacia mí. Su apretón fue suave y su mano curtida raspó la mía.

En otro tiempo y en otro lugar, yo habría flirteado con ese hombre. Era como un bombero o un guardaparques, áspero y amable al mismo tiempo. Y yo siempre había tenido una debilidad por los hombres grandes de ojos celestes. Por el modo como me miró, pude ver que él sentía lo mismo.

El beeper de Henry sonó, y él miró para ver quién lo buscaba.

—Bueno, nos vemos —dijo—. Si puedo ayudarlas en algo, no tienen más que avisarme.

Me perforó con esos ojos azules y tuve que desviar la mirada antes de involucrarme en algo para lo que no tenía tiempo. No me estoy excusando. Si tuviera que enfrentarme a un escuadrón disparándome, vería a los soldados desnudos. Está en mi naturaleza.

Bárbara se dispuso a revisar nuestras provisiones. Cuando le ofrecí ayuda, se negó con un gesto.

—Me estás poniendo nerviosa —dijo—. ¿Por qué no vas a buscar a ese amigo que tenías? Faltan varias horas para irnos de aquí.

—¿Estás segura de que no necesitas mi ayuda?

Ella le dio a su cigarro la pitada que le daría un sargento de la Marina y sacudió la cabeza. Me consideraba una molestia o necesitaba estar un tiempo sola antes de partir.

Mientras comenzaba a bajar del *Mamita*, Bárbara me gritó:

—¡Déjame algo de dinero! Tengo que comprar algunas cosas.

Le di mil dólares que había separado para una posible nueva solicitud. Si tuviera suerte, recuperaría ese dinero cuando les pasara la factura a los Moreno.

Desde la entrada del muelle llamé a Sam y él me dijo que pasaría a recogerme. Henry me vio esperando bajo un árbol y fue hasta mí con su carrito de golf. Se detuvo junto a mí y se quedó allí sentado, sonriendo, con los ojos escondidos por sus anteojos de aviador.

—Eres cubana, ¿verdad?

Yo asentí.

—Pero vivo en Miami.

—¿Es la primera vez que vienes aquí?

Asentí otra vez y me limpié unas gotas de sudor que bajaban por mi frente. Era difícil saber qué edad tenía Henry; los años bajo el sol habían creado hondas arrugas en su frente y en sus mejillas, y eso acentuaba el hundimiento de sus ojos, dándole un aire inocente y calmado, como el de un joven aficionado al *surf* y acostumbrado a una vida tranquila.

—Ven aquí —dijo, dándole un golpecito al asiento vacío que había junto a él—. Te mostraré algo que podría interesarte.

Yo me senté junto a él. Sus brazos bronceados estaban cubiertos de vellos rubios. De cerca era aún más atractivo, de modo que baje la mirada: los pies suelen matar la pasión. Pero, con disgusto, vi que ése no era el caso de Henry. No llevaba medias y podían verse sus pantorrillas bronceadas por encima de sus viejas sandalias.

Henry manejó hasta el borde del muelle, donde el viento sopla-
ba como en alta mar, y detuvo allí el carrito.

—Aquí es donde atracaron los barcos que venían de Mariel
—dijo—. Ven, te mostraré.

Con un escalofrío, me di cuenta del significado histórico del lugar en donde estaba. Ése era el punto donde habían desembarcado
quienes habían llegado en lo que sería conocido como el Mariel, el
éxodo masivo de ciento veinticinco mil cubanos ocurrido en un
período de dos semanas en 1980. Fidel Castro había anunciado que
todos los cubanos que querían abandonar su país podrían hacerlo si
embarcaban en el puerto costero del norte llamado Mariel. Jimmy
Carter respondió que todos los cubanos que lo hicieran serían bien-
venidos en los Estados Unidos. Instantáneamente, los exiliados que
vivían aquí se movilizaron en una flotilla para ir a rescatar a sus
parientes. Key West fue el punto de entrada de los refugiados a su
nuevo hogar.

—Yo no estaba aquí entonces, pero sí el capitán de puerto que me
precedió, y él me contó muchas historias —dijo Henry. Bajamos del
carrito y caminamos hacia el borde del muelle—. Todo eso sucedió
hace quince años, y ellos siguen viniendo. Noventa millas de agua hacia el norte, corrientes marinas, tormentas, tiburones, patrullas cubanas, y ellos siguen haciéndolo. Familias enteras: hombres, mujeres,
niños, bebés, incluso mascotas. Y no podrías creerlo si vieras en qué
vienen. Se arrojan al mar sobre cualquier cosa que flote.

Henry me miró con simpatía, con expresión incrédula. Yo tragué saliva y pensé: «Ah, Henry, si tú supieras...».

—Supongo que la gente hace lo que tiene que hacer —dije.

Era un comentario tonto e inocuo, pero Henry asintió respetuo-
samente.

—Bueno, vamos. Te llevaré a la entrada.

Cuando Henry y yo llegamos a la entrada, vi que Sam se acercaba en su jeep verde, llevando anteojos oscuros y una gorra de los
Florida Marlins. Me saludó con la mano y yo dije su nombre.

—Lo siento, espero no haber retardado tu encuentro con tu amigo —se disculpó Henry, deteniéndose a cinco metros del auto de Sam. Él también saludó a mi amigo con una inclinación de cabeza.

—De ningún modo, Henry —le dije, y lo besé en la mejilla—. Fue muy dulce de tu parte traerme aquí. Siempre recordaré lo que me mostraste.

Henry se sonrojó avergonzado y se alejó rápidamente en cuanto yo me bajé del carrito. Sam me estaba esperando y me abrazó con fuerza.

Mi amigo no había cambiado nada. Era unos cuarenta centímetros más alto que yo y exudaba una tranquilidad que hacía parecer que la olla hirviendo de Miami era un país extranjero, a miles de kilómetros de allí. Sin embargo, su gorra me preocupó. Sam era vanidoso, y los hombres vanidosos que pierden el cabello se convierten en grandes expertos en gorras y sombreros.

Nos subimos al jeep y Sam arrancó, levantando una estela de gravilla detrás.

—¿Me aceptarás un margarita cuando lleguemos a casa? Como en los viejos tiempos... —dijo mientras entraba en la ruta.

Yo vacilé. Pensé que tenía que tener la cabeza en orden para todo cuanto me esperaba.

—Por supuesto —dije.

¿Por qué no? Estaba corriendo ciegamente hacia la muerte, y renunciar a los últimos pequeños placeres habría sido castigarme demasiado.

Me incliné hacia atrás en el sofá de mimbre que había en el fresco y sombreado jardín de Sam, con almohadones coloreados cuidadosamente ubicados alrededor de mis piernas. Cerré los ojos y bebí un largo trago.

—Salud, Sam.

—Salud —Sam elevó su vaso—. Por la confusión de nuestros enemigos.

He ahí un deseo perfectamente adecuado para este momento.

—No me contaste demasiado por teléfono. ¿Por qué has venido aquí?

Era una pregunta lógica, y yo maldije por verme obligada a contestarla. Cuando Sam trabajaba en Miami, todos decían que era horrible hablar con él porque sentían que podía detectar la mentira más inocente. El mito acerca de su excelente trabajo se había desarrollado tanto que la gente le otorgaba intuitivamente el poder divino de su aparato polígrafo.

—Nada importante, sólo un caso en el que estoy trabajando. A lo sumo me tomará dos o tres días.

Sam apretó los labios y asintió. Como siempre, yo no tenía idea de si había superado o no la prueba.

—¿Puedo ayudarte en algo? —preguntó.

—No, gracias —dije rápidamente—. Te agradezco mucho.

Nos sentamos cómodamente allí sin hablar, una experiencia a la que no estoy acostumbrada. Miré la pequeña cabina con ducha que había en un rincón, suficientemente grande para dos personas. Había orquídeas colgando de ella. Recordaba muy bien el aroma de la ducha, el olor penetrante de la madera mojada, las flores, el aire fresco del mar.

Sam percibió mi mirada y sonrió.

—Todavía funciona, si eso es lo que te estás preguntando. ¿Quieres probarla otra vez?

—¿Por todo lo que pasamos juntos? —pregunté, tomándole la mano.

Una hora más tarde, Sam y yo estábamos tendidos en la cama, mirando las aspas del ventilador de techo dar vueltas y vueltas. Una oleada de culpa católica surcó mi cabeza, pensando en Tommy y en Charlie y en Sam, y en lo que las monjas de la escuela habrían dicho si lo hubieran sabido. Al diablo con ello, pensé.

—Sam —le dije, desperezándome—. ¿Por qué te fuiste de Miami de esa manera?

Nunca le había hecho esa pregunta y quería saber la respuesta.

—No podía soportar más la mentira —dijo con voz distante—. No podía haber soportado a una sola persona más intentando derrotar al sistema. Había hecho eso durante quince años, y un día pensé en cómo sería hacerlo durante quince años más. Gané mucho dinero, tú lo sabes. Al final cobraba más de mil dólares por prueba, y podía hacer tres o cuatro por día. De pronto sentí que no tenía por qué hacerlo más.

—¿Extrañas Miami? —pregunté, volviéndome y apoyando la cabeza en su pecho—. Esto es tan diferente...

Me acarició suavemente el cabello.

—Estoy bien aquí. Tengo los suficientes ahorros como para vivir el resto de mi vida, contando inclusive con el barril sin fondo que es esta casa, que me hace gastar muchísimo dinero.

—Hubo muchos rumores acerca de ti, ¿sabes?

Sentí que Sam se encogía de hombros detrás de mí.

—Supongo. Los rumores suelen ser obra de gente que no tiene nada mejor que hacer.

Yo cerré los ojos e intenté absorberlo todo: la mano de Sam en mi cabello, el suave zumbido del ventilador, el aroma de las flores que llegaba del jardín. Si pudiera haber detenido esa escena para siempre, me habría quedado allí.

—¿Recuerdas cómo nos conocimos? —pregunté.

—Claro que sí —Sam rió entre dientes, y yo me puse a escuchar su respiración—. Fue la primera vez en mi vida que me sentí feliz de estar atrapada en un *lock down*.

Seis años antes, Sam estaba en Metro West, una cárcel a unos kilómetros de Miami, para trabajar con un cliente acusado de tráfico de cocaína. Yo estaba allí para entrevistarme con un cubano acusado de asesinar y asar a su vecino. Cuando estábamos por irnos, el supervisor nos dijo que todos los que estábamos allí íbamos a ser demorados debido a un *lock down*. Eso quiere decir que todos los prisioneros son enviados a sus celdas y deben permanecer allí hasta que se los cuente, generalmente, por algún tipo de disturbio. En ese caso, uno le había prendido fuego a su colchón activando de ese modo todas las alarmas.

Yo era uno de los diez visitantes que estuvimos encerrados en un cuarto durante cuatro horas. Sam y yo estábamos uno junto al otro frente a una mesa de madera astillada. Al principio nos dedicamos a escribir cada uno sus informes, pero cuando pasaron las horas y nos dimos cuenta de que la estadía allí iba a ser larga, comenzamos a hablar. Nos contamos el uno al otro nuestras mejores anécdotas. Yo había oído hablar de Sam, pero nadie me había dicho que era tan apuesto, ni me había contado que tenía esos ojos verdes y esa boca sensual. Después de ser liberados, fuimos a beber unos tragos largamente merecidos, no importa que apenas fuera media tarde.

—Es gracioso —dije yo mientras seguía mirando el ventilador—. No puedo volver a Metro West sin recordar dos cosas: el encuentro contigo y la receta de la salsa con que mi cliente aderezó a su vecino. Parecía realmente deliciosa.

Yo me reí, no así Sam. Me di vuelta de modo que nuestros rostros quedaran a pocos centímetros.

—Lupe, me dediqué durante quince años a detectar mentiras —dijo—. Y tú me estás escondiendo algo. Creo que estás metida en un gran problema. No sé cuál es, pero puedes decírmelo.

Me sentí tentada de hacerlo, pero era mejor que él no lo supiera. Sam tenía buen corazón y tendía a sobreprotegerme; de saber en qué andaba, habría intentado detenerme. Y después de fallar en su intento, habría estado durante horas en agonía hasta saber de mí.

—Eres una dulzura —dije yo, intentando sonar animada—. Pero creo que has estado viendo demasiada televisión. Créeme, estoy aquí por un caso común, acerca de unas viejecitas y sus perritos.

—Supongo que mi imaginación es más apasionante que la vida real —dijo, sonriendo con añoranza.

No me había creído, pero era suficientemente astuto como para no insistir. Él sí que habría sido un gran marido.

# 24

Le había dejado una nota a Leonardo diciéndole que me iba por cuatro o cinco días, dándole a entender que estaba con un nuevo novio, un hombre casado, de modo que necesitaba mantener todo en secreto. Era desilusionante pensar que era posible que me hubiera creído.

Sam me dejó mientras el cielo de Key West se ensombrecía. De pie, en la entrada del muelle, resolví chequear el contestador telefónico de la agencia para ver si había algún mensaje importante. Para mi sorpresa, atendió Leonardo. Era demasiado tarde para que él estuviera trabajando.

—¡Lupe! ¡Qué suerte que llamaste! —nunca había oído que su voz sonara tan seria, cansada e insegura.

—¿Qué ocurre?

—Dos policías de la sección homicidios estuvieron aquí hace una hora. Querían preguntarte por Regina Larrea.

El muelle estaba tranquilo y casi desierto. El miedo me hizo un nudo en el estómago.

—Mierda, ¿qué paso? ¿Te lo dijeron?

El sol de la tarde atravesó las nubes dispersas que lo cubrían y pareció dirigir sus rayos moribundos directamente hacia mí. Sentí que unas gotas de sudor me corrían por la espalda. La sensación placentera de los dos margaritas que había bebido en casa de Sam había desaparecido, reemplazada por la sensación de que mi cerebro estaba sumergido en goma de pegar.

—Fue hallada por su sobrina, estrangulada en su casa de Sweetwater —dijo Leonardo con voz ronca—. Según les dijo la sobrina a los policías, su tía acababa de llegar de un viaje y la había invitado a beber limonada. A la sobrina se le hizo tarde, por lo que llamó a Regina. No hubo respuesta, de modo que se apresuró a llegar a la casa de su tía y entró con su llave. Encontró a Regina muerta en el piso de la cocina.

—¿Y por qué querían los policías hablar conmigo?

—Interrogaron a los vecinos para ver si alguien había visto u oído algo. Nadie había visto nada, pero la vecina les mostró tu tarjeta profesional. Dijo que habías estado allí esa mañana, en actitud sospechosa.

—¡Maldita sea! —exclamé.

Intenté imaginar qué era lo que había ocurrido, pero no llegué a ninguna conclusión. ¿Regina había hablado con Samuels o con Betancourt sin decirme nada? ¿Había sido asesinada por la misma razón que Alberto, para mantenerla callada, o estaba involucrada de alguna manera en la venta de bebés? Ninguna de esas piezas parecía encajar.

—Lupe, tienes que llamar a esos tipos —dijo Leonardo—. ¿Dónde diablos estás?

—No es necesario que lo sepas, Leonardo —contesté—. En este punto, cuanto menos sepas, mejor. ¿Los policías dijeron alguna cosa más? ¿Tenían alguna pista?

—No dijeron demasiado. Más que nada querían encontrarte a ti. Piensa, Lupe. Primero, esa vieja señora cubana hace un viaje secreto. Una detective privada viene a buscarla mientras ella está ausente y luego la encuentran muerta. ¿No piensas que los policías *deberían* buscarte?

—Si vuelven, diles que me diste el mensaje y que yo los llamaré. Diles que no quise decirte dónde estaba.

Lo que menos necesitaba era que Leonardo le mintiera a la policía para protegerme. Se metería en problemas porque no sabía mentir.

—No sé, Lupe —dijo—. Esto es muy serio.

—Haz lo que digo, Leonardo. Confía en mí —hice una pausa—. ¿Hubo algún otro mensaje?

—Lo de siempre. Llamados de amigos y familiares, y un par de clientes pidiendo sus informes. Hubo una llamada rara, sin embargo. Creo que habían marcado el número equivocado.

—Léemela —dije.

—Bueno, la persona que hablaba tenía una voz profunda y sonaba como si se estuviera cubriendo la boca. —Oí el crujido que hacían los papeles entre los que Leonardo hurgaba—. Aquí está. Dice: «Soy tu amigo. La respuesta a tu pregunta es una ofensa contra Dios y sus hijos».

Oí que el viento repiqueteaba en la distancia.

—¿Qué diablos significa eso? —pregunté.

—No me lo preguntes a mí —dijo Leonardo—. Seguramente algún loco.

—Tengo que irme, Leonardo. Cuelga.

Me quedé allí parada con la mano en el teléfono varios minutos después de que Leonardo cortara la comunicación. Regina estaba muerta. Obviamente no era un ladronzuelo al que las cosas le habían salido mal, puesto que no había nada de valor para robar en su casa y la gente del vecindario sin duda lo sabía. Algo debía haber ocurrido, tal vez antes del viaje. O tal vez ella se fue de viaje para escapar de quien fuera que la hubiera asesinado, para volver a casa cuando creyó equivocadamente que estaba a salvo.

La vecina había dicho que Regina se había ido «al norte». Eso podría haber significado North Carolina, lo que a su vez quería decir que había ido a buscar al doctor Samuels por sí misma. ¿Pero quién la había asesinado? ¿Samuels? ¿Betancourt? La cuestión era que ella se había involucrado en algo que tenía que ver con el caso y alguien había pensado que la mejor solución era asesinarla. Y no podía engañarme: la responsable era yo. Primero Alberto Cruz y ahora Regina Larrea. ¿Pero como podía haber imaginado que pondría en peligro mortal a una anciana yendo a visitarla a Sweetwater?

Y en cuanto al segundo mensaje, no sabía qué pensar. Decía que era un amigo, hablaba del pecado. Seguramente Leonardo estaba en lo cierto: algún lunático marcó por equivocación el número de mi agencia.

Antes de irme llamé a mi apartamento e ingresé el código para recibir mis mensajes personales. Por una vez, funcionó. Puse mi mano libre sobre mi otra oreja y me dispuse a escuchar el primer mensaje.

—¿Lupe? Habla Tommy. Será mejor que me llames hoy mismo. Estoy preocupado y...

Marqué el número para pasar al siguiente mensaje.

—¿Lupe? Habla Stanley Zimmerman. —Cerré los ojos y me concentré. ¿Qué quería nuestro abogado familiar?—. Te llamo porque tu nombre fue mencionado hoy en el encuentro semanal del Comité de Administración del Jackson Memorial. Una mujer de nombre Larrea llamó para quejarse por un médico llamado Samuels. El doctor hace ya mucho tiempo que se retiró, pero ella dijo que al volver a Miami presentaría una acusación formal contra él. La cuestión es que mencionó tu nombre como su fuente. Lupe, ¿necesitas ayuda? Llámame cuando puedas. Estaré en la oficina hasta...

La cinta terminó. No me sorprendió que Stanley estuviera en el comité de administración del Jackson. Era miembro de tantos comités de administración en todo Miami que me sorprendía que tuviera tiempo para dedicarse a las leyes. Lo que me interesaba era la naturaleza de la queja de Regina. Sabía que probablemente nunca nos enteraríamos, pero estaba claro que Regina había encontrado algo que no tenía que saber. Y saberlo la había matado. Y ahora estaba más segura de que su muerte era responsabilidad mía.

Lentamente, caminé hacia el *Mamita*. El sol, ya anaranjado, estaba bajo, casi sobre el horizonte. No había ninguna señal de la presencia de Henry y sólo se veía a unos pocos hombres dispersos, ocupados en cerrar sus barcos. Cuando llegué al *Mamita*, Bárbara no estaba en cubierta.

Me preocupé por un instante de que algo le hubiera pasado, de que de alguna manera nos hubiesen seguido hasta Key West, pero la encontré durmiendo la siesta en el camarote. La observé. Pese a todo lo que había atravesado, dormía el sueño de los que tienen la conciencia limpia. No hizo ruido ni movimiento alguno cuando llegué. Me sentí cautivada por su respiración calma y pareja.

De pronto, se sentó, con los ojos bien abiertos y al parecer enteramente despierta.

—¿Llamaste a la estación de radio para pedir la canción? —preguntó.

—Sí. Llamé desde la entrada del muelle para que nadie rastreara la llamada —dije—. Dijeron que la pasarían a las seis. ¿Ya tienes todo lo que necesitamos?

Bárbara gruñó. Tomé eso por un sí, caminé lentamente hacia el camarote de proa y me quité los zapatos.

—Si no me necesitas para nada —dije—, intentaré dormir una siesta.

No debía haberlo hecho. Mis sueños fueron pesadillas. Todo el tiempo veía a Alberto bailando merengue con Regina. Me desperté varias veces empapada en sudor y una hora más tarde me rendí.

Eran casi las seis, de modo que decidí encender la radio. El noticiero estaba terminando y comenzaba el programa musical.

Enseguida sonó *Aquellos ojos verdes*. Su melodía me era familiar desde hacía años. Ya estábamos en camino.

Dos horas después de haber zarpado de Key West, Bárbara se puso tensa y señaló unas luces tenues que penetraban la oscuridad.

—Allí, a la derecha. Parece un carguero o una patrulla cubana. Generalmente no llegan hasta tan lejos.

Se me detuvo el corazón y tragué saliva. ¿Qué estaba haciendo? Había tomado decisiones como lo hace un sonámbulo. No había captado cabalmente la dimensión de lo que todo esto significaba.

¿Cómo se me había ocurrido meterme de esa manera en aguas profundas? Pensé que había llegado a contemplar la muerte mirando la lenta agonía de Mami, pero nada me había preparado para esto.

—Dios te salve María, llena eres de gracia, bendita tú eres... Dios, bendícenos también a nosotros.

Quienquiera que haya dicho por primera vez que una nunca deja de ser católica, sabía muy bien de qué estaba hablando. Mi mente se llenó de plegarias a oscuros santos en las que no había pensado desde la escuela primaria.

Bárbara tomó los binoculares que le colgaban del cuello y se los llevó a los ojos.

—Bueno, no importa qué tipo de embarcación es porque se está yendo —dijo con satisfacción.

Se volvió hacia mí con expresión severa y ojos brillantes.

—Escúchame, Lupe, tienes que calmarte. No puedes asustarte así cada vez que hay un problema. Sabías que esto era peligroso y no puedes estar todo el tiempo pidiéndoles a Dios, a la Virgen y a los santos que nos salven. Eso me pone muy nerviosa.

—Lo siento, de verdad —dije.

En realidad no lo sentía tanto pero entre preocuparme por un barco en la distancia y tener que soportar a Bárbara enojada a centímetros de mí, opté por tranquilizarla.

—No volverá a ocurrir.

Sentí que el motor del barco comenzaba a vibrar debajo de mis pies como un gato ronroneante. Bárbara soltó una mano del timón y la puso en mi hombro, mostrando su aspecto tierno, que era tan sorprendente como sus arranques de furia.

—No te sientas mal —dijo con cariño—. La primera vez que hice este viaje, una patrulla cubana se acercó hasta el punto en que podíamos oler sus cigarros y yo me asusté tanto que vomité, como estaba del lado de donde venía el viento le tiré todo a Alberto.

Rió entre dientes con su mirada fija en la oscuridad que había delante. Yo aprecié sus esfuerzos para relajarme, pero por el momento no funcionaban. Sentía como si me hubieran dado vuelta el estómago y apenas podía respirar. Sabía que no iba a poder tolerar ese nivel de ansiedad las siguientes veinticuatro horas, de modo que comencé a hacer los ejercicios de yoga para la respiración aprendidos en la escuela. Nunca antes me habían ayudado, pero esa vez sí. Tal vez porque nunca hasta entonces había sentido verdadera ansiedad. Después de un rato pude respirar y pude mirar con tranquilidad las cosas que había alrededor.

Gracias a Dios, las olas se movían sólo ligeramente y en el agua había una fresca brisa salada. La luna era apenas una fina línea de plata, miles de alfilerazos de luz jugaban en la densa agua azul.

—Hay alguien —dijo Bárbara, señalando a popa.

Yo entré en pánico. Me agarré fuertemente a la baranda, con la intención de arrojarme al agua. En ese momento ni siquiera podía pensar.

—Ven —ordenó Bárbara, con una voz que debería haber desarrollado en su largo ejercicio de la maternidad.

Yo me quedé congelada, esperando una bofetada de castigo.

—Mira —dijo ella, volviendo a señalar.

Era un cardumen de delfines que se movían con elegancia por el costado del barco, siguiéndonos con espíritu juguetón.

—Ya ves, si te relajas puedes llegar a disfrutarlo —dijo Bárbara—. El cielo, los delfines, el aire de la noche. No tienes que preocuparte por conducir el barco, y si nos atrapan... bueno, si nos atrapan nos atrapan. Hice esto más de veinte veces y sé cómo llegar. Haz como si estuvieras en una excursión.

No quise siquiera imaginar qué tipo de excursión podría comandar Bárbara. Además, con el poderoso motor del *Mamita* estábamos haciendo un buen tiempo. Era hora de decirle cuál era mi objetivo final y ver si ella estaba conmigo o no.

—Bárbara, nunca te dije por qué fui a ver a Alberto —comencé.

Ella me miró con curiosidad.

—Él me dijo que estabas buscando a la madre de un bebé que trajimos cuatro años atrás.

—Él no conocía toda la historia. Hay algo más.

Se quedó unos segundos en silencio, pensando.

—¿Qué quieres decir? Él te dijo quién era la madre, ¿verdad? De modo que sabes a quién tienes que buscar.

—No exactamente —dije.

—No te entiendo. Vamos a buscar a esa madre, ¿verdad? La madre cuyo nombre te dio Alberto. ¿Cuál es el problema?

Ella no lo sabía. Yo no había querido presionarla antes para ver si Alberto le había dado el nombre de la madre. Había considerado que no teníamos todavía la suficiente confianza la una en la otra. Pero ahora, en pleno mar, no había ninguna razón para que ella escondiera nada. Y la situación era tan mala como yo la había imaginado.

—No conozco el nombre de la madre. Alberto fue asesinado antes de decírmelo —dije—. Supe que él lo sabía en cuanto le hablé del tema, en cuanto le mostré la fotografía de la pequeña, pero él prefirió demorarse para sacarme más dinero. Para serte sincera, pensé que tal vez él había confiado en ti antes de que Betancourt lo asesinara.

Bárbara miró hacia el cielo, como si pudiera ver allí a Alberto.

—¡Hijo de puta! —exclamó—. No me dijo nada. De modo que vamos a Cuba a buscar a esta muchacha y tú no sabes quién es. Ni siquiera sabes si está viva, ¿verdad?

—Yo supuse que Alberto necesitaba tiempo para averiguar su paradero —dije para eludir su pregunta. Bárbara no sabía que había sido ella misma quien me dijo que los bebés venían de Cuba—. Pero supongo que no sabremos si podremos encontrarla hasta que estemos allí.

Se quedó en silencio, sosteniendo el timón y mirando a la distancia. El *Mamita* avanzaba como si estuviera flotando en el aire.

—Mira, tal vez pienses que no soy muy inteligente —dijo, siempre mirando hacia adelante—. Generalmente no conozco a gente como tú. Cuando vimos a Henry en el muelle pensé que él sabría que algo andaba mal, porque una chica con clase nunca viajaría con alguien como yo.

Ahora no estaba enojada; más bien parecía como si yo hubiera
herido sus sentimientos.

—No quise engañarte para que me llevaras a Cuba —dije—.
Pero la vida de una niña está en peligro. Estamos haciendo mucho
más que sólo protegernos para mandar a Betancourt a la cárcel.

—Tenemos un par de horas hasta llegar a Isabela de Sagua —dijo
Bárbara—. Cuéntame.

Bueno, al menos su reacción no fue arrojarme por la borda. Había
planeado no contarle nada acerca de la madre de Michelle y decirle
que no tenía idea acerca de si podríamos encontrarla en Isabela de
Sagua. Me había convencido a mí misma diciéndome que Bárbara
no había insistido para que le diera detalles. Pero ahora las reglas
estaban cambiando. Ella sentía que yo la había llevado a una trampa. De modo que decidí contarle todo, insistiendo sobre los detalles
de la enfermedad de Michelle, en la esperanza de que su instinto
maternal la convenciera.

—De modo que ésa es la razón por la que deseas tan fervientemente ir a Cuba —dijo cuando terminé con mi relato—. Piensas
que eres la única persona que puede salvar la vida de esa niña. ¡Madre mía! ¡Estoy en alta mar con una samaritana que tiene estrellas
en los ojos y quiere salvar al mundo!

Bárbara se echó hacia atrás en el asiento del timonel y se masajeó
el vientre, riendo entre dientes.

—¡Y yo que pensé que estabas aquí para salvar tu pellejo y hacer
algo de dinero!

La mujer se balanceaba como una ballena incómoda.

Supe entonces que no me había equivocado al ocultarle información antes de partir, aun cuando fuese una conducta egoísta. En
el momento tuve muchos problemas con mi conciencia, pero lo había hecho para salvar la vida de Michelle. Ella nunca se habría arriesgado tanto por una misión altruista. Había recibido demasiados
golpes en su vida —de sus hijos, de los hombres, de Betancourt—
como para ser motivada por otra cosa que no fuera la ambición y la
autopreservación. Seguramente pensaba que yo era una muchacha

frívola, una chica rica que podía darse el gusto de hacer algo por el bien de los demás.

Pero fue en ese punto cuando Bárbara me sorprendió. Cuando dejó de reírse, y después de un arranque de tos causado por el tabaco, se volvió hacia mí con una expresión muy seria.

—Está bien —dijo—. Dime todo lo que sabes acerca de la madre.

Tomé este comentario como un compromiso de seguir el viaje hasta el final.

—Esto fue hace cuatro años. La bebé era diferente. Tenía una gran marca de nacimiento al costado del cuello.

Bárbara asintió.

—Sí, eso ya lo sé. Yo no quería llevarla. Las marcas de nacimiento traen mala suerte. Alberto y yo tuvimos una gran pelea porque yo no quería que la pequeña embarcara.

Me tomó un momento absorber lo que Bárbara me estaba diciendo.

—¿De verdad recuerdas ese viaje? —le pregunté.

—Fue la única vez que realmente me enfrenté a Alberto —dijo ella—. Estaba segura de que algo ocurriría con esa bebé. Las marcas de nacimiento y los barcos son una mala combinación. Tuvimos suerte de que no ocurriera nada en el viaje de vuelta. Pero ya ves, la mala suerte tardó pero llegó.

Bárbara bebió un largo sorbo de la botella de agua que llevaba a un costado. Su frente oscura brillaba a la luz del tablero de instrumentos.

—Después de eso, obligué a Alberto a que preguntara de antemano si los bebés tenían marcas de nacimiento —continuó—. Yo no volvería a aceptar viajar con un bebé que tuviera una marca. Ya era todo suficientemente peligroso.

—¿Qué otra cosa recuerdas? ¿Viste a la madre?

Bárbara me lanzó una mirada extraña que no comprendí.

—Siempre me quedaba a bordo del barco —dijo—. Pero Alberto me contó que había visto a la madre. Cuando comencé a discutir por la marca de nacimiento, me dijo que no era culpa de la bebita, porque la madre también tenía una marca en el mismo costado del cuello. ¡Eso era peor! De más está decir que no quise amamantar a esa criatura.

—Bueno, ya basta con el asunto de la marca —dije, y luego suavicé mi tono—. ¿Qué más te dijo Alberto acerca de la madre? Debe haber mencionado alguna otra cosa.

—Generalmente, él no veía a las madres. Se encontró con ésta porque ella casi se muere. Recuerdo que cuando volvió al barco estaba blanco como un papel. Yo estaba aterrada porque él había tardado muchísimo, pero en cuanto comencé a hablar me ordenó que me callara. Esperó hasta zarpar para contarme lo que había visto. ¡Qué diablos! Esa marca de nacimiento me atormentará hasta el día de mi muerte.

Bárbara estaba tan nerviosa que me escupió involuntariamente en el ojo. Yo me limpié.

—¿Qué quieres decir con eso de que se estaba muriendo?

—Por lo que me dijo Alberto, ella podría estar muerta hace tiempo.

Tuve que hacer un enorme esfuerzo para no golpearla para que me dijera todo lo que sabía de inmediato. Podría ser que lo que estábamos haciendo no tuviera sentido. Michelle moriría, Betancourt podría caminar con tranquilidad por la calle y Bárbara y yo moriríamos en cuanto volviéramos a Miami. Sentí que mi labio inferior temblaba.

—Vamos, Lupe —dijo Bárbara—. No dije que ella esté muerta. Sólo te repito lo que me dijo Alberto: que ella estuvo cerca de la muerte.

—¡Bárbara, me estás matando con eso! —estallé.

—Mira, te diré lo que recuerdo —dijo ella—. La gente de Isabela de Sagua le dijo a Betancourt que el bebé había nacido y que estaba listo para partir, pero era mentira. Necesitaban dinero y provisiones, de modo que llamaron antes del parto.

—Pensé que esa gente era relativamente confiable —dije desesperanzada.

—Yo nunca dije eso —Bárbara sacudió la cabeza—. Alberto tuvo un ataque y los amenazó con que iba a partir. Les dijo que eran unos mentirosos, que estaban tratando de estafarlo. De modo que ellos lo llevaron a ver a la madre, para que comprobara que ella estaba a punto de parir. Cuando llegaron, acababa de terminar con el parto. Él nunca había visto antes a una de las madres biológicas y dijo que nunca olvidaría lo que vio. Dijo que el olor de la sangre casi lo ahoga.

—¿Pero la madre seguía viva?

—Había otra mujer allí limpiando el lugar. Y a la madre la estaban cosiendo. Él no estaba seguro de que fuera a sobrevivir por toda la sangre que había. Pero tú sabes cómo son los hombres: en cuanto ven sangre, se acobardan. Alberto me contó todos los detalles acerca de la marca de nacimiento de la madre, esa cosa marrón en el cuello. Dijo que no podía sacarle los ojos de encima.

Yo sabía que el tipo de marca de nacimiento que tenía Michelle a veces era hereditaria, de modo que no había sido una sorpresa que la madre también la tuviera. Era una buena noticia: la búsqueda sería menos difícil. Pero...

—¿Entonces me estás diciendo definitivamente que ella está viva?

Podía ver el perfil de Bárbara delineado contra el cielo iluminado por la luna. Su rostro era como de madera, suave y liso. Sosteniendo el timón, se tomó su tiempo para responderme.

—Tú sabes, Lupe —dijo—, que yo habría viajado de todos modos si me hubieras dicho la verdad. Ésta es la primera noticia que tengo acerca de la niña enferma. Y su madre, a la que hay que traer de vuelta, probablemente esté muerta. Todo esto se parece bastante a una estupidez, ¿verdad?

—Yo... —Bárbara estaba en lo cierto—. Tienes razón en sentirte furiosa, Bárbara. Yo estaba equivocada. Podemos volver ya mismo, si eso es lo que quieres hacer.

Bárbara se encogió de hombros, manteniendo la dirección mientras lo consideraba. Ya habíamos pasado la mitad del viaje. Una parte de mí esperaba que ella diera la vuelta, y, entonces, sería cosa de esperar que Betancourt se olvidara de nosotras o no lograra atraparnos. Pero otra parte quería seguir y arriesgar nuestras vidas en una búsqueda imposible. De todos modos, ninguna de las dos opciones dejaba demasiado margen para la esperanza.

El mar se deslizaba tranquilamente detrás de nosotras y pasaron varios minutos en completo silencio. De pronto, Bárbara me pasó el timón y fue hacia abajo. Al rato emergió con una botella de ron. Yo esperé que no fuera la misma botella que había visto en el *Mamita* el día anterior, porque sólo quedaban dos dedos de líquido. Bárbara bebió un sorbo considerable y me pasó la botella.

—Supongo que esto significa que seguimos adelante —dije.

—Lo mismo supongo yo —respondió ella, tomando otra vez el timón—. Una cosa más. Lo último que vio Alberto de la madre fue que un sacerdote le estaba dando la extremaunción.

Bárbara no me dijo nada más y yo ya había tenido suficiente. Finalmente, era sólo un trabajo: entregar el dinero, llevarse al bebé y volver. Debía esperar que la madre de Michelle estuviera viva en algún lugar cerca de Isabela de Sagua o que los contactos de Alberto la recordaran. Me resultó difícil aferrarme a algo tan improbable.

Ahora, más nubes cubrían el cielo y sólo las luces más fuertes lograban convertirse en débiles puntos iluminados. Bárbara encendió un cigarro, y todo lo que podía ver era un pequeño punto rojo encajado en su boca. Así debía de ser antes de la batalla, pensé, sintiendo que la adrenalina me subía mientras miraba el reloj. Estábamos a sólo una hora de la costa.

—Isabela de Sagua es un pueblito de mierda —dijo Bárbara. Su voz sonaba extraña ahora que no podía verle el rostro—. Era una ínfima aldea de pescadores hasta que la gente comenzó a desesperarse por salir del país. Está a sólo cincuenta millas de Key Sal.

—En las Bahamas —observé.

Bárbara asintió.

—Es un pueblo tan chico que todos allí se conocen —dijo—. Alberto opinaba que así era mejor para nosotros. Si alguien intentaba entregarnos, todo el mundo sabría quién había sido. La gente de allí dependía de lo que nosotros llevábamos de Miami. Matarían a quien arruinara ese comercio.

Me pregunté cómo iba a hacer para tratar con esa gente y si lograría que me ayudaran a encontrar a la madre de Michelle sólo porque era lo correcto.

—A partir de ahora, hay que estar atentas a la aparición de las patrullas —anunció Bárbara, arrojando el cigarro por la borda.

—¿No habías dicho que no patrullaban demasiado por el desabastecimiento de combustible?

—Es verdad, pero recuerda lo que te dije acerca de las Bahamas. Castro ordena que los barcos patrullen mucho por aquí. No quiere que nadie abandone la isla sin su permiso.

Bárbara tomó los binoculares y miró hacia lo lejos. Yo sentía que una corriente eléctrica pasaba constantemente por mi cuerpo, como una tensión que nunca me abandonaría. Avanzamos en silencio unos minutos más, hasta que ella decidió aminorar un poco nuestra marcha.

—Sabes, estaba tratando de no pensar en las patrullas —dije—. Ojalá no hubieras dicho nada. Quiero decir, tienes razón, es mejor preocuparse recién cuando ocurra algo.

—Entonces es hora de preocuparse —advirtió ella, aminorando aún más la marcha—. Algo ocurre.

## 25

Bárbara apagó el motor. Ahora estábamos siendo impulsados sólo por la propia inercia del barco. Instintivamente, ambas nos agachamos. Yo tomé los binoculares y miré hacia la oscuridad.

Estaba más cerca de lo que yo esperaba. Un barco grande de acero se movía hacia nosotros. Un arma en la cubierta nos apuntaba.

—Mantente en calma —dijo Bárbara—. Este motor no sólo es rápido, también es silencioso. No nos verán a menos que nos estén buscando. Todavía estamos lejos.

—Pero vienen hacia aquí.

Bárbara se inclinó sobre el timón, desviándose del barco pero manteniendo la dirección sur. La luna apareció por un instante entre las nubes y yo vi que la boca y los ojos de Bárbara estaban contorsionados por el miedo.

Eso fue suficiente para mí. Si Bárbara tenía miedo, yo estaba aterrorizada.

Fui hacia la cubierta y me incliné contra la baranda del *Mamita*. A través de los binoculares vi acercarse al barco. Tenía luces encendidas y, aun cuando estábamos lejos para estar segura, parecía que unas figuras se movían cerca del puente. Un reflector hurgaba en el agua con movimientos lentos.

—¿Se está acercando? —susurró Bárbara.

—Sigue viniendo hacia aquí —contesté, también con un susurro.

Bárbara apagó el tablero. La oscuridad era total. Parecía como si estuviéramos flotando en el mar sobre una balsa o en el lomo de un gran pez. Sin el motor empujándonos, el barco se balanceaba con cada movimiento del mar, impulsándonos hacia atrás y hacia adelante. Si yo no hubiera estado tan petrificada, seguramente me habría caído.

La patrulla se acercó aún más y me di cuenta de que teníamos una ventaja: el reflector era brillante y cubría una enorme sección de mar, pero seguramente entorpecía su visión de larga distancia. Es como cuando uno está parado en la oscuridad, fuera de una casa iluminada. Uno puede ver el interior, pero desde allí no pueden verlo a uno. A menos que ingresáramos en su campo de visión, era probable que siguiéramos de largo.

Mientras observaba, rezaba para mis adentros. Es una habilidad que dan muchos años en un colegio católico. Convencida de que ya le había rogado lo suficiente a la Virgen María, me dirigí a los discípulos. Luego, le recé a san Judas, el patrono de las causas perdidas. Estaba segura de que podría recordar a otros santos menos conocidos si las cosas se ponían peores. Ellos nos darían ayuda extra porque no eran invocados con frecuencia.

—¡Nos vieron! —exclamó Bárbara, haciendo girar el timón con violencia—. Voy a encender los motores.

—¡No!

—Es esa maldita marca de nacimiento. La de la niña y la de la madre. Debí haber sabido que nos traerían doble mala suerte. Daré la vuelta. Estamos a tiempo de huir.

—Espera —dije.

A través de los binoculares vi que el barco iba paralelo a nosotras. Vi la enorme estela que dejaba y las marcas pintadas en su costado. Era cubano y estaba pasando junto a nosotras sin detener su marcha.

—No nos vieron —dije—. Están pasando de largo.

Bárbara tomó sus binoculares y miró hacia atrás. Yo estaba en lo cierto: el barco cubano había pasado cerca del *Mamita*, pero no lo suficiente como para vernos. Observé cómo el reflector vigilaba las aguas por las que habíamos venido. Se iban hacia el norte.

Me puse de pie y me pasé las manos por el pelo. Aunque la brisa era fresca, yo estaba empapada en sudor y mi corazón retumbaba dentro de mí.

Unos minutos después, Bárbara encendió el motor. Después de avanzar un trecho a velocidad crucero, aceleró y encendió el tablero de instrumentos. Muy pronto estábamos otra vez navegando a toda velocidad. Ninguna de las dos dijo nada acerca de lo ocurrido, como si mencionarlo pudiera atraer otra vez la patrulla hacia nosotros.

El cielo comenzó a aclararse muy levemente sobre el horizonte. Bárbara, rígida detrás del timón, estudiaba continuamente el mar. Advertí con asombro que no había abierto las cartas marinas una sola vez.

—Creo que veo el faro —dijo después de un rato—. Allí, del lado de la portilla. ¿Ves esa luz? Cuenta hasta diez y volverá a aparecer.

Si uno escuchara a Bárbara, pensaría que Cuba había aparecido repentinamente delante de ella. Yo no vi nada. Me concentré y miré con los binoculares de Alberto, hasta que unos pequeños puntos comenzaron a aparecer frente a mí.

—Bárbara —dije—, antes de que lleguemos, quiero preguntarte algo. ¿Alberto te habló alguna vez de alguien en especial que estuviera a cargo aquí? Quiero decir, debe haber alguien encargado de que el negocio se mueva y de mantener lejos al gobierno.

—Creerme no te resulta fácil, ¿verdad, Lupe? —señaló Bárbara, todavía conduciendo con una mano y sosteniendo los binoculares con la otra—. Ya te he dicho que era Alberto quien se ocupaba de esa parte del negocio. Mira, ahí tienes otra vez la luz del faro.

Bárbara estaba en lo cierto. Era posible distinguir la delgada línea delante de nuestra posición. Increíblemente, vi la luz del faro girar hacia nosotros y luego desaparecer otra vez. Mientras nos acercábamos pude ver unas luces tenues y una línea oscura: Cuba.

Aunque había nacido en los Estados Unidos, Cuba había dominado mi vida desde mi nacimiento. La familia de Papi era cubana de decimosexta generación, y los ancestros de Mami habían venido de España a comienzos del siglo XVIII. He crecido sabiendo de una patria que está a una distancia ridículamente corta pero más allá de mi alcance, y he vivido mi vida exiliada de mi historia por culpa de la política. Yo no soy la única. Todo Dade County vive, respira y sueña con Cuba. Somos exiliados en el sentido de que sabemos y creemos que alguna vez vamos a volver.

Me di cuenta de que mis mejillas estaban húmedas.

—Lo hicimos bastante rápido —comentó Bárbara. No supe si había notado mi reacción, pero lo cierto es que no dijo nada—. Estaremos en la caleta antes del amanecer, y allí nos estarán esperando. No te preocupes. Si nosotras podemos ver Cuba, ellos pueden vernos a nosotras.

Mientras avanzábamos hacia la costa, el mar estaba tan claro y calmo que parecía que estuviéramos volviendo de un viaje de placer. Bárbara fue reduciendo la velocidad progresivamente. Entramos en un canal bordeado por bancos de arena y por una tierra pantanosa y sin vegetación. Detrás, podía verse el verde vibrante de tierra adentro.

Yo estaba maravillada con esa tierra, y sentía moverse dentro de mí la sangre de mis ancestros, dándome la bienvenida a casa. Me tomé un momento para sentirlo todo —el aire, el agua, cada detalle—, sabiendo que tenía que catalogar todo en la memoria para cuando volviera a Miami. Tenía que olvidar la admiración y el deseo porque estaba por encontrarme con gente que podría matarme para protegerse. Esa gente no iba a entender que mi sueño de toda la vida se estaba convirtiendo en realidad.

Con cuidado, avanzamos por el canal hasta llegar a la caleta. La razón por la que Alberto había elegido este punto de encuentro estaba clara. El agua era poco profunda allí, y permitía anclar con facilidad. Había sólo una entrada, con excelente visibilidad.

Yo eché el ancla. Bárbara apagó el motor y nos sentamos en la cubierta a esperar. Pronto llegaría el amanecer.

## 26

Me di cuenta, conmocionada, de que estaba en peligro, tanto como no lo había estado nunca en mi vida. Pero todavía no podía recuperarme del impacto que significaba que Guadalupe Solano hubiera llegado por fin a Cuba. ¿A quién le importaba si estaba encerrada en un velero, picada por los mosquitos, con una enorme mujer encinta a quien apenas conocía? Estaba en casa por primera vez.

Mirando alrededor, sentía que mis ojos no podrían absorber lo suficiente. Vi palmeras reales a lo lejos —eran el símbolo de Cuba—, tan altivas como las había imaginado. Creo que todo exiliado tiene algo —una pintura, una fotografía— de ese símbolo en su casa, como un recordatorio permanente de su herencia y sus orígenes.

Desde la proa del *Mamita* podía ver también las montañas. Me enojé conmigo misma por no saber más de la geografía de Cuba, por no conocer sus mojones. En mis sueños siempre había ido a Cuba en un 747 con destino a La Habana, acompañada de una elegante valija Louis Vuitton con rueditas. Nunca me había imaginado llegando en velero a un pueblo pesquero perdido en las montañas del norte.

Tomé los binoculares y miré alrededor, imprimiendo para siempre cada detalle en mi memoria. Miré las mariposas y la vegetación abigarrada. Por primera vez en mi vida, me sentí cautivada por la naturaleza. Osvaldo estaría orgulloso. Pero no pude sostener ese estado de asombro por mucho tiempo; la realidad comenzó a inmiscuirse cada vez más en mis pensamientos.

Pasaron dos horas. El sol de la mañana parecía más tropical, reflejándose en el agua y calentando mi piel. Nada había ocurrido: no había aparecido nadie, ni siquiera la armada cubana para arrestarnos. Yo había comenzado a comerme las uñas —definitivamente una mala señal—, y miraba a Bárbara fumarse entero su Montecristo Número Uno. Una hazaña incluso para ella.

El silencio corría por mis oídos a través del aire estancado, quebrándose por momentos con el zumbido de los insectos. Los mosquitos habían comenzado a atacarnos agrupados en formaciones exóticas, de estilo militar. Me dije que si nada ocurriese en la hora siguiente, tendríamos que inventar otro plan. Pensar en Miami nunca me había resultado tan placentero.

—Hay alguien allí entre los arbustos, a la izquierda de aquella palmera —susurró Bárbara, apenas moviendo los labios—. Dos hombres, tal vez tres. Han estado allí un tiempo, observándonos.

Mi corazón comenzó a latir con tanta fuerza que supuse que los hombres podían oírlo. Intenté mirar disimuladamente hacia los árboles, pero no pude ver nada. Una parte de mí quería que algo ocurriera; la otra parte prefería que no ocurriera nada. Si cerrara los ojos con fuerza durante un tiempo, tal vez cuando los abriera estaría en mi dormitorio del palacio de Cocoplum.

—Son tres y se están acercando —Bárbara me indicó con un gesto que me quedara quieta—. Reconozco a dos de ellos, son los primos de Alberto. Pero hay uno más viejo a quien no conozco.

¡Al diablo! Miré fijamente hacia donde me había indicado. Los tres hombres se estaban acercando a la orilla, a la altura donde estaba el *Mamita*. Sin considerar los rifles que llevaban, no parecían dañinos. Se subieron a un pequeño bote de madera escondido entre los arbustos y remaron hacia nosotras.

—Bárbara, bienvenida a casa —dijo el hombre que iba al frente del bote.

Su rostro y los de sus compañeros estaban oscurecidos por los típicos sombreros de paja anchos de los campesinos cubanos, y los tres tenían puestos pantalones gastados y camisas de manga corta. Se veían pobres.

Cuando el bote se acercó, el hombre que iba al frente me miró y dijo:

—No veo a Alberto. ¿Dónde está él?

—No vino, Pedro, tenía otro trabajo urgente —Bárbara sonrió y me señaló—. Marta vino en su lugar.

—Hola. Un placer conocerla —dijo el hombre.

Yo sonreí con tanta simpatía como me fue posible, dejando que ellos vieran que no llevaba nada en las manos.

Miré a Bárbara y vi que las aletas de su nariz temblaban por la ansiedad. Aunque intentaba no hacerlo, no podía evitar mirar al hombre más viejo. Evidentemente, él no era normalmente de la partida, y yo sabía que ya habíamos perdido el control de la situación. No me habría preocupado tanto si no hubiera visto a Bárbara más seria que nunca. Me pregunté si no deberíamos haber traído a algún hombre. En el momento no me había parecido necesario; creía que el dinero sería suficiente para mantenernos a salvo. Pero ahora no estaba tan segura.

Definitivamente, algo andaba mal. Los hombres volvieron a estudiarme y aparentemente aceptaron mi presencia. Mientras subían a bordo del *Mamita*, Bárbara colocó rápidamente su machete bajo la ancha faja de su falda.

—Disculpen —dijo mientras ellos llegaban—. No los presenté. Marta, ellos son los primos de Alberto, Pedro y Tomás. No creo conocer a su amigo.

El rostro del viejo se ensombreció cuando Bárbara enfocó su atención hacia él. Estaba de pie detrás de Pedro y de Tomás, preocupado por el tablero de instrumentos. Había algo a la vez familiar y diferente en él. Lo primos se parecían entre ellos, aun cuando Pedro era claramente algunos años mayor que Tomás, con más arrugas. Pero el viejo no se parecía a ellos en nada. Su cabello era blanco, largo y escaso, y una fina barba blanquecina ocultaba su rostro afilado.

—Mi nombre es Álvaro —dijo con una inclinación de cabeza.

Tenía un ligero acento, cuyo origen no pude determinar.

Pedro estaba de pie con los brazos cruzados, mirando de soslayo el sol de la mañana.

—Bueno, puesto que Alberto no pudo venir, podemos comenzar con el trabajo. ¿Qué nos trajeron de Miami? —su voz no escondía un tono de demanda—. Espero que hayan sido generosas. Las cosas aquí se han puesto muy mal.

Miramos con cautela (parecía la actitud conveniente) mientras los hombres comenzaron a revisar el camarote. Abrieron los armarios y hallaron un sobre de papel manila repleto de efectivo, que Bárbara había dejado allí.

El camarote comenzaba a oler a sudor masculino. Abrieron la bodega como si fueran los propietarios del barco y en quince minutos estaban descargando todo lo que Bárbara había comprado para ellos, así como nuestra propia ropa y las pocas posesiones que habíamos traído. A mí realmente no me importaba lo que se llevaran, mientras no vaciaran el tanque de combustible que nos llevaría de regreso a Miami. En un momento pensé que iban a aparecerse con grandes bidones, pero afortunadamente no lo hicieron.

Pedro le alcanzó las provisiones a Tomás y le ordenó que fuera con Álvaro a la costa, donde descargaron todo en una carretilla metálica.

—Excelente —le dijo Pedro a Bárbara—. Esto nos durará un tiempo.

Pedro estaba en lo cierto. Yo estaba sorprendida por todo lo comprado por Bárbara con el efectivo que le había dado. Había traído todo tipo de elementos de higiene: champú, jabón, pasta dentífrica, desodorante y loción para las manos. Había comprado varios instrumentos eléctricos: baterías, ventiladores, linternas. También comida envasada, harina y cerveza. Un aprovisionamiento completo. Los cubanos lo reconocieron.

Tomás volvió para seguir con la descarga y Álvaro se quedó en la orilla, fumando un cigarrillo. Bárbara y yo estábamos con Pedro en el camarote hirviente, mirándonos unos a otros como invitados incómodos a una fiesta extraña, sin saber cómo romper el hielo.

Tomás colocó las últimas provisiones en la carretilla y volvió con el bote. Álvaro nos gritó desde la orilla:

—Bárbara y Marta, vengan con nosotros a la casa mientras nos organizamos.

Su tono no parecía contemplar la posibilidad de una negativa. Hasta entonces había pensado que Pedro era el líder del grupo, pero al parecer era Álvaro quien iba a tomar las decisiones. Eso no me gustaba, porque Álvaro parecía ocultar algo y era el único a quien Bárbara no conocía.

Ni ella ni yo queríamos abandonar la seguridad del *Mamita*, pero no parecíamos tener demasiadas opciones. Cerramos el camarote, nos subimos al bote y fuimos hasta la orilla.

Caminamos con los hombres alrededor de dos kilómetros, por un camino entre los arbustos. Tomás empujaba la carretilla. El lugar tenía un aire desolado. Yo desvié la mirada cuando sentí que Pedro me observaba fijamente. Álvaro tomó la delantera, silbando suavemente y sin pronunciar palabra.

Pasamos a un claro rodeado de palmeras y me di cuenta de que estábamos en las afueras de una pequeña aldea. Los olores del mar llenaban el aire. Había redes de pesca secándose al sol por todas partes y botes averiados apoyados contra los árboles. Algunas cabañas que necesitaban una mano de pintura formaban un círculo.

No vimos a nadie más por allí. El lugar parecía abandonado. Todavía estábamos en las afueras, pero era extraño que no hubiera ninguna persona allí. A cada paso que daba, sentía que perdía más y más el control de la situación. Crecía en mí la certeza de que me había equivocado. Los hombres mantenían sus rifles apuntados en dirección al piso, pero era evidente que estaban listos para usarlos si fuera necesario.

Bárbara y yo caminábamos una al lado de la otra, y de pronto advertí que los hombres nos rodeaban. Yo me sentía más una prisionera que una invitada de honor. Cuando llegamos a una casa apenas mejor mantenida, Álvaro se volvió hacia nosotras.

—Nos detenemos aquí —anunció.

Su rostro estaba ensombrecido otra vez por el sombrero de paja.

Álvaro abrió el portón, que conducía a un sendero cubierto de piedritas blancas que crujían al pisarlas. Pequeñas nubes de polvo se levantaban a nuestros pies mientras avanzábamos hacia la entrada principal.

Álvaro señaló la puerta.

—Adelante, por favor.

Todavía estábamos solos en Isabela de Sagua, si era allí donde nos habían llevado. El aire abandonado de ese lugar me hacía temer que los primos de Alberto y su amigo nos habían llevado a otro lugar.

No teníamos alternativa. Alberto nos condujo a una sala relativamente grande y escasamente amueblada. Luego señaló una puerta a la izquierda.

Antes de obedecer sus órdenes como un cordero rumbo al sacrificio, eché una ojeada alrededor. Quería recordar todo lo que pudiera acerca del lugar, en caso de que lo necesitara más adelante. Le agradecí silenciosamente a Papi por haberme enseñado desde pequeña a prestar atención a los detalles arquitectónicos.

La puerta principal conducía directamente a la sala cuadrada utilizada también como comedor. Intenté no distraerme con los pósters revolucionarios que colgaban de la pared, aunque era difícil ignorar a los héroes de la «gloriosa revolución cubana» —Fidel, el Che y Camilo—, que seguían atentamente todos mis movimientos. El techo era alto, tenía fácilmente cinco metros. Cinco puertas salían de la sala, dos en cada costado y una directamente enfrentada a la puerta principal. Esta última puerta dejaba ver una cocina sucia. Las otras estaban cerradas. Temí que la única salida fuera la puerta principal.

La casa estaba en mal estado, con la pintura descascarada. Había moho en la madera. El sofá y el par de sillones que rodeaban la mesa de vidrio eran baratos y sucios, y le daban al lugar un aspecto descuidado. Fátima habría dicho que tenía malas vibraciones. Yo pensé que era un lugar donde nada bueno podía ocurrir.

Aparentemente, Álvaro decidió que habíamos tardado demasiado en obedecer sus órdenes. Carraspeó con un encantador rugido de nicotina y abrió la puerta señalada. Eso era obviamente algo más que una invitación.

—Si quieren refrescarse, allí tienen todo lo necesario —dijo educadamente.

Yo sabía qué era lo que estaba a punto de ocurrir. Primero Bárbara y luego yo entramos lentamente en la habitación. Cuando estuvimos dentro, una puerta se cerró a nuestras espaldas. Oímos cómo giraba la llave y luego el golpe con que la puerta principal era cerrada. Y luego nada.

# 27

Bárbara le echó una ojeada a la puerta.

—Bueno, supongo que aquí es cuando comenzamos a tocar de oído —dijo.

—Supongo que a Alberto no lo trataban así cuando venía —le hice notar.

El dormitorio era perfecto para cumplir su función actual: mantener gente encerrada. No había muebles, salvo dos pequeñas camas clavadas al suelo en paredes opuestas. La única fuente de luz era un agujero mal hecho en lo alto de la pared. Una pequeña ventana daba al callejón que corría paralelo a la casa, pero la abertura estaba demasiado lejos como para servirnos de algún modo. Había un mínimo cuarto de baño con un inodoro sucio y un lavabo a la derecha de la puerta. También tenía una pequeña ventana en lo alto. Rogué que ése no fuera nuestro hogar por mucho tiempo.

Bárbara y yo nos sentamos pesadamente en nuestras respectivas camas. Era como el primer día en un campamento de verano bastante particular.

—¿Por qué dejamos que esto ocurriera? —pregunté—. Fue todo muy rápido, yo no pude pensar. Debería haber hecho algo cuando comenzaron a revisar el *Mamita*.

Bárbara, sonriente, se llevó un dedo a los labios para hacerme callar. Lentamente, como alguien que estuviera desenvolviendo un regalo, introdujo la mano en la faja de su falda y extrajo el machete que llevaba escondido allí. Como hacen los grandes actores después de una excelente actuación, se inclinó mientras yo aplaudía silenciosamente.

Al parecer, no sabía que yo la había visto esconder el machete en el *Mamita* y no quería arruinarle lo que ella creía una sorpresa. Sentía que eso era lo más divertido que nos iba a ocurrir en un buen tiempo.

Mientras ella se arreglaba la ropa, yo me sorprendí al ver que su abdomen había crecido bastante en los últimos días, algo que parecía ser médicamente imposible. Incluso parecía haber bajado un trecho. Yo recordé las lecciones de maternidad de Fátima. Cuando el bebé baja de esa manera, es porque ingresó en el canal de parto, y eso significa que está listo para nacer.

Bárbara me pescó observándola y yo le devolví la mirada, considerando si podría igualar su ingenuidad. Yo confiaba en Bárbara, ya lo creo. Había atravesado ilegalmente el Estrecho de Florida con ella. Pero había algo, cierta volatilidad, que me inquietaba. Pensaba que era una bala perdida, pero necesitaba confiar en ella. De todos modos, sabía que era una mujer intuitiva. Si volviera a esconderle algo, seguramente lo adivinaría y nunca me lo perdonaría. Se había desilusionado cuando le conté la historia de Michelle, y no parecía que fuera a darme una segunda oportunidad.

Era mi turno, entonces. Me puse de pie y desaboté mi short. Bárbara lanzó un gemido de placer cuando vio la Beretta pegada a mi muslo. Varios años atrás, Esteban me había preparado esa funda especial. Era incómoda, como una suerte de molesto cinturón de castidad, pero muy efectiva. Bárbara observó cuidadosamente la pistola y lanzó un sofocado gritito de aprobación.

Mi momentánea felicidad se desvaneció con rapidez. Las armas de fuego y las armas blancas eran muy útiles si una quería matar gente, y probablemente ser asesinada en el intento. A Bárbara se la veía cómoda con su machete, pero yo no le había disparado nunca a nadie, y tampoco tenía intenciones de hacerlo. Mi modo de ser no incluía llegar a los tiros hasta la madre biológica de Michelle.

Mi otro problema era que ninguno de los hombres había dicho nada acerca de un bebé. De hecho, no dijeron demasiado acerca de nada. Tal vez fuera así como las cosas funcionaban con Alberto. Tal vez las provisiones que llegaban de Miami tenían que ser examinadas y distribuidas antes de realizar el intercambio del bebé, y nosotras habíamos sido encerradas allí sólo para que no causáramos problemas. Sin duda, yo no tenía la menor idea de lo que haríamos si alguien nos entregara un bebé.

Intenté calmarme diciéndome que nada verdaderamente amenazador había ocurrido aún. Nadie había intentado hacernos daño, y no veía ningún elemento que nos hiciera pensar que eso podía ocurrir. Me habría hecho más feliz estar al mando para poder localizar a la madre de Michelle con facilidad, pero la situación era otra.

Bárbara, aparentemente satisfecha de que yo estuviera dispuesta a defender nuestra vida a los tiros, se acostó en su pequeña cama y se dispuso a dormir. Yo no soy ninguna experta en el tema, pero me pareció que estaba a punto de parir. Recordé otra vez las experiencias de Fátima, y por la forma del abdomen de Bárbara otra vez me pareció que el bebé estaba en posición.

Estaba decidida a no angustiarme por ello. Una mujer que cruzaba las aguas traicioneras del Estrecho de Florida encinta de ocho meses y que escondía un machete bajo sus ropas seguramente podía cuidar de sí misma.

Muy pronto empezó a resultarme obvio que nada iba a suceder en las siguientes horas, y el día pasó con lentitud exasperante. Yo no estaba acostumbrada a estar echada sin nada para hacer, de modo que comencé a jugar conmigo misma juegos de memoria. Primero intenté recordar las pruebas y los teoremas de geometría de la secundaria, pero no tuve éxito. Luego hallé un terreno más fértil: contar el número de hombres con los que me había acostado desde mi primera vez a los dieciocho años. Cuando el número comenzó a crecer con velocidad alarmante, dividí mi lista en dos categorías: latinos y norteamericanos. Pronto, en honor a la precisión, fue necesario crear una tercera categoría: la de europeos.

Cuando terminé intenté reconstruir mentalmente el mapa de África, pero me confundí con todos esos países que hay en el centro. Acababa de comenzar a enumerar los estados americanos cuando la puerta se abrió. Era la hora de comer.

Tomás era nuestro camarero esa noche. Nos acercó dos platos de arroz blanco con algunos porotos negros. Los platos y las cucharas eran de un aluminio barato y gastado. En dos vasos de plástico sucio nos dieron un poco de agua. No era precisamente un restaurante cinco estrellas.

—¿Cómo anda todo, Tomás? ¿Nos entregarán la mercadería pronto? —pregunté suavemente mientras él colocaba los vasos en el piso.

Era más joven de lo que yo había pensado. Sin sombrero, se podía ver su rostro aniñado curtido por el sol. No osó mirarme ni respondió, cerró rápidamente la puerta.

Bárbara se comió su plato. Me di cuenta de que además estaba alimentando a otra pequeña personita que estaba dentro de ella, y aunque me costó bastante hacerlo, le ofrecí mi porción. Ella, agradecida, tomó la mitad. Treinta minutos más tarde Tomás volvió a entrar y se llevó los platos. Otra vez se rehusó a hablar.

Algo andaba mal, muy mal.

—¿Cuánto tiempo solían estar aquí? —susurré.

Bárbara se sentó en la cama, con las manos sobre la falda.

—Un par de horas. Siempre nos íbamos el mismo día.

—Habla bajo —le dije—. Puede que nos estén escuchando para saber cuáles son nuestros planes.

Era una precaución de película de clase B, pero los micrófonos secretos eran relativamente baratos, y yo los había hallado en lugares más insospechados que ése.

Mi advertencia pareció revelar en Bárbara una ansiedad que hasta entonces tenía escondida.

—Parece que vamos a estar aquí toda la noche —dijo, mirando la ventana. El sol ya se había puesto—. Dime, Lupe, ¿qué piensas?

Se la veía cansada. Yo no había pensado en el cansancio físico que seguramente le provocaba estar acarreando a todas partes ese bulto.

—No lo sé —dije—. Parecería que están tratando de intimidarnos o de atemorizarnos, pero no tengo idea de por qué quieren hacer eso. Tal vez ocurra algo esta noche.

Bárbara se acostó en su cama, y su respiración muy pronto se hizo más profunda y regular. Yo intenté hacer lo mismo, pero el sueño parecía una misión imposible para mí. Recapitulé cada detalle de lo ocurrido desde que llegamos a Cuba, y algo, no sabía bien qué, no terminaba de convencerme.

Logré llegar a un estado de duermevela, y así pasaron varias horas. Dos veces me levanté para usar el baño. Seguía oscuro. Cuando volví la segunda vez, algo me vino a la mente. Era Álvaro, algo acerca del viejo barbado. No encajaba exactamente con los otros, y parecía tener sobre ellos cierto poder de mando. Reconstruí su rostro mentalmente como si estuviera mirando una fotografía, y entonces me di cuenta. Casi pego un grito, por lo obvio que era.

—Bárbara, ¡despierta! —la hice girar un poco mientras le susurraba en los oídos—. Tenemos que hablar.

En cuanto se despertó buscó el machete, pero cuando me reconoció comenzó a observarme sin entender. Puede que haya sido un gesto estúpido, pero yo la llevé hasta el baño, la senté en el inodoro e hice que corriera el agua por la pileta. Si alguien nos oyera hablando, tendría que matarnos debido a lo que yo sabía ahora.

—¿Qué te ocurre? —preguntó Bárbara, frotándose los ojos—. ¿Quieres que vea cómo te lavas las manos?

Yo me acerqué a su oreja.

—¿Has visto al viejo, Álvaro? —susurré—. Es Samuels, el médico que según Betancourt supervisaba el parto de los bebés. Lo reconozco por una fotografía suya que vi, de su fiesta de despedida de Jackson.

—¿Estás segura? —preguntó ella, mirándome como a una loca.

—Sí, sí. Lo observé bien en el *Mamita*. Tiene algunos años más, y se dejó crecer la barba. Es por eso que no lo reconocí de inmediato. —Me recosté contra la pared—. Bárbara, ahora sí que estamos en problemas.

—¿Dónde viste esa fotografía?

Le conté todo acerca de Regina, de su conexión con Samuels y de su pequeña casa en Sweetwater. También de su viaje al norte y de su asesinato. Ya no podía ocultarle nada. Ella tenía derecho a conocer la verdad, toda la verdad. Después de todo lo que habíamos pasado, era lo menos que yo podía hacer.

Mientras se lo contaba temí que pensara que la había traicionado otra vez, pero ahora ella estaba más allá del enojo. Estaba cansada y preocupada, y se la veía de alguna manera más vieja que unas horas atrás. La Bárbara que yo conocía me habría gritado o habría intentado golpearme por no contarle lo de Regina. Inclusive, esa reacción me habría sentado mejor que la que tuvo. Mientras le hablaba, me miraba con pasividad alarmante. Yo no necesitaba eso. Necesitaba a Bárbara la sobreviviente.

—¿Fue asesinada? —dedujo con tranquilidad—. Eso significa que Betancourt trabaja con el doctor desde aquí, y que asesinaron a esa anciana por el mismo motivo que asesinaron a Alberto... porque sabían demasiado. Eso quiere decir que a nosotras...

Su voz se quebró y sus labios temblaron con el comienzo de un llanto convulsivo. Yo tomé su cabeza en mis manos y apreté mi rostro contra el suyo.

—No te quiebres, Bárbara —supliqué—. Tenemos que pensar bien todo esto. Primero, debemos idear alguna manera de irnos de aquí. Tenemos que olvidarnos de la madre biológica con la marca de nacimiento; tenemos que olvidarnos de todas las madres biológicas. E intentar llegar al *Mamita* para irnos lo más pronto posible a Miami.

Mi tono pareció calmar a Bárbara, que se sentó en el inodoro mientras yo me apoyaba contra la pared.

Se me ocurrió una idea.

—Bárbara, yo peso cuarenta y cinco kilos. ¿Puedes sostenerme si me paro sobre ti?

—¿Cuarenta y cinco kilos? ¿Nada más? —Se puso de pie y flexionó los brazos—. Ochenta kilos, cien kilos. Puedo con todo.

—¿Cuál de las ventanas piensas que es más grande? —le pregunté en un susurro—. ¿La del cuarto o la del baño?

Ella señaló la ventana del baño. Estaba en lo cierto. Era un poco más ancha y más alta que la del cuarto, pero no mucho. Aun así, los centímetros eran importantes para lo que yo tenía en mente.

—Párate aquí. Voy a trepar a tus hombros y ponerme de pie para ver qué hay detrás de la ventana.

En el mayor silencio posible, me puse de pie primero sobre el lavabo y luego apoyé mis pies cuidadosamente en los hombros de Bárbara. Ella se balanceó un poco, y yo casi me caigo porque no tenía de dónde sostenerme. Con cuidado, hice equilibrio y me puse de pie.

—¡Mierda! —maldije—. Sólo puedo ver las copas de los árboles.

—Cuando cuente hasta tres, ponte en puntas de pie. Yo haré lo mismo —Bárbara se aferró a su vientre y exhaló—. ¡Uno, dos, tres!

Yo me estiré hasta llegar a los rincones de la ventana, y luego me elevé sobre mis codos hasta sacar la cabeza. La oscuridad era casi completa. En la Cuba revolucionaria, al parecer consideraban que gastar dinero en lujos innecesarios como luces en la calle era un despilfarro.

—¿Qué ves? ¿Qué hay allí afuera? —susurró Bárbara.

—Hay un árbol a la derecha, junto a un callejón. Si lograra salir por esta ventana, podría saltar al árbol y llegar al suelo. No hay nadie por aquí, ni hay luz alguna. Creo que este lugar está desierto.

No podía sostenerme por mucho más tiempo. Sentí que mis codos raspaban algo áspero, y cuando los giré vi sangre.

—Voy a bajar.

Con la mayor suavidad posible, me apoyé en los hombros de Bárbara. Pero el golpe fue fuerte, y ella apenas pudo tenerse en pie.

Nos sentamos, ella en el inodoro y yo en el suelo contra la pared. Me limpié las partículas de yeso que tenía pegadas en la camiseta.

—¿No puedes salir por esa ventana? Eres menuda.

Bárbara se quitó el sudor de la frente.

—Es demasiado angosto. No pude hacer entrar los hombros.

Bárbara se levantó y fue hacia el cuarto. Yo me quedé mirando el piso sucio hasta que ella volvió con el machete.

—¿Y si usas esto? —preguntó—. Ese yeso es blando, según parece. Puedes intentar rasparlo hasta que haya lugar suficiente.

—¿Y tú? Voy a dejarte atrás, y no hay manera de hacerte pasar por esa ventana, a menos que derribemos la pared con una maza.

Bárbara se dio un golpecito en la panza, pensativa.

—Quiero suponer que no me dejarás. Tienes que volver por el otro lado y sacarme de aquí. ¿Qué hora es?

Yo miré el reloj y no pude creer que hubiera pasado tanto tiempo.

—Las dos de la mañana —dije—. Sabemos que Tomás está allí afuera, porque no oímos que se haya ido. Puede que Pedro esté también allí.

—Probablemente estén dormidos —dijo Bárbara—. Si estuvieran despiertos, habrían venido a averiguar por qué dejamos correr el agua todo el tiempo.

Era verdad. Yo ya estaba tan acostumbrada al sonido del agua que no se me había ocurrido que podría sonar extraño del otro lado de la puerta.

—Vamos, entonces —dijo Bárbara, respirando hondo y poniéndose en posición debajo de la ventana.

Yo intenté trabajar tan rápido como me fue posible, pero el machete era tan pesado y difícil de manejar que apenas podía sostenerlo. Estaba segura de que tampoco Bárbara lo estaba pasando demasiado bien allí abajo, porque había comenzado a resollar.

—Necesito un descanso —dijo por fin, moviéndose bruscamente. Ambas aterrizamos en el piso—. ¿Cómo te está yendo allí arriba?

—Duele muchísimo, pero estoy cerca. ¿Podrás sostenerme otra vez?

Bárbara se estiró la espalda, tocándome con el abdomen. Su rostro y su cabello estaban cubiertos con trozos de yeso.

—No tardes demasiado —recomendó—. O tendrás que rescatarnos a ambos.

Unos minutos antes de las cuatro logré finalmente abrir un agujero que me permitiera salir. Le alcancé el machete a Bárbara, golpeándola en el hombro a manera de adiós, y me elevé tanto como pude. Sentí un terrible dolor en los brazos mientras pasaba del otro lado e intentaba llegar al árbol con los pies.

Desafortunadamente, tiré con demasiada fuerza y no llegué a aferrarme a la rama que había elegido. Estaba mucho más cerca de lo que pensaba, casi sobre mí. Caí de cabeza sobre el callejón, pero en lugar de dar contra la tierra sucia golpeé sobre algo suave.

La joven sobre la que había aterrizado lanzó un gemido de dolor, pero enseguida se recuperó. Primero se quitó el polvo, y luego me dijo:

—¿Lupe? Lourdes nos avisó que estabas en camino.

# 28

Yo yacía asombrada en el piso después de dar una vuelta para despegarme del comité de bienvenida de Lourdes. Volviendo a mirar la ventana desde la que había caído, me sorprendió no estar muerta. Había calculado todo muy mal: la ventana estaba a dos pisos del suelo, y la rama de la que quería colgarme no hubiera podido aguantar mi peso. Cerré los ojos y volví a abrirlos lentamente. Parecía que la suerte comenzaba a jugar a mi favor.

—¿Puedes moverte? —preguntó la joven, de pie junto a mí.

Aun en la oscuridad, podía ver que era una mujer hermosa en su sencillez. Tenía los ojos grandes y el cabello ensortijado. Yo asentí con esfuerzo e intenté ponerme de pie. Dolía más de lo que había pensado.

La muchacha me tomó del brazo y me ayudó a caminar por el callejón hasta un grupo de palmeras que había a unos metros de la casa. Cuando logramos ocultarnos, ella me palpó y me examinó para asegurarse de que no me había roto ningún hueso.

—En cuanto te sientas lo suficientemente bien, te ayudaré a ir bien lejos de aquí —dijo—. Pronto comenzarán a buscarte.

—Mi compañera, Bárbara, está allí adentro —dije, mirando hacia la casa—. No puedo irme sin ella.

En ese preciso instante el machete salió volando por la ventana del baño, aterrizando en el mismo punto del callejón en el que mi nueva amiga y yo nos habíamos recuperado de la caída. Si no nos hubiéramos movido a tiempo, el arma de Bárbara habría matado a alguna de las dos. Yo me moví con rapidez, tomándolo y luego volviendo a nuestro escondite. Me acosté un momento, cortando el pasto con el machete hasta que mi repentina sensación de aturdimiento desapareciera.

—¿Quién eres? —le pregunté a la muchacha, sentándome otra vez.

—Mi nombre es María Rosario —dijo con una inclinación de cabeza—. Soy novicia de la Orden del Santo Rosario, a la que pertenece Lourdes. Ayer recibimos un mensaje anunciándonos tu viaje a Isabela de Sagua.

Tal vez la caída me había revuelto el cerebro. Yo sacudí la cabeza y la miré.

—¿Hablaron con Lourdes?

—Nuestro convento queda en la ciudad vecina, en Sagua La Grande —dijo ella—. Lourdes habló con la madre superiora, que sabía que yo soy de Isabela. Me pidió que viniera en bicicleta para ver qué pasaba. Si hubiera alguna manera de ayudarte, sin correr riesgos, debería hacerlo.

—Me has ayudado muchísimo —agradecí—. Sin ti, habría muerto en la caída.

—Yo vi que los hombres te traían a la casa desde el barco —dijo María Rosario—. Estaba a punto de volver cuando oí los ruidos en esa ventana. No podía creer que estuvieras tan loca como para intentar escapar de esa manera.

—¡A mí me lo dices! Ya entiendo por qué esos hombres no se molestaron en poner barrotes en las ventanas. Sólo un idiota intentaría saltar desde allí.

María Rosario sonrió con timidez, sin contradecirme.

—Me alegra haberte sido útil.

—Has estado aquí desde ayer a la tarde —dije—. ¿Cuántos hombres hay ahora allí dentro?

—Dos. Los conozco, son Tomás y Pedro. Son muy peligrosos. La gente dice que torturaron y mataron gente cuando trabajaban para el gobierno. Pero no sé adónde fue el viejo, no cómo se llama. Se fue al atardecer y no ha vuelto.

—Bueno, te has complicado en una situación muy peligrosa —señalé.

Me desabroché el short y tomé la Beretta, asegurándome de que estuviera cargada y de encontrarme mentalmente preparada para utilizarla. María Rosario observó mis preparativos en silencio. Hizo la señal de la cruz y comenzó a rezar, moviendo los labios sin emitir sonido alguno.

Deslicé el machete detrás del short, esperando no acuchillarme a mí misma. Suponía que Bárbara lo había arrojado para que yo lo usara, pero era demasiado pesado para que yo pudiera emplearlo, en caso de que me atreviese a hacerlo. Lo que me preocupaba era que Bárbara se había quedado desarmada.

—Tengo que ir a buscar a mi amiga —dije—. Iremos hasta el barco que hay en la caleta y volveremos a Miami. ¿Quieres venir con nosotras?

Comprendió que yo hablaba en serio, y sacudió la cabeza con tristeza.

—No, mi trabajo es aquí. Quedan muy pocos religiosos en Cuba. La revolución se ocupó de expulsarlos. Sería un pecado abandonar a mi gente.

—Hazme saber si cambias de idea —propuse.

La casa estaba allí, esperándome, y me di cuenta de que estaba absolutamente aterrorizada. Y entonces trataba de hacer tiempo.

—¿Cómo envió Lourdes su mensaje? —le pregunté.

—Nos comunicamos periódicamente con Miami por radio —dijo María Rosario mirando fijamente mi arma—. Usamos un código muy sofisticado, y hasta ahora hemos podido eludir al gobierno.

—¿Mi hermana dijo algo más?

—Dijo que venías a buscar a una joven de nuestro pueblo, algo bastante común. A veces la gente viene en lancha desde Miami a buscar a sus parientes. Nosotras usamos la radio para decirles a los parientes que estén prontos para irse. Hemos ayudado a muchísima gente a lo largo de los años, porque no queremos que se arrojen al mar en esas balsas.

—¿Eso es todo lo que dijo Lourdes? ¿Nada más?

María Rosario comenzó a persignarse. Esa conversación la estaba poniendo nerviosa.

—Nuestros mensajes deben ser breves. Si nos quedamos demasiado tiempo en el aire, los chivudos localizan el equipo y arrestan al operador. Ya hemos perdido dos de esa manera.

—Ya veo —observé.

María Rosario me miró de manera extraña.

—¿Qué ocurre? —le pregunté.

—Pensé que ibas a ir por tu amiga.

María Rosario estaba en lo cierto. Seguramente, Bárbara estaba comenzando a desesperarse. Respiré hondo, aseguré el machete y apreté mi Beretta.

—Te esperaré aquí —dijo María Rosario, escondiéndose detrás de un árbol.

—¿Qué, no vas a ayudarme? —le pregunté. Sus ojos se dilataron—. Estaba bromeando. Pero si me ocurre algo, asegúrate de que Lourdes se entere. Dile que la perdono por haber roto su promesa.

Sin más, me dirigí hacia la casa. Nunca más me burlaría de Silvester Stallone cuando se armaba hasta los dientes en esas películas hiperviolentas. Con una de esas mega-ametralladoras me habría sentido más segura.

Llegué hasta la galería y me agaché junto a la ventana que había cerca de la puerta. Al mirar hacia atrás, vi a María Rosario arrodillada en las sombras, con sus manos cruzadas en oración. Cuando vio que la observaba, sonrió con preocupación y levantó los pulgares para darme aliento.

Espié por la ventana y vi que Pedro y Tomás dormían sonoramente en los sillones. Estaba tan asustada que comencé a hiperventilarme.

En mi entrenamiento de detective privada no me habían enseñado a tomar una casa llena de hombres armados.

La mejor manera de atravesar ese momento era imaginar que estaba ocurriendo unos años atrás. Cuando era adolescente, en Cocoplum, solía entrar a hurtadillas por la parte trasera de la casa cuando me iba del colegio temprano. Imitando lo que hacía en aquel entonces, me quité los zapatos y los arrojé en la maleza que había debajo de la ventana.

Rogué que la puerta principal estuviera sin llave; confiaba en que sería así, puesto que tenía a una monja de mi parte. Lentamente, moví la manija y sentí que giraba sin resistencia.

Mientras empujaba suavemente la puerta los goznes chirriaron, y por un momento pensé que mi suerte estaba echada. Pero nada ocurrió, y cuando empujé un poco más y pude asomar la cabeza vi en medio de los dos hombres dormidos una botella de ron. Apunté el arma hacia ellos, pero no se movieron.

Bárbara me esperaba en el cuarto trasero con las luces apagadas, y yo le di su machete y la conduje hacia fuera.

—¿Por qué tardaste tanto? —susurró.

—¡Silencio! ¡Vas a despertarlos! —dije cuando ingresamos en la sala.

La débil luz de la luna apenas iluminaba el lugar. Pero mis ojos estaban acostumbrados a la oscuridad, y pude ver claramente que Pedro se despertaba, restregándose los ojos y extendiendo la mano para tomar la pistola que había dejado junto a un cenicero.

Para él, mejor habría sido quedarse dormido. Sin vacilar, Bárbara fue hacia él y le cortó el pescuezo antes de que pudiera alertar a Tomás. Murió con rapidez, mientras intentaba en vano evitar el borboteo de la sangre.

Bárbara me miró, con ojos vidriosos y distantes. Luego se volvió hacia Tomás, y le cortó el cuello mientras dormía. Antes de morir, el cubano puso una expresión de sorpresa y enojo, y su cuello produjo un horrible gorgoteo.

—Vámonos de aquí —dijo Bárbara, tomándome del brazo para sacarme de allí. Yo me sentía incapaz de irme sola.

Cuando nos vio emerger de la casa, María Rosario salió de su escondite y me dio un fuerte abrazo. Por una vez, una muestra física de afecto por parte de una mujer no me molestó en lo más mínimo. Me pregunté si la joven novicia me habría saludado tan afectuosamente si hubiera sido testigo de la carnicería producida adentro.

Bárbara tenía sangre en la blusa, pero había limpiado el machete de alguna manera antes de salir. Sentí un extraño temor de ella.

—Bárbara, ella es la hermana María Rosario —dije débilmente—. Es de aquí cerca. Mi hermana le pidió ayuda a la madre superiora y María Rosario me salvó la vida cuando yo salté por la ventana. Hermana, ella es Bárbara.

Sabía que estaba parloteando casi incoherentemente, pero al menos recordaba mis modales.

Cuando Bárbara dio un paso hacia María Rosario, temí por un instante que su repentino instinto asesino estuviese fuera de control. La joven monja vio las manchas en la ropa de Bárbara y dio un paso atrás.

—Estoy tan feliz de que hayas salido de allí —dijo, acercándose hacia mí—. Temía que esos hombres pudieran matarte.

—No te preocupes —la tranquilizó Bárbara. Parecía haberse calmado—. No volverán a molestar a nadie.

—Será mejor que se apuren —me advirtió María Rosario—. El viejo llegará en cualquier momento.

Yo la besé en la mejilla.

—Gracias —le dije—. ¿No quieres venir con nosotras? Ésta es tu última oportunidad.

La muchacha sonrió dulcemente y sacudió la cabeza. Yo me di cuenta de que un viaje en barco con una asesina embarazada no era una oferta demasiado atractiva.

—No, gracias —respondió.

Se volvió y comenzó a caminar, diciendo por encima del hombro:

—Vayan, apúrense.

No nos fue difícil encontrar el camino de vuelta al *Mamita*, aun en la oscuridad. El sendero junto a la orilla estaba bien marcado. Bárbara y yo no pronunciamos palabra en todo el camino, pero yo ya la conocía lo suficiente como para saber qué iba a decirme acerca del baño de sangre: que le habíamos hecho un favor a la aldea eliminando a Pedro y a Tomás. Yo deseé que mi conciencia se conformara con tanta facilidad.

## 29

Había pensado que correr un kilómetro hasta el *Mamita* sería un gran problema para Bárbara, pero nuestro único problema fueron las dificultades que tuve yo para mantener su ritmo. Todo el tiempo me daba vuelta para mirar hacia atrás, pero nunca había nadie. Seguramente, Samuels no había descubierto aún a Pedro y Tomás, y cuando llegamos vimos que en el *Mamita* parecía no haber nadie.

De pie en el barro, una a cada lado del bote, le pregunté a Bárbara:

—¿Ya estás lista para partir? Podemos descansar una hora, si quieres.

La verdad era que yo estaba preocupada por su estado. Ella seguía exigiéndole demasiados esfuerzos a su cuerpo, y en su rostro sudoroso mostraba una expresión fatigada.

—No, vámonos ya —respondió. Contempló su falda ensangrentada y luego me miró a mí, avergonzada—. Lupe, quiero que sepas que nunca hice nada así en mi vida. Es sólo que... estaba asustada por mi bebé.

—Entiendo —dije mientras empujábamos el bote y nos subíamos a él.

La verdad era que no entendía, pero yo tampoco era madre. Tal vez Pedro y Tomás habían tenido la mala suerte de toparse con una mamá osa y su cría, pero... Nunca pude entender que una persona pudiera asesinar a otra.

Remamos lentamente hacia el *Mamita*, y mi tensión se evaporó, sustituida por una especie de languidez. Ahora estaba decepcionada: me estaba yendo de Cuba sin poder encontrar a la madre de Michelle. No había averiguado nada acerca del negocio de Betancourt, excepto que Samuels estaba en Cuba, y no tenía la menor idea de cómo encontrar a cualquiera de las madres biológicas. Cuando retornáramos a Miami, nada habría cambiado. Betancourt podría estar esperándonos y la pequeña Michelle seguiría en peligro.

—Sé en qué estás pensando —dijo Bárbara mientras hacía avanzar la embarcación por el agua calma—. Olvídalo. Ya hemos arriesgado demasiado y de ninguna manera voy a quedarme a encontrar a esa mujer. Ya he asesinado a dos hombres. Ahora quiero salir lo más rápido posible de Cuba y volver a casa.

Yo no le respondí y, un minuto más tarde, até el bote al *Mamita* y ayudé a Bárbara a trepar a él. Sus movimientos eran lentos y esforzados.

Cuando yo a mi turno trepé al *Mamita*, la encontré inclinada contra el timón, con los ojos cerrados.

—Ve abajo y acuéstate —le dije—. Alistaré el barco y, si es necesario, timonearé yo.

Ella no me hizo ninguna objeción, prueba concluyente de que estaba realmente exhausta. Sola en cubierta, encendí el motor y revisé los indicadores de presión y los mapas. El barco no había sido tocado. Era sólo cuestión de levar anclas y partir.

Bajé para ver si Bárbara sería capaz al menos de indicarme en qué dirección ir. El camarote principal estaba vacío, de modo que abrí la puerta del camarote delantero. Me tomó unos segundos acostumbrarme a la penumbra del ambiente. Bárbara estaba sentada en la litera, con expresión aterrada y aparentemente incapaz de pronunciar palabra.

Me acerqué a ella. Sin duda, estaba a punto de parir.

—¿Qué te ocurre, Bárbara? ¿Te sientes mal?

Sus ojos se abrieron bien grandes mientras yo me acercaba a ella. Bárbara sacudió la cabeza y, sin emitir sonido, pronunció la palabra «no». Yo no podía entender a qué se refería. Pero enseguida todo se aclaró.

—Lo que su amiga está intentando decirle, señorita Solano, es que no le conviene acercarse. Pero ya es demasiado tarde, me parece.

En el mismo instante, sentí que lo que a todas luces era la punta de una pistola se clavaba en mi espalda. En el espejo que tenía enfrente pude ver el rostro sonriente del doctor Allen Samuels. En un instante le quité mentalmente la barba y su largo cabello sucio, y pude ver el rostro sonriente del doctor, rodeado de enfermeras, en su agridulce fiesta de despedida.

—Estaba agradeciéndole a Bárbara por el favor que me hicieron al librarse de Pedro y de Tomás —me dijo—. Se estaban poniendo demasiado ambiciosos, y eso suele producir descuidos. Y eran chivudos, por lo que sus retribuciones limitaban mis propios beneficios.

—Nos metió en una trampa —admitió Bárbara, con cierta admiración.

—Mezclé unas pastillas para dormir en su ron —dijo Samuels, muy orgulloso de sí mismo—. No pensé que ustedes iban a tomarse tantos esfuerzos para escapar, puesto que podían simplemente salir caminando tranquilamente. Vi cuando Bárbara se escondía el machete en la cintura de su falda y supuse que eso implicaba que sabía cómo usarlo.

—¿Y por qué no los mató usted mismo? —pregunté.

Samuels me miró como si le hubiera pedido que tomara unas pruebas de orina.

—Aun drogados, eran hombres peligrosos. Uno no llega a viejo si se acostumbra a correr ese tipo de riesgos.

Ya otras veces me habían apuntado con armas de fuego, y eso me permitía no entrar en pánico. Él no me había disparado en el instante en que entré en el camarote, lo cual implicaba que no quería matarme. Tal vez en algún momento necesitara hacerlo, pero era un acto que iba contra su propia naturaleza. Yo sentía la Beretta entre mis muslos, pero me tomaría unos segundos llegar hasta allí. Por ahora, era mejor continuar con la conversación. ¿Quién hubiera dicho que años de fiestas y reuniones sociales servirían para un momento como ése?

—Doctor Samuels, sé algunas cosas acerca de usted —le dije—. Trabajó muchos años en la sección de obstetricia del Jackson Memorial. ¿Cómo diablos llegó a Isabela de Sagua?

La regla número uno para tratar a un hombre a quien uno quería sacarle algo era hacerlo hablar de sí mismo. Y esa vez funcionó. Samuels me indicó con un gesto que me diera vuelta, y me obligó a mantenerme a un par de metros de la pistola que me apuntaba. Todavía habría podido matarnos de un tiro antes de que pudiéramos evitarlo.

—Mi historial en Jackson no tenía máculas —dijo, ya sin malicia—. Pero hace cuatro o cinco años cometí una falta menor y el consejo de administración tuvo una reacción exagerada. Estaban por obtener una mejora en sus ingresos y le tenían terror al menor escándalo. De modo que me ofrecieron una jubilación temprana en lugar de una investigación pública.

En el camarote reinaba una alta temperatura y casi no había aire, y los tres estábamos comenzando a transpirar. Unas gotas de sudor cayeron desde el cuello de Samuels hacia su camisa de campesino. Yo fui hasta la litera donde estaba Bárbara mientras Samuels hablaba, y él no hizo ninguna objeción.

—Estoy muy contento de no estar ahora en los Estados Unidos, donde las presiones políticas sobre los médicos son terribles.

La pistola seguía apuntándonos, pero su mente estaba en otro lado. ¿Hacía cuánto que no le contaba a nadie sus viejos rencores?, me pregunté.

—Inclusive, me obligaron a renunciar a la AMA. Después de años de esforzarme por la salud de la gente, años de atender partos a medianoche y de trabajar los fines de semana, me llevaron a esta situación, impidiéndome trabajar legalmente.

Samuels había comenzado a mover su pistola mientras hablaba. Parecía un náufrago abandonado durante años en una isla desierta, donde no había podido hablar con nadie. Yo me arriesgué a tocar ligeramente a Bárbara, señalando mis muslos. Ella pareció entender.

—¿Y aquí es donde entra Elio Betancourt? —pregunté educadamente, como una estudiante atenta—. ¿Cómo fue que un médico con buena reputación, como usted, terminó asociado a un hombre de esa calaña?

—Sé a qué se refiere —dijo, inclinándose sobre la mesa y bajando el arma—. ¡Qué hombre terrible!

—De lo peor —dije yo.

—Yo fui el obstetra que atendió el parto de su hija. Su esposa fue paciente mía durante quince años, desde que yo tenía mi consultorio privado. Le costó mucho quedar encinta y yo le recomendé a algunos especialistas en fertilidad. Elio y yo conversamos muchísimo durante ese tiempo. Fue duro para ambos.

Samuels rió entre dientes, meneando la cabeza.

—Inclusive, pensaron en adoptar. Elio bromeaba conmigo diciéndome que sería bueno que alguien vendiera bebés sin todas las formalidades legales. Decía que, si quisiera, él podía hacerlo. Cuando abandoné Jackson unos años más tarde, recordé esos comentarios y lo llamé.

—De modo que hizo un pacto con el demonio —comenté, intentando sonar comprensiva—. Sin duda, no tenía otra opción. Estaba entre la espada y la pared.

—No sé bien qué es realmente lo que yo esperaba —dijo Samuels. Pareció recordar la pistola que llevaba en la mano, y la elevó unos centímetros—. Sabía que Elio tenía muchas conexiones con el hampa; él siempre bromeaba con eso.

—Y sabía que muchas parejas cubanas serían clientas perfectas para bebés cubanos.

Yo estaba sólo conjeturando, pero tenía la intuición de que Samuels era en el fondo una persona normal y no un psicópata. Si habláramos lo suficiente, él me vería como a un ser humano y le sería más difícil dispararme.

—Al comienzo, el plan no era tan complicado —dijo—. Yo pensé que podíamos supervisar partos en Dade County y comprar a los bebés para vendérselos a las parejas que lo necesitaran. Pero Elio había ido a La Habana un año antes a un congreso y había tenido un encuentro con una prostituta de Sagua La Grande. Ella le dijo que todas las muchachas pobres de su ciudad terminaban prostituyéndose en La Habana, intentando conseguir turistas, y que muchas de ellas quedaban embarazadas.

Yo miré a Bárbara. Parecía estar muy concentrada en lo que decía Samuels.

El doctor desvió su atención hacia mí y siguió hablando como si estuviera exponiéndome un caso científico.

—Es algo terrible. Muchas de ellas mueren durante los abortos —Samuels frunció el entrecejo con disgusto—. Y si deciden tener los bebés, las familias las rechazan, y ellas no tienen siquiera los medios para alimentarse a sí mismas.

Bárbara movió la mano unos centímetros hacia mi pierna.

—Es decir que esas muchachas están en una trampa —comenté, como evaluando lo que él decía.

Miré a Bárbara y ella hizo un gesto de asentimiento casi imperceptible.

Entonces grité:

—¿Qué ocurre, Bárbara? ¿Estás bien? ¿Es el bebé?

Ella pareció confundida por un instante, pero luego se recuperó, puso las manos alrededor de su vientre y lanzó un quejido.

El instinto médico de Samuels pareció despertar, y su rostro se llenó de preocupación. Olvidando el arma un instante, se acercó a Bárbara.

Ella, por su parte, lo pateó en la ingle y el médico se dobló en dos, sorprendido y dolorido, con los ojos llenos de lágrimas y soltando la pistola. Yo metí una mano en mi short, extraje la Beretta y la apunté directamente a la cabeza de Samuels. Me sorprendí al ver que mi pulso estaba firme. Hasta el día de hoy pienso que podría haber disparado sin vacilar.

—Si me dispara, nunca encontrará a la muchacha —dijo Samuels, arrodillado y cubriéndose la entrepierna con las manos—. Sabe de qué estoy hablando, de la puta de la marca de nacimiento. La que necesita para salvar la vida de la pequeña.

—¿Y usted cómo lo sabe? —pregunté.

Intenté concentrarme y mantener la frialdad.

—Alberto Cruz le dijo a Betancourt que usted estaba buscando a la madre de esa niña —declaró. Ahora se lo veía pequeño y cansado, con su rostro ceniza inclinado hacia el suelo—. Betancourt tiene un archivo con los datos de todas las operaciones. No fue difícil hallar los de la madre de esta niña.

Bárbara se movió hacia Samuels y se inclinó hacia él.

—¿Quién mató a Alberto?

Samuels no dijo nada.

Un ligero temblor pareció apoderarse de la gran boca de Bárbara.

—¿Quién lo mató? —preguntó otra vez.

Samuels la miró desesperado, sin saber a ciencia cierta cómo evitar la furia de Bárbara. Él sabía que ella era capaz de hacer cualquier cosa, y comenzó a temblar violentamente cuando la vio levantarse de la litera y tomar la pistola de Samuels que estaba en el piso, dirigiéndose hacia el camarote principal. Bárbara volvió unos segundos más tarde con un largo cuchillo de pesca en las manos. Samuels y yo miramos azorados su filo aserrado.

—Espere, espere —rogó Samuels, pero Bárbara avanzó con una firmeza terrorífica.

Tomó una mano del médico y la puso sobre la mesa. Con rapidez, le cortó los nudillos.

Los tres miramos fascinados cómo una línea roja comenzaba a correr de sus dedos heridos. Pronto la sangre pasó a la mesa y comenzó a caer al piso. Samuels miraba incrédulo, como si todo eso le estuviera ocurriendo a otra persona.

Yo di un paso atrás y aferré con más fuerza mi Beretta.

—¿Quién mató a Alberto? —volvió a preguntar Bárbara.

Ahora no había tiempo para vacilaciones.

—Betancourt —contestó Samuels rápidamente—. Fue él mismo quien lo hizo. Dijo que ya había demasiada gente complicada en el asunto.

Samuels parecía estar lejos, con los ojos perdidos.

—¿Y a Regina Larrea? —pregunté yo.

Él se volvió hacia mí, con una expresión repentinamente dolorida.

—Betancourt. Él también la mató a ella. La mujer fue a North Carolina a buscarme. Lo que usted le dijo le provocó curiosidad, y ella quiso averiguar la verdadera razón por la que me fui de Jackson. No sé qué fue lo que encontró, pero lo cierto es que llamó a Elio desde Raleigh porque su nombre apareció en conexión con el mío. Ella era inocente. Pero Elio está atemorizado.

Samuels se tambaleó junto a mis rodillas. Su sangre se deslizaba por el piso del camarote. Él no hizo ningún intento de detener el proceso.

Bárbara volvió a sentarse en la litera con un suspiro, colocando el cuchillo en su falda. Luego miró a Samuels con una mezcla de odio y tristeza.

—Doctor Samuels, ¿dónde está la muchacha? —pregunté—. La madre con la marca de nacimiento. ¿Sabe dónde puedo encontrarla?

Él respondió al instante.

—En Sagua la Grande. Todas son de por aquí. Pero ella no volvería con usted a Miami. Intentarlo sería una pérdida de tiempo.

—¿Y cómo lo sabe? ¿Cómo puede estar tan seguro? —pregunté.

Samuels cayó contra el tabique sin decir nada, y Bárbara aferró el cuchillo que llevaba en la mano. Samuels ni siquiera intentó resistirse cuando ella le hizo un corte en la muñeca. La sangre comenzó a manar con más fuerza.

Yo sabía lo que Bárbara estaba haciendo: vengando a Alberto. En el lugar de donde ella venía, un hombre sin manos no era un hombre. Samuels se inclinó hacia atrás, ya sin fuerza espiritual, como si el peso de todo lo que había hecho recayera de pronto sobre él. Yo deseé que Bárbara se detuviera, pero estaba demasiado asustada como para intervenir.

Samuels lanzó un quejido y me miró con admiración.

—Usted es realmente fuerte, mucho más fuerte de lo que aparenta. ¡Una muchacha de una familia rica de Cocoplum! ¿Quién lo hubiera dicho?

—¿De qué está hablando? —le pregunté.

Sentí que una oleada de pánico me invadía. Sentí que un manto de violencia me cubría.

—Betancourt intentó asustarla para que diera un paso al costado —dijo—. Pero no funcionó.

La sangre estaba por todas partes. Samuels se miró las heridas pero siguió sin hacer el menor movimiento para impedir que la sangre manara. Era médico y sabía muy bien lo que le estaba sucediendo, pero no hizo nada.

—¿Cómo es que intentó asustarme? —le pregunté.

Aunque tenía la sensación enloquecedora de que estaba asistiendo a su muerte, necesitaba respuestas.

—¡Con los cigarrillos, idiota! —dijo Samuels, riendo entre dientes.

—No... no entiendo.

Parecía como si mi cerebro se estuviera cerrando. El calor, el hedor, el sueño, todo combinado horriblemente para empañar mi mente.

—Alberto Cruz le dijo a Elio que usted aguzaba el olfato cuando fue a verlo a ese apartamento lleno de humo —informó el doctor Samuels con voz distante—. Usted es demasiado educada como para haber dicho algo, pero Alberto comprendió que estaba pensando en eso. Estoy completamente de acuerdo con usted. El apartamento de ese tipo era un fumadero.

Yo lo escuchaba asombrada. Es verdad, cuando fui al apartamento de Alberto estaba preocupada por los Gauloises, pero pensé que había escondido mis sensaciones al respecto. Aparentemente, sólo había logrado engañarme a mí misma.

—Alberto la vio caminar hacia su auto. Usted se olía el cabello y la ropa.

Samuels respiró hondo haciendo un gran esfuerzo.

—Es por eso que usted y Betancourt lo enviaron para que entrara en mi apartamento, ¿verdad? —pregunté—. Para que oliera el humo de los Gauloises y supiera que Alberto había estado allí... ¿Y las colillas en la parte trasera de mi agencia eran sólo para asustarme?

—Claro —asintió Samuels—. Pero Elio no es un salvaje absoluto. Pensó que usted dejaría de investigar si lograba asustarla.

Yo sacudí la cabeza asombrada. No había pensado que todavía tenía fuerzas para enojarme.

—Bueno, calcularon mal —dije—. Todo lo que lograron fue convencerme de que tenía que forzar las cosas para resolver el caso.

Samuels no contestó. Detrás de mí, Bárbara se había recostado en la litera, y escuchaba en silencio, con el rostro cubierto por una capa de sudor. Era posible que la temperatura allí fuera de cuarenta grados, y no había ninguna ventilación. Tres adultos —una encinta, el otro herido de gravedad y la tercera aparentemente bien— respirando el dióxido de carbono de los demás. Samuels tenía un aspecto terrible, pero yo dependía de él para saber la verdad.

—Si supieron que veníamos a Cuba —pregunté—, ¿por qué no intentaron detenernos?

—Estuvimos de acuerdo con Elio —dijo Samuels con un hilo de voz— en que había que deshacerse de usted. Que viniera a Cuba nos venía como anillo al dedo. No habría ningún registro oficial de su llegada y el gobierno de Cuba nunca cooperaría con el norteamericano en la investigación de un homicidio. Cuando vi que usted venía armada, se me ocurrió que era también una buena oportunidad para librarme de los chivudos.

Bárbara había hecho el corte en una arteria importante, evidentemente. Samuels estaba completamente pálido. Vi con terrorífica claridad, en sus ojos vacíos y su posición vencida, que ese hombre estaba por morir.

—¿Y cómo supo que éramos nosotras quienes venían? —le pregunté—. ¿En qué parte de Isabela la Sagua está la madre biológica? ¿Cuál es su nombre?

—Lupe, no va a decirnos nada —señaló Bárbara, mirando la forma inerte del médico sin la menor preocupación.

—Buscaré una camisa para aplicarle un torniquete —dije—. Podemos detener el flujo de sangre y entregarlo a la policía de Miami.

Samuels se quejó en voz baja:

—No.

Luego terminó de caer sobre el piso hasta quedar boca arriba. Murió con una larga exhalación final.

—Está manchando la madera —dijo Bárbara, dejando el cuchillo sobre la litera—. Buscaré algunas bolsas de basura para envolverlo. No quiero que el cadáver deje aquí un olor imborrable.

Mientras yo me quedaba como estaba, sin moverme, Bárbara fue con rapidez a buscar las bolsas. En un par de minutos había metido el cuerpo en ellas, para luego cerrarlas con cinta adhesiva. Bárbara tenía razón. Un terrible olor comenzaba a invadir el camarote.

—¿Qué hacemos ahora con él? —preguntó—. No podemos dejarlo aquí con este calor.

Yo miré el cuerpo. A último momento, me había dicho que no. No quería ir a la cárcel. Yo rogué que Dios me perdonara por satisfacer su último deseo.

—En el cajón del pescado —dije—, seguramente quedó algo de hielo.

Diez minutos después, el doctor Samuels volvía a Florida después de un largo trayecto vital que lo había llevado de allí a North Carolina y luego a un exilio autoimpuesto en una pequeña aldea de la isla de Cuba. No estaba en mí juzgar su vida y sus delitos.

# 30

Yo estaba de pie en la cubierta del *Mamita*, sosteniendo el timón con una mano. El motor gruñía bajo mis pies. Todo lo que tenía que hacer era activar el elevador del ancla.

—Lupe, no te quedes quieta. ¡Vamos!

Bárbara emergió desde los camarotes, con una blusa floreada de maternidad (una de las pocas prendas que habían escapado a la feroz requisa de Pedro y de Tomás).

Me estaba suplicando que volviera con ella. No creo que la preocupara tener que volver sola. Había más bien en ella un tono de delicadeza, como si todo lo ocurrido pudiera haber sido demasiado para mi delicado espíritu.

Bárbara se sentó pesadamente en la silla de mando y me miró, para luego acariciar mi rostro con sorpresiva amabilidad.

—Vámonos, Lupe —insistió—. Han pasado demasiadas cosas. Tú eres una persona inteligente. Puedes inventarte alguna historia, o contratar a un abogado que nos saque de este lío cuando volvamos a Miami.

—Es sólo que...

—Piensa, Lupe —interrumpió Bárbara—. Ahora tenemos alguna posibilidad de salir vivas de aquí. Si nos quedamos, no tene-

mos ninguna. No seas obcecada. Tus clientes no esperaban que tú
corrieras tantos riesgos. Has hecho todo lo posible.

Me di cuenta de pronto de que Bárbara ya era una amiga. También sabía que no había manera de que entendiera lo que Michelle
significaba para mí. Michelle Moreno se había convertido de alguna
manera en un símbolo de los niños que yo había abandonado en el
pabellón de oncología de Jackson. Y pensaba en mi madre, que habría querido que siguiera adelante, aun cuando seguramente no me
hubiera permitido hacerlo.

—No puedo irme —dije, hablando sin pensar—. No puedo irme
de aquí sin intentar al menos encontrar a la madre de Michelle. Estamos tan cerca...

Bárbara cerró los ojos al mismo tiempo que se sonrojaba.

—Acabo de matar a tres personas, Lupe. Tal vez pienses que soy
una especie de salvaje a quien hacer algo así le resulta fácil. Pero no
es así. Yo necesito salir de aquí.

—Contando a Alberto y a Regina, la cuenta de muertes sube a
cinco —dije. Bárbara me miró—. Otra buena razón para intentar
salvar una vida.

—¿Qué piensas que harán los cubanos cuando encuentren a
Pedro y a Tomás? ¿Y cuando encuentren al doctor Samuels en el
cajón? —preguntó con un tono calmo que no ocultaba su enojo,
como si le estuviera hablando a una niña—. Vamos. Leva el ancla y
vamos a casa.

—Puse demasiado en esto, y vi demasiado —dije. Había amanecido mientras estábamos en el barco, y miré el reflejo del sol en el
agua—. Puedes irte sola si quieres.

—Lupe, no me hagas esto —insistió Bárbara—. Deja ya de comportarte como una tonta. Por favor.

—Puedes hacerlo sola —dije esperanzada—. Será difícil, pero
tú sabes que puedes hacerlo. Tú hiciste casi todo sola en el viaje de
ida.

Me sentía verdaderamente mal al sugerirle que volviera sola, y
tampoco podía imaginar cómo haría para volver si ella se fuera. Pero

eso era más fuerte que yo. Había hecho todo mal, y la única manera de redimirme era encontrando a la madre de Michelle. No tenía tiempo para explicarle a Bárbara mi pasado, que era lo que me había traído hasta aquí.

Me sorprendí cuando Bárbara, con energía renovada, se dio vuelta y comenzó a caminar por la cubierta. Con gestos furiosos, comenzó a desatar las cubiertas de las velas y a soltar sogas aquí y allí. Con mano experta, corrió su panza hacia un lado para alcanzar un nudo rebelde enganchado a una cuña del velero.

Todavía concentrada en su tarea, Bárbara comenzó a venir hacia mí. Por un instante temí que mi amiga se hubiera convertido en mi adversaria, que también se librara de mí con su machete. Pero entonces me miró y, golpeando la baranda, dijo:

—¿Cómo sabemos que está viva? No me digas que le crees a Samuels, que realmente piensas que está en Sagua la Grande.

—Es la única pista que tengo —aduje—. Tengo que creer que Samuels estaba diciendo la verdad. Además, estuve pensando, y se me ocurrió algo.

—Yo llegué hasta aquí, Lupe —dijo Bárbara, dándome otra vez la espalda—. ¡Piensas que haré lo que tú digas, pero no es así! Volveré a casa para cuidar de mí y de mis hijos, ¡y al diablo contigo!

—Supongo... supongo que me dejarás ayudarte a poner en marcha el barco —dije.

Ella me miró otra vez y apuntó su dedo a mi rostro.

—Supón que la encuentras, ¿qué harás entonces? Samuels dijo que ella no querría volver con nosotros.

—¿No habías dicho que no creías en Samuels?

Bárbara me miró como si la hubiera abofeteado. Luego, con movimientos lentos y pesados, se quitó los zapatos, bajó la escalerilla y se recostó en la litera del camarote, sosteniendo en sus manos el cuchillo ensangrentado. Yo la seguí.

—Hay algo de ropa en aquel armario. Puedes usarla —dijo, cerrando los ojos—. Pero no tardes demasiado. No quiero que mi bebé nazca en Cuba.

Casi me caigo del árbol de mango mientras me acomodaba los binoculares. Después de una caminata de tres kilómetros por la maleza y de haberme escondido dos veces de dos carros con equipos de pesca y pescadores ruidosos, le había preguntado a una niña por la dirección del convento de la Orden del Santo Rosario en Sagua la Grande. El edificio quedaba al final del pueblo. Gracias a Dios los mangos estaban maduros. Las enormes frutas me ocultaban de los escasos transeúntes. Además, por fin podía comer algo.

Hacía años que no trepaba a un árbol, y me sentí orgullosa de lograrlo sin más consecuencias que un par de arañazos. Una vez que me aseguré de que sólo eran raspones leves, me relajé un poco.

Mirando hacia el norte, ningún obstáculo me impedía ver claramente el convento. Aunque no conocía demasiado de geografía cubana, sabía en cambio algunas cosas acerca de Sagua la Grande, por las historias que mi padre solía contarme antes de ir a dormir. Era una de las ciudades más viejas de Cuba. En una época era próspera, un verdadero centro comercial donde se negociaban grandes cantidades de café y de tabaco, y que además estaba sobre la costa. Pero desde la llegada de la revolución, se había convertido en una somnolienta ciudad de provincia.

Papá solía hablarnos de los cangrejos y las ostras que producía la región, y también de su industria ganadera. En verdad, lo que hacía era imitar el mugido de las vacas, pero eso bastaba para que lo entendiéramos. También había ingenios azucareros, confiscados a sus legítimos dueños por el gobierno.

Recordaba también otro lugar acerca del cual nos había hablado papá. La Libertad era una hermosa plaza en el centro de la ciudad. Tenía hileras de palmeras reales, bancos de piedra y frondosos lechos de flores. Con espíritu de turista, me puse en puntas de pie con la intención de tener una visión de La Libertad. Pero una ráfaga de viento hizo que la rama se balanceara y volví rápidamente a mi posición anterior. En susurros, pronuncié un breve ruego, esperando ser escuchada de inmediato. Al fin y al cabo, estaba cerca de un convento.

Desde mi privilegiado lugar podía ver sus cuatro esquinas. Los binoculares eran poderosos, de modo que en ese sentido no tuve problemas. Mientras no cayera violentamente al suelo, el resto estaría bien.

Tenía un presentimiento. Había demasiados detalles que no encajaban en lo que yo sabía. Me preocupaba algo que María Rosario me había dicho inadvertidamente durante nuestra breve conversación. Yo nunca le había dicho a Lourdes que la madre de Michelle era de Sagua, porque no lo sabía, y María Rosario había dicho claramente que sabían que yo venía para aquí.

María Rosario parecía saber mucho más de lo que podría haber sabido a partir de un breve mensaje clandestino. Era difícil para mí pensar que una monja me hubiese mentido, pero había demasiadas coincidencias. Cuanto más lo consideraba, más me convencía de que María Rosario era la llave que me llevaría hasta la madre de Michelle.

Yo no había pensado en lo dicho por ella hasta que Samuels dijo que la madre de Michelle era de Sagua la Grande. Además, el médico había dicho que lo que iluminó a Betancourt para imaginar su plan fue su encuentro con una prostituta de Sagua la Grande. Yo sentía que estaba a punto de armar el rompecabezas, y la última pieza estaba detrás de las inocentes puertas de un convento.

El convento era un hermoso edificio de estilo español, una casa de dos pisos rodeada por un jardín vallado. El edificio en sí completaba la extensa pared que rodeaba al complejo, y hacía visible una estatua tamaño real de la Virgen y una enorme cruz de madera. Desde mi árbol podía oler el perfume de los rosales en flor del jardín.

Cerca de una docena de mujeres de todas las edades, vestidas con camisas de manga corta y faldas largas, se movían aquí y allá realizando sus tareas cotidianas. El único signo de su condición religiosa eran los pañuelos que llevaban alrededor de sus cabezas. Cada tanto, alguna de ellas salía o entraba por el imponente portón de hierro del frente del edificio.

El tiempo pasó y yo comencé a preocuparme por Bárbara. Confiaba en que no se iría sin mí, pero tenía miedo de que alguien hubiera hallado los cuerpos de Pedro y de Tomás. La casa en la que los habíamos dejado parecía abandonada, pero no podíamos estar seguras de que nadie pasara por allí.

No quería siquiera pensar lo que podría pasar si Bárbara era capturada. La había dejado en el barco sólo para confirmar una corazonada. Me sentía responsable por ella y por su bebé. Bueno, me sentía responsable por un montón de gente, pero apenas podía cuidar de mí misma.

Después de dos horas de espera y varios calambres, todavía no había podido ubicar a María Rosario. Eran casi las tres de la tarde y yo estaba exhausta. No funciono si no duermo bien y hacía tiempo que no tenía casi descanso. Empecé a preguntarme qué diablos podía esperar si debía quedarme todo el día trepada a un árbol de mango.

Pero casi doy un grito de júbilo cuando la vi caminando por el jardín con otra monja. Parecían estar hablando acerca de las plantas, puesto que señalaban distintos puntos del jardín. Pensé que María Rosario iba a salir, pero mis esperanzas fueron en vano. Lo que hizo fue entrar en el convento por una puerta lateral. Al menos sabía dónde estaba, lo cual representaba algún consuelo mientras me preparaba para otra vigilia.

Sentada en las ramas, con la espalda contra el tronco, debí de haberme quedado dormida unos minutos. Me despertó el chirrido de la puerta de hierro. Era María Rosario, que abandonaba el lugar en dirección a la ciudad. Combatiendo las puntadas en las piernas, bajé del árbol y la seguí hasta que estuvo sola en el sendero. Iba tan distraída que no advirtió mi presencia hasta que le puse una mano en el hombro. La muchacha se volvió y, al verme, quedó horrorizada.

—¿Qué estás haciendo aquí? —preguntó, con los ojos bien abiertos—. ¡Pensé que te habías ido!

—Pronto nos iremos —aseguré—. Pero antes necesito encontrar a la madre de la niña.

Ella examinó la ropa que me había prestado Bárbara: una camisa y un pantalón de hombre, ambos demasiado holgados para mí.

Era una muchacha joven e inocente, y sus gestos evasivos indicaban que me estaba ocultando algo.

—No deberías estar aquí —me dijo, llevándome detrás de un árbol a un costado del camino—. Es muy peligroso estar en Cuba para ti y para tu amiga. ¿Dónde está ella? ¿Vino contigo?

—Está en el barco, esperándome.

Estábamos al costado del camino principal del lugar, solas por un momento pero a la vista de cualquiera que pasara. Debido a la pobreza y al desabastecimiento de combustible, no había tráfico vehicular, pero un grupo de personas se estaba acercando a nosotras. A mí me habían dicho que los cubanos podían distinguir fácilmente a un extranjero, aun cuando tuviera un buen disfraz, como el mío. Tomé a María Rosario del brazo y la llevé hacia un camino lateral, hacia la sombra de un depósito abandonado.

—Sé que te puedes meter en problemas si te ven conmigo —le dije cuando estuvimos a resguardo de las miradas indiscretas—. Pero necesito que me digas una cosa. ¿Dónde puedo encontrar a la mujer que estoy buscando?

Ella me miró sin decir nada. Yo sabía que había algo que la presionaba para no contarme lo que sabía. Pero yo había empleado provechosamente mis horas trepada al árbol de mango, poniendo mis ideas en orden.

—Está en el convento, ¿verdad? —pregunté con rapidez, sin darle tiempo para que me mintiera.

La muchacha expresaba en su rostro tal confusión y sufrimiento que sentí pena por ella. Después de un largo suspiro, dijo:

—Sí.

Intenté ocultar mi sorpresa y simular que ya lo sabía. Pero no lo podía creer. La madre de Michelle no sólo vivía sino que, además, en ese momento estaba a unos pocos metros de mí. Por supuesto, esos pocos metros podían fácilmente convertirse en una muralla, pensé al recordar las paredes y las puertas de hierro que rodeaban al convento.

En el camino principal, la gente ya había pasado sin vernos.

—Y cuando la Madre Superiora te envió para saber qué me había ocurrido, tú sólo me contaste parte de tu tarea. Había algo más que te habían ordenado hacer, ¿verdad?

Ella asintió, y unas lágrimas enormes comenzaron a rodar por sus mejillas.

—¿Qué era exactamente lo que tenías que hacer? —pregunté, anticipando mentalmente su respuesta.

—Si pudiera, tendría que ayudarte —dijo con genuina candidez—. Y también debía asegurarme de que abandonaras Isabela de Sagua lo más pronto posible.

—Hiciste un buen trabajo —observé—. Casi nos fuimos, y lo haremos muy pronto. Pero tengo otra pregunta. ¿Cuántas madres biológicas de los niños que se llevaban a los Estados Unidos viven en el convento?

—Somos ocho. ¡Espera! —María Rosario se tapó la boca con las manos, sorprendida—. ¿Cómo lo sabes?

—El doctor Samuels me lo dijo. Bueno, no me dijo todo, pero me imaginé el resto.

No quería decirle más de lo que ella necesitaba saber, por lo que evité contarle que Samuels estaba muerto. Yo no sabía si ella le había contado a alguien sobre las muertes de Pedro y de Tomás. Esperaba que no. Sin siquiera ver sus cuerpos, me había dicho que tenía miedo y eso podía jugar a mi favor.

La inocente confesión de María Rosario aclaraba todo. Cuando Samuels explicó cómo funcionaba el negocio, la trama encajó. Pero faltaba algo. Yo ya sabía que las muchachas cubanas de las provincias eran empujadas a La Habana por la necesidad económica, y que muchas de ellas no tenían otra salida que la prostitución. Pero la aparición de María Rosario aportaba nuevos elementos, especialmente cuando comprendí que estaba mintiendo respecto del mensaje de Lourdes.

Es conocida la posición de la Iglesia Católica acerca del aborto. Pero la Iglesia es también una institución pragmática. Cuando advertí que María Rosario sabía demasiado, entendí: esa pequeña orden católica cubana estaba involucrada en el asunto. La Iglesia podía ayudar a jóvenes pobres con sus embarazos a cambio de algún servicio después de que los bebés nacieran. Tal vez Betancourt le pagara al convento por los bebés, tal vez no. Alguna gente del lugar obtenía dinero, la Iglesia lograba evitar algunos abortos y conseguía novicias agradecidas, y Betancourt y Samuels se enriquecían.

—Pensé que me habías creído —confesó María Rosario.

Estaba demasiado tranquila, y yo sospeché que sabía más, pero que tendría que figurármelo todo. Sentí la necesidad de consolarla.

—No fue por culpa tuya —le dije—. Y por otra parte salvaste mi vida. Jamás lo olvidaré.

Se sonrojó y desvió la mirada.

—Lamento haberme visto obligada a hacer todo eso.

—Entonces aclárame algo más —pedí—. Lourdes no tiene nada que ver con todo esto, ¿verdad?

—No —dijo María Rosario—. Al menos, no que yo sepa. Nunca había oído hablar de ella. La madre superiora me dio su nombre cuando me ordenó que te siguiera. De hecho, casi nunca tenemos contactos con órdenes de los Estados Unidos.

Mi corazonada se iba confirmando. Lourdes había jurado sobre la imagen de mamá y sobre un rosario. Ella siempre intentaba protegerme, pero me había sorprendido que vulnerara con tanta rapidez una promesa de ese tipo. Intenté completar el rompecabezas. La orden quería que yo abandonara Cuba lo más rápido posible, porque las monjas estaban involucradas con Samuels y no querían ser descubiertas. Tal vez, sabiendo lo que Samuels era capaz de hacer, querían salvarme, siempre y cuando me fuera sin ninguna prueba del tráfico de bebés.

María Rosario seguía atormentada por la culpa.

—Fue culpa mía que te hayas quedado. Fallé —admitió.

Estaba en camino de ser una buena monja.

Yo tenía algo más para decirle.

—Antes de venir para aquí recibí un mensaje que en el momento no pude descifrar, pero últimamente tuve tiempo para pensar en él y creo que ahora lo entiendo. La «persona amiga» debía de ser Regina, que me había dejado su mensaje a la vuelta de su viaje, poco antes de ser asesinada. La «ofensa contra Dios y sus hijos» se refería a los niños no nacidos, a quienes la Iglesia considera particularmente bendecidos por Dios.

Si agregaba a eso la queja contra Samuels que nunca pudo formalizar, yo podía entender qué era lo que ella había descubierto: que Samuels había sido expulsado de Jackson por efectuar abortos en el tercer trimestre de embarazo. O bien fue pescado en ello o bien lo atraparon mientras alteraba posteriormente los registros. Regina debió de haberse sentido terriblemente mal cuando supo que un hombre a quien respetaba era responsable de delitos que atentaban contra los principios más caros de su ética religiosa. Ojalá no hubiera hallado nada.

Le conté a María Rosario cuáles eran los antecedentes de Samuels. Ella no lo podía creer.

—Le dijo a la madre superiora que nos ayudaba porque no creía en el aborto.

Si el resto de las chicas eran tan cándidas como ella, entonces Samuels y Betancourt no habían tenido por qué preocuparse por la rama cubana de la operación. Samuels había asegurado que el mismísimo Betancourt era el asesino de Regina, pero eso iba también contra él.

Yo me senté en el suelo, exhausta y sin saber bien qué hacer. María Rosario se sentó junto a mí.

—¿Cómo se llama la madre? —pregunté.

Ella vaciló, pero enseguida cedió. Ya me había contado tanto, que no tenía sentido seguir resistiéndose.

—Maribel Moreno —dijo.

—Necesito hablar con Maribel para explicarle por qué tiene que ir a los Estados Unidos —dije—. Ella puede tomar después su propia decisión, pero mi trabajo es informarle las razones por las cuales su presencia allí es necesaria.

—Maribel es muy joven, más joven que yo —dijo María Rosario—. Ha encontrado en el convento su verdadero hogar. Tendrás que reunirte antes con la madre superiora para explicarle todo.

Eso era lo que me preocupaba.

—¿Maribel no puede ir y venir cuando quiere?

María Rosario miró hacia la calle.

—Esas decisiones suele tomarlas la madre superiora.

—Entiendo —dije—. Entonces vamos a verla.

Nos levantamos y comenzamos a andar por el camino polvoriento rumbo al convento. Tenía las piernas rígidas y sentía frío, hambre y un infinito cansancio. Quería irme a dormir en una bañera caliente y que esa pesadilla llegara a su fin. Quería una manicura. Quería volver a casa.

# 31

Esta vez entré en el convento por la puerta principal, en vez de esconderme fuera del muro en un árbol de mango como una loca. Caminando a través del jardín, recibí muchas miradas curiosas. Me preguntaba cuántas de las monjas que estaban aquí habrían llegado por el camino de las calles de La Habana.

María Rosario me había contado acerca del pasado de la madre superiora en el camino, hablando casi en secreto.

—La madre superiora viene de una familia aristocrática que dejó Cuba para exiliarse en Miami cuando Castro subió al poder —dijo—. Ella fue el único miembro de la familia que se quedó, y está aquí para continuar con las buenas obras que había empezado bajo el gobierno de Batista. Afortunadamente el gobierno se olvidó de nosotras, porque estamos en un lugar muy aislado, pero igual es difícil. Los arreglos de la madre superiora con el doctor Samuels nos han dado dinero para poder continuar.

—Seguro —le dije mientras nos acercábamos al edificio. Ese discurso sonaba como una gran racionalización de algo que sólo había producido miseria y muerte—. Todo fue por una buena causa. Lo recordaré.

María Rosario me tomó el brazo con una fuerza sorprendente cuando alcanzamos la puerta lateral.

—No hables con ligereza —me advirtió, inclinándose hacia mí—. Te cuento todo esto para que puedas comprenderla. La madre superiora ha sacrificado mucho de su vida por Dios y por las chicas que están bajo su cuidado. No tienes derecho a juzgarla.

Dicho eso, se me adelantó, evitando mi mirada, y cuando estuvimos adentro me condujo hacia una silla. Yo estaba en una pequeña sala de recepción, y tuve que esperar que María Rosario le contara a la madre superiora acerca de mí. Deben de haber tenido mucho que hablar, porque me hicieron esperar más de media hora. Yo me desplomé, empujada hacia el sueño por la tranquilidad del lugar y por los pájaros que cantaban suavemente en las copas de los árboles.

Me desperté y encontré a María Rosario parada frente a mí.

—Ven —dijo suavemente—. La madre superiora te está esperando.

Me condujo hacia una sala y algo extraño sucedió. Me sentí una tonta. Comencé a transpirar, las rodillas me temblaban, y mi respiración se agitó: todo porque iba a ver a la madre superiora. Estaba regresando a la infancia. Mi hermana era monja. Mi madre era, según todos los relatos, casi una santa. Yo misma llevaba el nombre de un lugar donde se había aparecido la Virgen. Tenía que procurar retomar el control.

La madre superiora entró. Parecía tener poco más de sesenta años, con piel de porcelana y mechones de cabellos canos saliendo de los costados de su toca. Era alta y flaca, con aire majestuoso. Yo respiré hondo mientras se acercaba.

—Lupe —dijo caminando hacia mí y besándome en las dos mejillas—. Lupe, hija, estaba ansiosa por conocerte. Y aquí estás.

Yo me quedé helada. Estaba esperando una adversaria y en cambio me encontré con esta carismática mujer que desprendía una intensa calidez personal. Era difícil recordar que ella había tenido que ver con las cosas terribles que nos habían sucedido a Bárbara y a mí en Cuba.

Nos sentamos en un par de sillas cerca de la ventana y yo eché una mirada alrededor por primera vez. No importaba cuán malas fueran las condiciones en la isla, la madre superiora obviamente no se privaba de las cosas buenas de la vida. Había un enorme escritorio de caoba, intrincadamente tallado con escenas de la vida de Cristo. Nuestras sillas eran de cuero, y detrás del escritorio colgaba un tapiz que iba del techo al piso, similar al de Aubusson que tenemos en casa en el comedor.

—Conozco a tu familia —me dijo, mirándome a los ojos—. Tu madre y yo nos conocimos cuando ambas estudiábamos con las ursulinas. Ella era una gran católica. Recé por ella cuando supe que había fallecido.

—¿Cómo...? —comencé a decir.

—No estoy tan aislada como para no recibir noticias de las personas que han pasado por mi vida —dijo esbozando una sonrisa beatífica—. Tú eres muy parecida a ella cuando era joven, pero ya debes saberlo. Tu madre era una mujer muy hermosa, física y espiritualmente.

Sabía cómo llegar a mí. Yo comprendía que ella estaba actuando en pro de sus propios fines, pero había logrado conmoverme profundamente, poniéndome a la defensiva.

—María Rosario me contó acerca de las dificultades por las que debiste pasar en Cuba —dijo en tono suave. Sus ojos no habían abandonado a los míos en todo ese rato—. Quiero expresar mi compasión hacia ti y hacia tu compañera. Espero que no hayamos contribuido a crearte obstáculos de ninguna manera. Sólo estábamos tratando de ayudar.

El hechizo estaba roto. Ella podía ser un alma noble, podía haber conocido a mi madre, pero estaba complicada en algo letal e ilegal. Aparentemente había decidido que el tono de esa conversación debía ser cordial. La mujer podría haber ganado un Oscar si se lo hubiera propuesto, no había duda. Era tremendamente poderosa y era mi oponente. Hice lo único que podía hacer: sonreí dulcemente.

—¿Café? —preguntó una voz detrás de mí. Yo casi salto de mi asiento.

María Rosario trajo una bandeja de plata con dos tazas de aromático café cubano. Luché para que mi mano no temblara mientras sostenía la delicada tacita de porcelana.

Cuando estuvimos solas nuevamente, la madre superiora dibujó una fina sonrisa. Sentí como si me hubieran descubierto fumando en el baño de damas.

—Querida mía, entiendo que deseas hablar con Maribel —dijo—. ¿Es así?

—Tengo que hablar con ella acerca de su hija. Es de vital importancia.

—Entonces hazlo —se levantó y caminó hacia la puerta—. María Rosario, ¿puedes pedirle a Maribel que pase?

No podía creer que sería tan fácil. Y era cierto.

La mujer que entró en el santuario era joven y hermosa en todo sentido; no tenía ninguna marca en la cara ni en el cuello. No había ninguna marca de nacimiento a la vista. Decidí seguir el juego.

—¿Maribel? —le pregunté—. Mi nombre es Lupe Solano. Soy una detective privada de Miami y he venido a pedirte que regreses conmigo para salvar la vida de tu hija.

La joven miró a la madre superiora, que asintió.

—Lupe está diciéndote la verdad, hija.

—Tu hija ha sido adoptada por una pareja en Miami que está cuidando muy bien de ella. Pero está enferma.

María Rosario se unió a nosotras, tomando la mano de la chica. No podía creer que las tres quisieran engañarme con esa farsa.

—Sin un procedimiento médico en el que sólo tú puedes ayudar, tu hija morirá.

«Maribel» actuó muy pobremente, mirándonos a mí y a la madre superiora, como preguntándose por el sentido de la vida. Se arrodilló frente a la madre superiora, besó su mano humildemente, se levantó y se volvió hacia mí.

—Iré —dijo.

Salió de la habitación y yo fui llevada a la sala de recepción donde había languidecido mientras ellas cocinaban esa trama ridícula. Unos minutos después la jovencita volvió a entrar con una pequeña valija que contenía lo que presumí eran todas sus pertenencias.

La madre superiora nos acompañó a la puerta.

—Ve con Dios, hija —me dijo, besándome la mejilla.

«Maribel», o como diablos se llamara, ya había alcanzado la entrada del frente. La abrió con un ruido chirriante.

# 32

La tarde se había transformado en esa zona de nadie entre el día y la noche, ese momento del día en el que enciendes las luces sin saber si es del todo necesario. Pero no había luces ni autos en la calle de tierra en la que se encontraba el convento, y yo estaba sola con la joven monja. Esperé hasta que encontramos una curva aislada en la ruta antes de apuntar la Beretta hacia la espalda de la falsa Maribel. Era sorprendentemente fácil amenazar a una monja.

Yo ya no estaba en condiciones de preocuparme por mi probable ida al infierno. Además, no estaba segura de que ésa fuera una monja de verdad. No tienen marcas físicas en las que una pueda fijarse. Me di cuenta de que estaba desesperada y simultáneamente pensé en el tiempo que Bárbara había estado esperándome. Había arruinado mi oportunidad; seguramente ya había pasado un buen rato desde que ella levara el ancla, y ahora estaba camino a su casa. No podía culparla si lo había hecho. No deseaba nada más que regresar al *Mamita*, cruzar las aguas del Estrecho de Florida, ir a la casa de Papi y colapsar en la cama, y todo eso en diez o quince minutos.

La jovencita se detuvo y miró sobre su hombro despacio, casi como si esperara ser descubierta. Cuando lo hizo, vi gotas de sudor surgiendo de su frente. No importaba cuanto calor hiciera: las monjas de verdad no transpiran. Es algo que los católicos sabemos intuitivamente.

Di un paso hacia atrás y mantuve el arma apuntándole.

—¿Dónde está ella? —le pregunté.

Trató de actuar nuevamente. Mal intento. Necesitaría años de lecciones de la madre superiora.

—¿Quién? —preguntó.

—La verdadera Maribel, o como sea que se llame. La chica con la marca de nacimiento que vine a buscar.

Me acerqué un poco y le apunté el arma a la cara, sabiendo que así entendería lo que le decía. Todas las mujeres compartimos un temor instintivo a lastimarnos la cara. También pensé que no haría daño dejar ver mi frustración y desesperación: pronto estaría oscuro y Bárbara y yo debíamos partir. Eso si mi amiga no estuviera ya a mitad de camino hacia Florida, pensé. Luego me dije a mí misma que debía parar. Si eso fuera cierto, sería el fin para mí.

La chica me miró a los ojos y vio, estoy segura, la más absoluta desesperación. No tenía que ser la mejor catadora de ánimos del mundo para darse cuenta de que no toleraría más estupideces de su parte. Yo no sabía si ella estaba detrás de los trucos de la madre superiora o si sólo la habían metido en el asunto. No importaba. Ella estaba en mi camino de cualquier modo.

Vi que consideraba sus opciones: tratar de escapar de mí y arriesgarse a que la baleara por la espalda, pelear o simplemente entregarse. Yo no sé que habría hecho si ella hubiera decidido atacarme. Estaba muy cansada, muy débil.

La chica tiró su bolso al suelo irritada, obviamente enojada porque el plan había fallado tan rápido.

—Está encerrada en un cuarto del convento hace al menos tres días —dijo de mal modo—. Desde que oyó que venías quiso irse contigo, pero la madre superiora no lo permitía.

La muchacha no podía sacar sus ojos de la pistola.

—Vamos a buscarla —le dije—. ¿Hay algún modo de entrar sin que nadie nos vea?

Saqué el seguro del arma, figurándome que ella habría visto suficientes películas como para saber lo que eso significaba. Funcionó. Puso sus manos en alto y sus ojos se abrieron aún más.

—Hay un modo, hay un modo —dijo—. A través de los pasillos traseros: hay una puerta allí. Generalmente se usa para sacar la basura por el muro de atrás, así que nadie pasa mucho tiempo allí.

Apuntando con la pistola al piso —no había motivos para ser innecesariamente ruda—, le pregunté:

—¿Y el cuarto de Maribel está cerca de allí?

Le dio un puntapié a su bolso.

—Sí. Dos puertas más abajo.

—Ven aquí —le dije, y su rostro se congeló—. No te preocupes, no voy a lastimarte. Mi hermana es monja.

La empujé hacia unos ficus que había detrás de unos árboles altos al costado de la ruta. Usando mi cinturón, até sus manos al frente, luego me quité una media y la até alrededor de su boca como una mordaza. Finalmente —de verdad odiaba tener que hacer eso porque sabía que sería muy incómodo para ella— me quité el brasier y la até a uno de los árboles. No creo que Wacoal haya pensado que su producto serviría para esos fines, pero el brasier era de origen suizo, toda una garantía de confianza. Yo esperaba que Dios pudiera perdonarme por haber atado a una monja, aun cuando fuera falsa.

Ahora que no tenía más cinturón, los pantalones grandes que le había tomado prestados a Bárbara se me caían. Ya los había acortado unos seis centímetros, y ahora tenía que sujetar la cintura en un botón para que no se me cayeran a los tobillos. Caminé rápido hacia la ruta que iba al convento, pensando que si vivía para contarle a alguien todo eso omitiría describir el vestuario que había estado forzada a usar durante mi aventura.

Casi era de noche ahora, y el sol había caído detrás del horizonte, dejando sólo un brillo polvoriento. Me crucé sólo con un transeúnte en la ruta, un hombre viejo con sombrero de paja, y mientras pasaba sacudí la pistola en mi bolsillo y bajé la cabeza. Podía sentir que me miraba, pero siguió su camino, canturreando suavemente para sí mismo.

Busqué a mi viejo amigo, el árbol de mango, y me trepé a él, lo más alto que pude, para ver mejor los muros del convento. En la cima, pude oír los ruidos de queja de las ramas que me sostenían. Creo que si se hubieran dejado caer, yo hubiera terminado tirada en el piso hasta que alguien viniera a arrestarme.

Pero el árbol me sostuvo, y pude divisar el lejano final del terreno del convento. Todo parecía estar tranquilo, lo cual era sin duda una buena señal. Si la madre superiora hubiera tenido noticias de que el *Mamita* estaba aún en aguas cubanas, habría sospechado que yo no había caído en la historia de la falsa Maribel.

Antes de bajar, eché una buena mirada alrededor. La vista era mejor que antes, cuando simplemente estaba escondiéndome en el árbol. Estirando el cuello pude ver la ciudad de Sagua la Grande a la distancia, con sus luces dispersas en la tierra oscura. Cuando estuve lista para descender, algo llamó mi atención, y tomé los binoculares. Era un claro rodeado de luces bajas. No estaba segura, pero creí que era La Libertad, la plaza de la que me había hablado papá. Decidí creer que era cierto. Necesitaba una buena señal.

Me costó decidirme a bajar del árbol cuando llegó el momento, pero el convento no seguiría en paz para siempre. Tenía que esperar que la nueva amiga a la que había atado a un árbol me hubiera dicho la verdad, y que mi brasier aguantara un poco más. Tomé un profundo respiro para obtener coraje antes de entrar.

Las luces estaban encendidas dentro del convento, pero ninguna de las hermanas estaba afuera, en el parque. A esa hora, me figuré, estarían o bien rezando sus plegarias de la noche o sentadas a la mesa del comedor. Saltando de mi árbol de mango, repté a lo largo del muro lateral sin oír ruido humano alguno.

Detrás de la propiedad había un gran terreno vacío que conducía a una zona de vegetación salvaje. Caminé cuidadosamente, intentando no tropezar con demasiadas ramas, y culminé mi recorrido por el muro trasero del convento. Mientras avanzaba comencé a sentir un hedor y miré hacia abajo.

Estaba hundida en la basura hasta los tobillos. Vislumbrando en la oscuridad, tratando de que mis ojos se adaptaran, vi que la basura estaba por todos lados: restos de comida, café usado, trapos sucios. Aparentemente la madre superiora no había ordenado que inspeccionaran el depósito de basura desde hacía mucho tiempo, porque las monjas estaban tirando sus desperdicios justo afuera del convento. Mirando hacia arriba vi que la única ventana que daba hacia atrás estaba en el segundo piso, bien a salvo del olor.

Pisoteando los restos, llegué por un caminito sin basura a la puerta trasera. Si estuviera cerrada, advertí de pronto, no tenía un plan B. Pero no había llegado tan lejos sólo para encontrarme con una puerta cerrada.

Sí, estaba cerrada. La empujé y era terriblemente dura, hecha de madera gruesa sobre varas de metal. Habría necesitado un ejército entero para poder entrar.

Me senté en la tierra y sentí ganas de llorar. Al fin y al cabo, me encontraba sentada sobre la basura como un vagabundo, fuera de la madre de Michelle, que probablemente sólo estaba unos metros más allá. ¿Qué podía hacer, volver a Miami y decirles a los Moreno que podría haber salvado a su hija, pero que el sistema de seguridad en el convento de la Orden del Sagrado Rosario era demasiado eficaz como para que yo lo quebrara?

Entonces recordé algo que me había dicho Esteban una vez: «Cuando estés completamente trabada, haz algo completamente obvio».

En la basura, como un vagabundo, pensé. Me corrí el pelo sucio hacia la frente, frotándome un poco de barro sobre la cara para acentuar el efecto. Sostuve la Beretta cerca de mi camisa de peregrino y golpeé fuerte la puerta. Oí un único par de pies caminando hacia mí.

La puerta se abrió, y apareció una mujer de aproximadamente mi edad. Sólo se veía su silueta, gracias a una única lámpara que había detrás de ella.

—¿Sí? —preguntó.

—¿Podría darme un trozo de pan para este pobre viajero que va de pueblo en pueblo? —le pregunté con voz grave, en un murmullo, mientras pateaba la tierra.

—Lo lamento, no le entiendo —dijo la monja, acercándose más.

Debo de haber dudado bastante antes de contestar porque se retiró hacia adentro y buscó en el bolsillo de su falda. Luego de dar vueltas un rato, sacó un objeto largo, oscuro y cilíndrico. En la oscuridad de la puerta no podía ver de qué se trataba, pero podía deducir que seguramente no era algo bueno para mí.

Aferró el objeto con aire decidido y dio medio paso hacia mí. No me atreví a delatarme hablando nuevamente, pero intenté parecer inofensiva. Supuestamente, ella estaba por invitarme a pasar a comer, pero supongo que esa clase de amabilidad tenía lugar más frecuentemente en la Biblia que en la Cuba comunista.

Con un ojo en el objeto oscuro, mirándola mientras daba un paso más hacia mí sin hablar, me di cuenta de que esa novia de Cristo era una mujer tremendamente valiente. Estaba por enfrentar a un desconocido maloliente y raído sola en la oscuridad. Eso significaba que tenía alguna razón para sentirse segura. Era evidente que el objeto que tenía era un arma, o tal vez un cuchillo. Cuando se acercó, comprobé que era bastante más alta que yo y bastante más pesada.

Sin decir una palabra, dio un nuevo paso hacia mí, dirigiendo su brazo y el objeto directamente hacia mi cabeza. Antes de que pudiera reaccionar, oí un clic y me sentí cegada por una luz que apuntaba directamente hacia mis ojos. Reaccioné intuitivamente.

Saqué el arma de debajo de mi camisa y golpeé a la monja. Cayó como una marioneta sin hilos, y yo me incliné sobre ella para verificar que no estuviera seriamente herida. Iba a tener que pasar el año siguiente en penitencia, pero había funcionado.

La monja estaba bien. La introduje en un pequeño armario de elementos de limpieza, sabiendo que podría despertarse con un moretón y una historia de miedo para contar a las demás monjas. Detrás del largo corredor reinaba un completo silencio, así que me moví con rapidez, buscando la segunda puerta. También estaba cerrada.

Abajo, en el corredor, sentí voces, y me metí en un hueco con el arma preparada. Luego me detuve. Esto era ridículo: ¿qué iba a hacer? ¿Detener a todo un convento con una pistola? Ya había pecado lo suficiente como para una vida entera en el último día, y no quería seguir probando. De modo que resolví recostarme contra la pared esperando que ellas vinieran por mí. Me rendiría y le relataría mi caso a la madre superiora. Si ella no permitía que Maribel me acompañara, entonces todo habría terminado.

Las voces no se acercaron, y comencé a reconocer una cualidad constante y rítmica en el sonido. Entonces me di cuenta: ¡estaban rezando! La madre superiora estaba dando su sermón en la misa nocturna. No tenían la menor idea de que yo estaba allí.

Y pensar que había estado a punto de abandonar. Me volví hacia la puerta y pude ver que había una llave en la cerradura. En un segundo la había abierto, la había cerrado detrás de mí, y me había visto enfrentada a una hermosa mujer joven que lloraba sola en un cuarto oscuro. Me miró con un relámpago de reconocimiento y una espontánea sonrisa.

Tenía una mancha de nacimiento que corría justo desde debajo de su mandíbula hasta el cuello.

Maribel y yo nos abrazamos y nos besamos, más por desesperación que por otra cosa. Nunca nos habíamos visto antes, pero ambas supimos inmediatamente que nuestros presentes y nuestros futuros estaban unidos.

—Te contaré todo lo que quieres saber más tarde —le susurré—. Por ahora debes ayudarme. ¿Cuál es la mejor manera de salir de aquí?

Maribel abrió la boca para contestar, pero antes de que pudiera hacerlo, oímos pasos acercándose. Yo me sumergí en el pequeño espacio entre la cama y la pared de piedra. Por una vez estaba contenta de ser menuda. Una persona más grande jamás habría entrado.

Oí que la puerta se abría, y sentí la tensión de Maribel desde la cama en la que estaba sentada en silencio. Luego la puerta se cerró con llave desde afuera. Alguien estaba controlándola, y aparentemente había considerado que todo estaba en orden. Eso significaba que no habían encontrado al *Mamita* ni a la chica atada al árbol ni a la pobre hermana que dormía entre las escobas y las palas. ¡Vaya desastre que estaba dejando atrás!

Salí de mi escondite y fui hacia Maribel, ordenándole silenciosamente que se quedara quieta hasta que los pasos de afuera se hubieran ido por completo.

—¿Cuál es la mejor manera de salir de aquí? —le pregunté otra vez.

—Por abajo, en el cuarto de duchas. Hay una puerta trasera que podemos usar —dijo rápidamente. Debo de haberme mostrado sorprendida por lo rápido que contestó—. Tuve mucho tiempo para pensar estando aquí encerrada. Recé para que vinieras a buscarme, y sé qué hacer.

Echó una mirada al cuarto desnudo, el lugar de su cautiverio. Yo la escuché asustada. Primero debíamos salir del cuarto.

—Estamos encerradas —señalé—. ¿Lo notaste?

—La cerradura es tan vieja que puedes hacer girar la llave desde dentro —dijo ella, sonriendo—. Una vez lo hice con una uña y la llave se cayó. María Rosario la encontró y volvió a colocarla, para que yo no me metiera en problemas.

Maribel seguía sonriendo. No sé cómo hacía para estar de buen humor a pesar de todo, pero mejor así, pensé. Su disposición era crucial.

Ella se sentó en el piso de cemento y se acomodó frente a la puerta.

—Este lugar tiene siglos de vida —explicó—. Nada funciona demasiado bien.

Se me escapó una risa —tal vez yo también fuera una niña pequeña— cuando se escupió las manos y se persignó antes de poner su dedito en la cerradura lo más adentro que podía. Hacía muecas de dolor mientras trataba de dar vuelta la llave. Aparentemente no era tan fácil como lo había descrito. Luego de lo que pareció demasiado tiempo oí un clic.

Maribel se puso de pie con el dedo en la boca.

—Listo —dijo con el costado de la boca—. Ya podemos salir.

Se secó la mano en la falda y vi un hilito de sangre saliendo de su dedo. Abrí la puerta y saqué la cabeza al corredor, mirando hacia derecha e izquierda. No había nadie allí, de modo que tomé el hombro de Maribel y la empujé fuera de ese horrible cuarto. Ella tomó la delantera, caminando rápido hacia la izquierda y pasando por tres puertas cerradas antes de entrar en una habitación.

Yo la seguí, y una vez dentro me sentí aturdida por un fuerte olor a moho. Era el cuarto de duchas, y el moho crecía libremente en la parte baja de las cortinas de plástico formando extraños dibujos, extraños tests de Roscharch que llamarían la atención de cualquier psiquiatra. Nos detuvimos un momento, temiendo que alguien nos hubiera seguido. Vi la puerta de la que Maribel me había hablado al fondo del cuarto.

—La puerta fue colocada hace varios años cuando vinieron a instalar las cañerías del convento —susurró Maribel mientras nos acercábamos—. La madre superiora dijo que sería incómodo que los hombres entraran y salieran por las puertas del frente. Se suponía que debían sellar la pared cuando terminaran, pero nunca llegaron a hacerlo.

—Mejor para nosotras —comenté.

Con un fuerte tirón, traté de llevar la manija de la puerta hacia mí. Nada. Sentí que las lágrimas me corrían por las mejillas, y Maribel me miró con estupor. Recordé que las puertas en el trópico tienden a hincharse y a volverse imposibles de abrir.

Maribel me quitó del camino y frenéticamente tiró de la manija. Luego yo la corrí e hice lo mismo. Cuando ella estaba en su segundo intento, la puerta cedió un poco. Cuando las dos tiramos al mismo tiempo, finalmente se abrió.

Corrimos sin parar al menos un kilómetro a través de la vegetación salvaje. Maribel nunca me preguntó qué haríamos después.

Bárbara estaba esperando en el muelle del *Mamita*, con los motores encendidos y el ancla fuera del agua. No pareció sorprendida al vernos.

Nos ayudó a salir del bote, subiéndonos al barco con total facilidad. El descanso parecía haberle hecho bien.

—Me quedé dormida enseguida, y soñé que te veía corriendo hacia el *Mamita* —dijo mirando a Maribel—. Salí al muelle y allí estaban.

Con un suave suspiro, Bárbara me dio un fuerte abrazo. Por sobre mi hombro, vi que miraba con recelo a Maribel, y entonces me di cuenta: la marca de nacimiento.

—No digas nada —murmuré—. Ella viene con nosotras.

Navegamos casi en silencio, Bárbara mirándome mientras yo permanecía en la cubierta con los binoculares, buscando a las patrullas. El mar estaba calmo, el aire de la noche era pesado y olía a sal de mar. Maribel estaba abajo, recostada en un asiento, y yo le ordené que se quedara allí por un rato. Debíamos hacer un último trabajo antes de darnos el lujo de conocernos la una a la otra.

Comencé a arrojar carnada por el costado del *Mamita*, esperando a los tiburones que sabía que vendrían. En minutos teníamos un pequeño cardumen siguiéndonos, atrapando la comida y pidiendo más.

Con la ayuda de Bárbara, empujé al cuerpo del doctor Samuels fuera del armario de pesca y sin ceremonias lo tiramos por la borda. Bárbara regresó a la cabina, apurando los motores para sacarnos de aguas cubanas.

—¿Qué es lo que te pasa? —me preguntó cuando me vio mirando el mar detrás de nosotras—. Está con los tiburones ahora, con los de su misma clase.

Miré la estela del *Mamita* por unos momentos hasta que no quedaron rastros de Allen Samuels. Bárbara puso el barco en piloto automático y se me acercó, respirando tranquilamente. Me sostuvo, respetuosa de mis sentimientos. Mientras me di vuelta para bajar, me dijo:

—Lupe, espera, hay algo que quiero mostrarte. Mira.

Respiró profundamente, acomodó su panza como para poder moverse con mayor facilidad y se agachó lo más que pudo hacia el cajón de pesca que diez minutos antes había servido como el lugar de descanso final para el doctor Samuels. Sacó unas bolsas viejas del fondo y me mostró lo que parecía ser una caja de zapatos, envuelta en plástico.

—Vamos, ábrela.

Cuidadosamente quité los restos de envoltorio y abrí la caja. Me asombré al ver las prolijas pilas de billetes de cien dólares.

—¿El dinero de los Moreno?

—Alberto lo escondió aquí. Lo encontré antes de que dejáramos Key West, mientras tú estabas con tu novio —me informó con un dejo de satisfacción en la mirada—. Ya ves, Lupe, no eres la única que tiene secretos.

—Debemos contarles a los Moreno —le dije lo más firmemente que pude.

—Por supuesto. Es su dinero —respondió Bárbara mientras volvía a envolver la caja en el plástico y la guardaba nuevamente en su escondite. No pude evitar pensar que esos billetes llevarían el olor a pescado podrido por un largo, largo tiempo.

Me persigné y dije una plegaria silenciosa: por Regina, por Alberto, por Tomás y por Pedro, y por el alma del doctor Allen Samuels. No sé qué clase de castigo les esperaba a aquellos que hacían el mal en el mundo y qué recompensas les esperan a los buenos, pero recé de todos modos. Y miré mi patria, el lugar de nacimiento de mis ancestros, hasta que desapareció de la vista. Me preguntaba si alguna vez volvería a estar en Cuba.

# 33

Habíamos estado navegando dos horas a toda velocidad. Bárbara estaba recostada en su asiento de conductor y yo miraba nerviosa las aguas, sin poder sacarle los ojos a ese carguero que estaba en la distancia. Fue entonces cuando decidí acercarme a Maribel. No había salido de atrás desde que le ordené que se quedara allí mientras Bárbara y yo nos encargábamos del cuerpo de Samuels.

La encontré recostada en un asiento con los ojos cerrados, respirando profundamente. Por primera vez desde que nos escapamos del convento tuve la oportunidad de mirarla detenidamente. Aparte de su marca de nacimiento en el cuello, no se parecía demasiado a su hija, excepto, tal vez, por su frente alta y suave y las incipientes canas en la raya del cabello que Michelle seguramente tendría algún día.

—Hola —dijo abriendo los ojos—. Últimamente tengo problemas para dormirme, me quedo pensando en mi hija.

Me senté en el asiento opuesto al suyo.

—¿Cómo estás?

—Gracias a ti, estoy bien. No he tenido oportunidad de agradecerles. Sé que han puesto en riesgo su vida al venir a Cuba para ayudar a mi hija. Eso fue muy valiente de su parte.

No sabía si valiente era la palabra adecuada. Loco, tal vez. Tonto, probablemente.

—¿Cuál te dijeron que fue la razón de mi viaje? —le pregunté.

Maribel se sentó y movió sus piernas hacia el costado del asiento. Era de una belleza calma, una cualidad prístina sin adornos que surgía a través de sus simples ropas de convento y su falta de maquillaje. Tenía unos ojos castaños enormes y alargados, cabello negro, corto y rizado y una complexión uniforme, salvo por la marca de nacimiento. También tenía una presencia, una serenidad y una madurez inusuales para su edad.

—Hace tres días, por la noche, oí a la madre superiora hablando por teléfono en su oficina —dijo, mirando tímidamente hacia afuera—. Pude oír todo. Las conexiones telefónicas en Cuba son tan malas que todos deben gritar. No debí haber escuchado, pero estaba barriendo el corredor, ésa es mi tarea del mes.

—¿Qué oíste?

—La madre superiora dijo: «Esa muchacha no debe venir aquí». Creo que estaba hablando con el doctor Samuels.

—¿Por qué dices eso?

Maribel hizo una pausa.

—La he oído hablar con él antes, cuando debía atender el nacimiento de un bebé en el convento. Siempre parecía impaciente con él. No creo que le cayera muy bien.

El motor rugía más fuerte a medida que Bárbara lo aceleraba. El mar estaba tan suave que apenas podía sentir el movimiento.

—¿Cómo sabes que estaban hablando de ti?

—Oh, porque mencionaron mi marca —inconscientemente levantó la mano para cubrirse el cuello—. No tenía idea de por qué alguien de Miami podía venir a hablarme, hasta que me di cuenta de que podía ser algo acerca de mi hija.

—Estabas en lo cierto —le dije amablemente—. ¿Qué ocurrió entonces?

—La madre superiora me llamó a su oficina. Me dijo que yo no era lo suficientemente seria en mi devoción y que debía quedarme en mi habitación y rezarle a la Santa Madre para que me guiara hasta que ella me dejara partir —Maribel se mordió el labio—. Yo sabía que mi piedad no tenía nada que ver en el asunto. Era por la llamada telefónica.

Maribel tenía una mente aguda. Podía adivinarlo. Los Moreno tendrían suerte si Michelle saliera como ella.

—¿Descubriste algo más?

—Mi amiga, la hermana María Rosario, me contaba cosas cuando me traía la comida —dijo Maribel—. Me contó que habías llegado y que ella te había ayudado cuando caíste de esa ventana.

Maribel me miró a los ojos por primera vez.

—María Rosario no estaba de acuerdo con la madre superiora —dijo—. A ella no le gustaba tener que mentirte. Es una persona buena y honesta.

Yo concordé con ella.

—¿Quién es la chica a la que trataron de hacer pasar por ti?

—Su nombre es Mercedes; es la hermana menor de una de las chicas del convento —la cabina se sacudió cuando golpeamos contra una enorme ola en el océano—. Ella quiere irse de Cuba desde hace mucho tiempo, así que cuando tú apareciste le pareció una oportunidad perfecta.

—¿Así que ella era una monja que quería partir? —le pregunté. Maribel me miró sorprendida.

—No, por supuesto que no —dijo—. La madre superiora quiere que todas las chicas que llegan allí desde La Habana se conviertan en monjas, pero algunas de ellas sólo se quedan un tiempo trabajando hasta que encuentran una manera de partir.

Me sentí aliviada. Después de todo lo que había hecho no quería que mi currículum celestial dijera que había atado a una monja a un árbol con el encaje de un brasier. Cada partecita cuenta cuando eres católica y vas a conocer a tu Hacedor.

Maribel levantó las rodillas hacia el pecho, preocupada.

—Dime, por favor. ¿Qué es lo que ocurre con mi hija? ¿Se está muriendo? Yo casi muero cuando ella nació, ¿sabes? Fue un milagro que sobreviviera. ¿Eso tiene algo que ver con lo que le pasa a ella ahora?

—No, nada de eso —le respondí.

—Gracias, Virgencita —Maribel se persignó—. La Virgen me salvó y también salvará a mi hija.

—Está muy enferma —le informé—. He venido a buscarte porque eres la única persona que puede salvarla. Necesita un trasplante de tu médula.

—¿Qué es eso? —preguntó confundida.

—Es una sustancia suave que hay dentro de los huesos —le dije—. Ni siquiera sé muy bien de qué se trata, pero la cuestión es que tiene que provenir de ti. Ahora que estás yendo a Miami, la hemos salvado. Puedo sentirlo.

—Cuéntame de ella —dijo Maribel sonriendo. De pronto dejó ver su edad; sus facciones relucían con placer y curiosidad—. ¿Cómo es ella? ¿Qué nombre le han dado?

Miré las pocas posesiones que Pedro y Tomás habían dejado en el bote. Entre ellas había un pequeño sobre que contenía una foto de la hija de Maribel.

—Ésta es Michelle —le dije, entregándosela.

Ella la tomó y la estudió por un largo rato, primero con una expresión grave, luego con reservado placer.

—Es hermosa —susurró, devolviéndome la foto.

—Igual a su madre.

Maribel se sonrojó y miró hacia otro lado, hamacándose hacia atrás y hacia adelante en su asiento como una niña pequeña.

—Cuéntame acerca de las personas que la adoptaron —pidió—. Quiero saber todo acerca de ella y de su vida. Esas personas deben de amarla mucho para atravesar por todos estos problemas. Deben de ser muy ricos, muy inteligentes.

Le conté a Maribel acerca de los Moreno. A pesar de que había sido separada de su hija virtualmente desde el nacimiento, era obvio que la niña nunca había dejado sus pensamientos. Me preguntaba cómo podría soportar el hecho de dejar a Michelle con sus padres adoptivos una vez que el procedimiento médico hubiera terminado.

—¡Oh, es tan lindo! —exclamó Maribel—. ¡Deben de tener muchos autos y una casa con una docena de habitaciones!

—Yo... nunca he estado dentro de su casa, pero la he visto desde afuera. Estoy segura de que es muy confortable.

—Y Michelle tendrá tantos buenos amigos. Podrá ir a escuelas norteamericanas y tener fiestas de cumpleaños —se detuvo por un momento, con una sonrisa agridulce—. Dios ha sido bueno. Ella tendrá todas las cosas que yo nunca tuve. Y esta buena gente le dará cosas que yo nunca he podido tener.

La simple declaración de Maribel trajo una tibieza punzante a mis ojos. Tuve que cambiar de tema antes de que me embrollara y dejara que el dolor y el estrés me alcanzaran.

—¿Cómo fue que te pusiste en contacto con las monjas? —le pregunté.

Ella también parecía deseosa de pensar en otra cosa.

—Nací en Isabela de Sagua —dijo. Las luces de la cabina brillaban en sus rizos oscuros—. Siempre ha sido un pueblo de pescadores, pero cuando las cosas en el país se pusieron mal, la gente escapó en los botes pesqueros hacia las Bahamas. Por eso es que el pueblo se ve tan desierto. Casi todos se han ido.

Recordé el estropeado casco de una pequeña nave pesquera, con las redes rotas y un pequeño grupo de pescadores caminando lentamente a lo largo de la calle de tierra.

—Para las chicas, especialmente, no hay nada —continuó Maribel—. La mayoría de nosotras se va a La Habana tratando de conseguir empleo. Pero allí tampoco hay mucho para una chica de provincia, así que tratamos de vivir del único modo que podemos.

Bajó la cabeza con el recuerdo. Moví a través de la cabina y me senté junto a ella. Tomó mi mano pero siguió mirando hacia el piso.

—Tú sabes, íbamos con los turistas —dijo directamente—. Ellos pagan mejor y dan regalos. Isabela y los otros pueblos son pequeños, siempre supe adónde ir si me metía en problemas. Cuando llegábamos al convento a la noche, con nuestras cabezas cubiertas, nadie sabía que estábamos allí hasta que el bebé nacía y podíamos salir de nuevo. La madre superiora decía que era mejor que nuestros bebés fueran para Miami, donde podrían tener un futuro.

Las lágrimas comenzaron a correr por sus mejillas, manchando su falda oscura.

—No hay nada para los niños en Cuba —susurró—. Entregamos nuestros bebés, así pueden tener la oportunidad de una buena vida.

—¿Y algunas de ustedes se quedan en el convento aun después de tener a sus bebés? —le pregunté.

—Podemos irnos si nadie sabe acerca de los bebés, si nuestras familias no conocen nuestra vergüenza —dijo ella—. En el convento siempre hay lo suficiente para comer y nunca fuimos molestadas por el gobierno. Algunas chicas, como yo, se quedan y se hacen novicias, dedican sus vidas a Dios para que limpie sus pecados.

El plan de Betancourt y de Samuels creó una buena situación para todos, irónicamente. Sin duda no querían que yo metiera mi nariz por ahí y arruinara su adorable pacto. En mi mente, los verdaderos villanos eran el abogado y el doctor, que obtenían verdaderas ganancias. Si alguna vez lograra descifrar el libro de Alberto, podría descubrir cuánto dinero habían ganado en esos años.

Dejé a Maribel allí y fui a buscar a Bárbara. Estaba junto al timón, acostada casi totalmente en las almohadas.

—¿Qué ocurre? —le pregunté.

—Cansada —susurró. Sus ojos estaban vidriosos y su cabello se pegaba a la frente con el sudor.

Había logrado más de lo que podía soportar en los últimos dos días y casi me había olvidado de Bárbara. Me disculpé con ella ayudándola y mandándola atrás con Maribel. Cuando ella estuvo de acuerdo sin protestar en ir al asiento con una chica que llevaba una marca de nacimiento, supe que algo estaba mal. Le supliqué que me llamara si el bebé comenzaba a asomar, pero ella me ignoró y desapareció.

Parada ante el timón, aceleré un poco el motor y navegué por la siguiente media hora a lo largo de las aguas del estrecho de Florida. En un momento cerré los ojos y escuché el viento, luego los abrí frente al vago brillo de una luz roja que aparecía en el horizonte.

Cuando vi el insulso monumento de hierro marcando el punto más austral de los Estados Unidos, finalmente me permití llorar. Me acerqué navegando, hasta que pude ver la desteñida bandera norte-americana flameando frente al monumento, y luego navegué a tra-vés de las tramposas aguas del Truman Annex.

Apagué el motor y retrocedí hasta nuestra vieja amarra, vacía como si hubiera sabido todo este tiempo que íbamos a regresar. Até al *Mamita* y me senté en el muelle, mirando sola el amanecer.

Bárbara y Maribel seguían durmiendo. No quise molestarlas; todas necesitaríamos un descanso para lo que nos esperaba. Pero yo no podía dormir, así que fui atrás y encontré una botella fresca del ron de Alberto. Mezclé un poco con jugo de naranja que había en la heladera y me lo llevé al muelle. Era temprano, no había nadie alre-dedor aún, y yo sabía exactamente hacia dónde me dirigía. Quería pararme lo más lejos posible en el muelle, para estar lo más cerca posible de Cuba.

Me senté en el borde, con las piernas colgando sobre el agua, bebiendo mi trago y mirando el mar. Mi tiempo en Cuba ahora pa-recía un sueño, algo que le había ocurrido a otra persona. Sólo mis moretones confirmaban que todo eso era real, que no había sido un sueño o una pesadilla. Me di cuenta de que corrían lágrimas por mis mejillas, que finalmente estaba liberando las amarras de mi cora-zón.

Casi había terminado mi trago de desayuno cuando sentí que había alguien detrás de mí. No tuve que mirar hacia arriba para ver quién era. Los dorados pelos de sus piernas eran una señal incon-fundible.

—¿Marta? —preguntó Henry—. ¿Es Marta tu verdadero nom-bre?

Miré hacia el agua.

—No. Mi nombre es Guadalupe Solano. Lupe para los amigos.

—Por alguna razón no me parecía que fueras una Marta. —Se sentó junto a mí, con el sol brillando sobre él, haciéndolo lucir como un Adonis rubio—. Lupe suena bien. ¿Y cómo fue todo?

—Bien. Sin problemas. Rutina.

Me estremecí y miré hacia otro lado, terminando mi bebida de un trago. Henry tomó el vaso y lo olió.

—Lupe, querida, no pareces el tipo de persona que necesita alcohol para empezar el día. ¿Quieres hablar acerca de algo? No nos conocemos, pero sé escuchar.

Estaba pavorosamente tentada de contarle todo. Otro ron con naranja dentro de mí y le habría contado hasta el color de mi ropa interior.

—No hay nada que contar, Henry —le dije sonriendo—. Un poco de navegación. No quisiera aburrirte.

Henry asintió y se quedó allí sentado por un rato, mirando el agua conmigo, llevándome a mi mundo. Era un buen hombre.

# 34

—Señor Betancourt, habla Guadalupe Solano. Gracias por atender mi llamado —hijo de puta—. Me gustaría encontrarme con usted lo antes posible.

No sonó sorprendido.

—Muy bien —dijo con voz profunda y refinada—. Dígame dónde y cuándo.

—Al mediodía, aquí en mi oficina. Usted sabe dónde queda.

Colgué sin darle una oportunidad de mostrarse en desacuerdo.

Terminé el resto de mi café. Habían pasado veinticuatro horas duras y ocupadas desde que había visto la costa de Florida desde la cubierta del *Mamita*, y no tendría tiempo de descansar lo suficiente hasta después de haber visto a Betancourt cara a cara.

Los Moreno se habían dirigido a Key West a encontrarse con Maribel no bien los llamé. José Antonio y Lucía llegaron al Truman Annex en su Jaguar azul, corriendo hacia el *Mamita* y bañando a Maribel con besos y lágrimas. Tenían doble suerte, porque Maribel me había dicho que quería realizar el trasplante de modo tal que ella no tuviera contacto con su hija biológica. No planeaba hacer ningún reclamo de custodia y quería evitarse el dolor de conocerla. Los Moreno tuvieron el buen tino de ocultar su alivio.

Mientras subían al auto, los Moreno le echaron una mirada a Bárbara, que se bajaba cuidadosamente del barco hacia el muelle.

—Les explicaré todo más tarde —les dije despidiéndolos.

Bárbara había estado tan callada en el camino de regreso de Cuba porque había roto la bolsa mientras estaba abajo; no quería hacer nada que pudiera inducir el parto. Siempre supersticiosa, se negaba a tener al bebé en la cabina en la que el doctor Samuels se había desangrado dos días antes; sin mencionar que ella sabía que yo no sería de mucha ayuda para hacer nacer al niño.

Pagué la tarifa del amarradero para el *Mamita* por un par de semanas a Henry, prometiéndole que lo llamaría alguna vez, y alquilé un auto. Manejé a toda velocidad y pronto tenía a Bárbara en la entrada de emergencias del Jackson Memorial. Llamé a su hijo José y le dije dónde se encontraba su madre, haciéndole jurar que me llamaría en cuanto naciera el bebé.

Antes de sucumbir al sueño, recogí la libreta de Alberto y se la dejé a un criptólogo. Por cuatrocientos dólares él prometía tenerlo listo a la mañana siguiente.

Luego de eso, fui a mi apartamento, me encerré en mi habitación y dormí por doce horas. No fue suficiente. Tomé un baño de burbujas, desinfecté las docenas de heridas que había coleccionado en Cuba y me zambullí en un enorme plato de arroz con pollo que encontré en el congelador, cortesía de Aída. Lourdes había pasado cuando yo dormía, había entrado con su llave y luego había regresado a su casa en Little Havana cuando me encontró en cama, dejando una nota en mi mesita. Calificaba para santa por no haberme despertado y pedido que le contara toda la historia allí mismo. Cuando había dormido, comido, me había bañado y comido un poco más, hice la llamada que tenía que hacer.

—¿Tommy? Hola, he regresado.

Traté de sonar lo más dulce e inocente posible. No era difícil. Necesitaba que Tommy me mantuviera lejos de los problemas. Lo extrañaba.

—¿Dónde demonios has estado? —gruñó.

No era un buen signo. Usualmente trataba de esconderme su enojo.

—Oh, Tommy, estoy bien. Tengo que pedirte un favor —necesitaba salvar eso—. Preciso tus servicios profesionales.

Tommy suspiró.

—Eres una verdadera desvergonzada, Lupe. Desapareces por días sin ninguna explicación, forzándome a realizar un extraño deseo tuyo antes de partir, y luego lo primero que dices es que necesitas un favor. ¡Eres realmente increíble!

No era así como yo imaginaba que sería. Respiré hondo y decidí empezar de nuevo.

—Tommy, querido. Por favor, te necesito —él rió entre dientes con ironía—. En serio, Tommy. Lamento haber desaparecido, pero fue por un caso importante. Perdóname. Cuando escuches lo que tengo para decir podrás entenderlo.

—Seguramente —ironizó.

—Por favor, no te enojes conmigo —le rogué—. No lo soporto. Por favor.

Odiaba tener que rogarle, pero estaba desesperada. Y funcionaría.

—Tal vez. Si eres realmente amable conmigo —dijo. Se estaba relajando—. ¿En qué clase de problema te has metido ahora?

—La policía me está buscando. Quieren hablar sobre el asesinato de una enfermera retirada que vivía en Sweetwater.

—Ajá. Empieza por el comienzo y ve despacio.

Eso era lo que me encantaba de Tommy. Era completamente desprejuiciado en cuanto a sus clientes, y yo esperaba ser una de ellos ahora. Le gustaba ir al grano: sólo los hechos, sin sorpresas ni reproches. Le conté todo lo que pude, en un tiempo muy breve, acerca del caso Moreno. Escuchó sin interrumpirme.

Se quedó en silencio cuando terminé, y yo supe lo que eso significaba: estaba cocinando una estrategia.

—Bueno, pared de piedra —me dijo—. Cuando los policías vengan a buscarte, diles que hablen con tu abogado: yo. No te preocupes por nada. Simplemente no jodas más.

—Oh, gracias, Tommy. Yo...

—¿Me has oído? —preguntó.

—De acuerdo. No más problemas.

Había resultado mejor de lo que pensaba. Ahora podría operar libremente sin que los policías intervinieran. Cuando descubrieran que Tommy McDonald era mi abogado, eso les arruinaría el día. Ellos sabían que era un bulldog que haría cualquier cosa por sus clientes. Lo que fuera que la policía intentase tendría que ser en firme, bien pensado y brillante. Eso quedaba en claro.

—Lupe, ¿por qué no te creo? —me preguntó—. Es tu abogado el que habla. Abandona el caso. Está terminado.

—Muchas gracias, Tommy. Lo prometo. Está terminado.

Colgué y descrucé los dedos.

Eran las once en punto. El informe del criptólogo había llegado a las ocho, como había sido convenido, y yo estaba lista para enfrentarme con Betancourt. Salí al área de recepción y le dije a Leonardo que esperara a Elio en la siguiente hora.

—¿Elio Betancourt? —preguntó Leonardo. Se había vestido para mi regreso con pantalones negros de gimnasia y una remera de South Beach que se ajustaba alrededor de sus bíceps—. ¿Viene aquí?

Me serví un poco más de café.

—Al mediodía —le dije—. Y no tienes que ser particularmente amable con él.

Leonardo vio que yo me iba hacia el porche de atrás de nuestra oficina y rápidamente se levantó de su escritorio.

—¿Adónde vas? —preguntó.

—Afuera. ¿Qué te ocurre? —le dije, abriendo la puerta con cortinas—. Necesito tomar un poco de aire y recomponerme antes de que Betancourt llegue aquí.

—De acuerdo, está bien. Es sólo que... —Leonardo, servicial, se adelantó y me abrió la puerta—. Mejor salgo contigo.

Durante mi ausencia, él había ordenado el lío del porche de atrás para su meditación con Serenity y sus clases de yoga, decorándolo con posters de grupos de rock en los atardeceres de Arizona. Eso no me molestaba mucho —el porche necesitaba una limpieza hacía mucho, de todos modos— pero sí lo hacía la espacial música *new age* que sonaba en un equipo de sonido nuevo.

Leonardo me puso la mano sobre el hombro.

—Sabes, Lupe, sé lo que estás pensando, pero esto es sólo una inversión inicial que realmente va a dar sus frutos —desenrolló una colchoneta de meditación roja—. Consigo buena mercadería con descuento, y ya tenemos cinco personas anotadas. Incluso conseguí que Serenity aceptara compartir las ganancias. Espero que no estés enojada.

Lo hice levantar de la colchoneta y le pellizqué la mejilla. Eso siempre era suficiente para hacerlo sonrojar.

—Leonardo, luego de lo que pasé esta semana, voy a necesitar más que esto para espantarme.

—¿En serio? —dijo—. Gracias, Lupe.

Abrió la ventana grande. El aire fresco entró rápido, y los loros se graznaban unos a otros.

—Sabes, también quería mencionarte...

—Leonardo, no me presiones.

—Disculpa.

—Ya que estamos —continuó—, te cuento que hay otro visitante que vendrá unos minutos después de Betancourt. Hazla esperar afuera hasta que yo le pida que pase.

Justo al mediodía sonó el teléfono interno.

—Lupe, Elio Betancourt está aquí —dijo Leonardo. Su voz era en parte burlona y en parte amable: justo para la atmósfera que yo quería crear.

Me levanté y lo saludé en la puerta. Supongo que traté de no pensar en cómo sería este momento en el que finalmente conocería a mi adversario, hasta ahora nunca visto. Mi primera impresión, que traté de evitar, fue un golpe de temor. Había pasado por demasiadas cosas como para tener miedo de este hombre. Mi segunda reacción fue de sorpresa ante su intenso carisma personal.

Estaba vestido impecablemente, con un traje azul marino sobre una camisa blanca de seda con suaves rayitas rojas, perfectamente planchada. Reconocí que su corbata era de Hermès, una elección perfecta. Sus uñas estaban cortas y limpias, y cuando extendió la mano hacia mí pude ver un elegante reloj de oro Patek Philippe adornando su muñeca.

Yo también conocía el juego y no me sentía intimidada. Me había puesto un traje Armani y las botas de gamuza de Walter Steiger, con mi reloj *tank* de Cartier.

—Por favor, tome asiento —le dije, señalando una de las sillas de los clientes.

Su rizado cabello corto estaba perfumado con alguna clase de aceite floral y su piel parecía relucir de riqueza. Cuando me senté a mi escritorio frente a él, de todos modos, su vanidad desapareció. Bajo la lámpara que había colocado sobre la mesa para simular el foco de un interrogatorio, pude ver las manchas de piel decolorada, las ojeras en sus ojos: Elio era un muchacho envejecido y, al parecer, la vida que llevaba se estaba tomando su venganza.

—Tiene una linda oficina —elogió, colocando su portafolio en el suelo con una sonrisa afable.

—Señor Betancourt, ¿podemos ir directo al grano?

—Si así lo desea —dijo un poco decepcionado. Sostuvo mi mirada por un tiempo que yo consideré excesivo— . ¿Qué puedo hacer por usted, señorita Solano?

Decidí arrojarme sin medir la temperatura del agua.

—Supongo que está al tanto de que sé todo acerca del negocio de alto riesgo que usted ha emprendido en Cuba junto al doctor Samuels.

—¿Qué negocio es ése, señorita Solano? —preguntó con la mirada en blanco.

—¿De verdad tengo que enumerar todo lo que sé, señor Betancourt?

—Llámeme Elio. Yo cancelé todas mis citas para esta tarde —se estiró y se recostó hacia atrás—. Tengo todo el tiempo del mundo.

Presioné el botón del intercomunicador.

—Leonardo, ¿podría pedirte una bandeja con café, por favor? Esta reunión va a durar un rato.

Betancourt frunció un poco el entrecejo y se aflojó el cuello de la camisa.

—¿Tiene algo más fuerte? —preguntó sonriendo.

—Creo que debemos mantener nuestra mente alerta durante esta reunión —le dije, mirándolo a los ojos—. Probablemente será bueno para ambos cuidarnos con lo que digamos.

Esperamos en silencio hasta que Leonardo llegó con el café, mirando a Betancourt como si fuera una molestia. Betancourt parecía nervioso, encogiéndose en su asiento frente a la proximidad del tamaño de Leonardo. Tengo que comenzar a utilizar a Leonardo como un matón en el futuro: ¿quién podría adivinar que llora si ve un gatito enfermo y nunca peleó con nadie en su vida?

Luego de que Leonardo se fuera, le serví el café a Betancourt con una gracia que llenaría de admiración a la Señorita Modales. Mientras él sostenía su taza caliente con la mano, le di una copia del comienzo del diario de Alberto traducido por el criptólogo.

—Mientas disfruta su café, tal vez no le molestaría echarle una mirada a esto —le dije, bebiendo un sorbo de mi propio café.

Una nota del criptólogo descansaba en mi escritorio. El código de Alberto era bastante directo y fácil de descifrar. También había sido un meticuloso conservador de gastos: el diario contenía una contabilidad de todo el efectivo que había pasado por sus manos en Cuba, dinero para pagar a los chivudos y dinero pagado a Samuels por los partos de los bebés. También contenía el nombre y la dirección de Betancourt.

—¿Dónde consiguió esto? —preguntó éste. Su voz era baja, y podía adivinar que apenas podía controlar una ola de ira.

—De Alberto Cruz. Usted probablemente le dijo que no conservara los informes, pero él era un hombre meticuloso —le dije—. Puede ver que viajó veinte veces a Cuba durante un período de cuatro años y medio. Si todos los clientes le pagan lo que usted le cobró a José Antonio y Lucía Moreno, entonces ganó una buena cantidad de dinero. Sin duda usted querría contratar a alguien para robar el libro del departamento de Cruz.

Betancourt sacudió la cabeza, pero sus manos temblaban.

—Cincuenta mil por bebé en veintiún viajes —continué— equivale a más de un millón de dólares. No sé a cuánto ascendían sus gastos, pero aun así ganó mucho dinero. ¿Declaró ese dinero cuando pagó sus impuestos? Realmente no recuerdo un casillero donde diga «ganancias por venta de bebés» en el formulario impositivo.

Le sonreí dulcemente y él se levantó, colocando su platito cuidadosamente en el borde de la mesa junto a su silla.

—Esto es ridículo. No puede probar nada y lo sabe. Me está haciendo perder el tiempo.

—Tal vez con eso solo no baste —le dije—. Pero junto a otros factores, puedo embarrar tanto las aguas como para garantizar una investigación sobre sus asuntos. Hablando de asuntos, éste puede ser un buen momento para que usted mire esto. Antes de que se vaya, quiero decir.

Supongo que él sabía lo que venía, porque cuando se sentó nuevamente comenzó a jugar nerviosamente con su alianza de oro. Cuando estuvo más tranquilo le entregué un sobre de papel manila que contenía fotografías de al menos tres novias diferentes que mis detectives habían tomado mientras lo controlaban. La mayoría de las investigaciones son absolutamente aburridas, así que cuando realmente sucede algo, los detectives salen por todos lados en busca de evidencias. En otras palabras, algunas de esas fotografías dejaban poco para la imaginación. No se me había ocurrido antes que podían serme útiles, pero tenía que continuar golpeando a Betancourt, haciéndolo reaccionar.

—Usted es verdaderamente desagradable —murmuró.

Se paró nuevamente, y yo también lo hice. Betancourt se inclinó hacia mí, pero eso no importaba. No mido mucho más que un metro cincuenta y cinco, y la mayoría de la gente suele inclinarse hacia mí.

—Yo sería más cuidadoso en el uso de esa palabra —le dije. Saqué una carpeta y la empujé sobre el escritorio—. Ésta es la transcripción de una confesión efectuada por el doctor Allen Samuels en Isabela de Sagua, Cuba, hace dos días. Tengo un testigo para corroborarla.

Betancourt puso la mano sobre la carpeta, como si se negara a admitir su existencia.

—Esto es ridículo —repitió.

—El doctor Samuels dijo que usted había asesinado a Alberto Cruz y a Regina Larrea.

Abrí la carpeta. Él no pudo evitar mirar.

—Eso es ridículo, yo no maté a esas personas.

—Samuels dijo que lo hizo. También nos contó todo acerca de su operación en Cuba, así como la historia personal entre ustedes dos. Él estaba deseoso de ir a la policía a acusarlo de asesinato si algo de esto se hacía público.

—Allen es un mentiroso y está loco —afirmó Betancourt—. La vieja no era una amenaza para nadie. No entiendo cómo Samuels la mató, pero no era necesario. Estaba descontento con su reputación, lo cual era ridículo. Eso ya había terminado hacía rato. Era un tonto por pensar que podría volver a trabajar como médico alguna vez.

Caminó hacia la ventana y presionó la mano contra el vidrio. Por un instante, pensé que iba a saltar. Pero se dio vuelta hacia mí, preguntándome:

—¿Dónde está Samuels? ¿Cómo consiguió que hablara con usted?

—Está a buen recaudo por ahora —era parte de la verdad, pero no había necesidad de decir más—. Su proyecto de negocios está terminado, y su ex socio está deseoso de hablar. Supongo que, desde su perspectiva, ésta es una situación realmente desesperada.

Mantuvo la mano en alto para silenciarme, mientras seguía dándome la espalda. Luego, como si nada hubiera ocurrido, retornó a su silla y levantó su café frío, sorbiendo despacio. Miró los objetos que había en mi escritorio como si fueran veneno. Su mirada se movía desde las listas escritas por Alberto hacia las fotografías de él mismo junto a sus amantes, y luego hacia la transcripción de las últimas palabras de Samuels.

—Soy abogado, lo que me da cierta perspectiva —dijo, abriendo su saco.

Por un tenebroso minuto pensé que iba a sacar un revólver, pero lo que extrajo fue un grueso cigarro.

—¿Puedo? —preguntó.

—¿Por qué no? Es una ocasión especial.

Le di un cenicero del cajón del costado de mi escritorio.

—Como le estaba diciendo, conozco el derecho criminal como nadie en el país —encendió el cigarro con un encendedor plateado, exhalando una nube nociva que invadió el cuarto—. Y por lo que veo aquí, no tiene nada por lo que yo debiera preocuparme.

Tenía que darle crédito por hacer el intento.

—¿Tenemos que pasar por esto? —le pregunté—. Para empezar, estoy segura de que la IRS estará interesada en revisar sus boletas de impuestos de los últimos cuatro años. Probablemente yo odie a la IRS tanto como usted, pero oí que cualquiera que reporta un caso de evasión de impuestos recibe una recompensa si el gobierno logra recaudar.

Otra gran nube. Silencio de piedra.

—En lo que concierne a su esposa, estoy segura de que ella no tiene precisamente un matrimonio ideal —sus ojos se entrecerraron—. Pero ni siquiera en Miami los adúlteros son bien vistos. Estoy segura de que el *Herald* estará deseoso de publicar la historia, especialmente con las coloridas fotografías.

Betancourt sacudió el cigarro frente a mí.

—¿Usted sabe el daño que eso le haría a mi hija? —preguntó.

—Debería haber pensado en eso cuando estaba perjudicando a la gente.

Nos sentamos en silencio. Yo sentí que lo estaba haciendo bien. Su odio hacia mí era completo.

—Y también está la oficina del fiscal de los Estados Unidos. Estoy segura de que nada le gustará más que tocar el cielo condenando a uno de los abogados más prominentes de la ciudad. Washington será notificado, y seguramente usted tendrá algunos enemigos entre los fiscales federales.

Betancourt rió profundamente, con algo que parecía ser admiración.

—Usted realmente es la escoria de la Tierra. ¿Me está chantajeando? Debería hacerla arrestar.

—Oh, Elio, por favor.

Tomé un trago de mi café. Estaba contenta de notar que mi pulso era completamente estable.

Su sonrisa desapareció. Bajo la brillante luz que había sobre su cabeza, parecía desvaído y hundido, con los ojos sumergidos en las medias. Ahí, en un rincón, estaba el verdadero Elio Betancourt: una calculadora bajo su cáscara humana.

—¿Qué quiere de mí? —preguntó.

—Dos cosas. Quiero su palabra de que nunca intentará dañar o interferir de ningún modo conmigo o con Bárbara Pérez.

Asintió, ecuánime.

—De acuerdo, ¿la otra cosa?

—Quiero que me busque o reconstruya todos los informes de los bebés que trajo de Cuba. Ningún otro par de padres debería pasar por lo que les hizo sufrir a los Moreno.

—No puedo hacer eso —dijo con la expresión en blanco.

—Además, les ofrecerá cambiar el estado de adopción ilegal que les dio por nacimientos legales. Todo a su costo, por supuesto.

—Usted está loca —dijo mirando hacia el techo. Su cigarro se consumía solo en el cenicero—. ¿Cómo demonios se supone que haré eso?

—No lo sé. Es su problema.

—Olvídelo —dijo él, levantándose de nuevo. Miró la hora con grandes aspavientos—. La he soportado bastante tiempo. No podemos llegar a un acuerdo en estos términos.

—Bien —le dije, presionando mi botón del intercomunicador—. Leonardo, ¿podrías hacer pasar a Maribel, por favor?

Maribel, vestida con vaqueros y una camisa polo que había tomado prestada del armario de Lourdes, entró indecisa en la habitación. Betancourt se quedó parado con su maletín, balanceándose con incertidumbre.

—Ése es él —dijo Maribel tranquilamente—. Ése es el hombre.

Betancourt se dio vuelta hacia mí.

—¿Qué truco es éste? Nunca antes la he visto en mi vida.

Me levanté y cerré la puerta de la oficina, dirigiéndome hacia las sillas. Betancourt y Maribel se quedaron de pie.

—¿Realmente no la recuerda? —le pregunté.

Maribel cruzó los brazos y recitó:

—Usted fue cliente mío en la Habana, en octubre de 1990. Estuvo allí unos pocos días, en un congreso. Yo estaba trabajando en la casa de la señora Anna, en el Vedado. Usted se alojaba en el Hotel Nacional. Le gustó tanto lo que yo le hice que volvió a verme tres o cuatro veces antes de regresar a Miami.

Betancourt soltó el maletín y cayó en su silla.

—¡Oh, Dios! —dijo—. ¡Oh, mi Dios!

—Está todo aquí, también —señalé los documentos de Samuels—. Su amigo Alberto dijo que estaba controlando el negocio de la venta de bebés durante ese viaje a la Habana.

—¿Qué...? —Betancourt hizo una pausa, con la cara descompuesta—. ¿Qué están tratando de hacerme?

Me senté en el borde de mi escritorio, inclinándome hacia él.

—Según entiendo, los únicos requerimientos para reconocer la paternidad son las muestras de sangre de la madre, del padre y del bebé. Como abogado, usted debe saber que la corte acepta la prueba médica con un noventa y nueve punto cinco de certeza.

—¿Cómo sabe que fui yo? —le preguntó a Maribel, mirándole la cara, las manos, el cuerpo, como si recordara.

Ella bajó la vista.

—Usted fue el único hombre con quien estuve en mi vida. La señora Anna sintió pena por mí cuando usted se fue y yo quedé embarazada, así que me dejó hacer tareas de limpieza en vez de tener que estar con los hombres.

Betancourt miró a Maribel por un rato más, y luego se dio vuelta.

—Dígale que se vaya —dijo. Maribel salió rápido—. Usted gana. Haré todo lo que diga.

—Por supuesto, hay un pedido más.

—Por supuesto. —Betancourt se puso de pie nuevamente con sus hombros levantados—. Deberé aportar para la chica.

—En pagos mensuales. Lo ayudaré a mantenerlo en secreto.

Betancourt me miró como si le hubiera ofrecido una rama justo antes de caerse por un precipicio. Luego asintió y salió. Lo vi mirar a Maribel mientras se iba.

Maribel entró y se sentó en la silla que Betancourt acababa de dejar vacía. Probablemente aún estaba tibia.

—¿Tienes un pañuelo, Lupe?

Le di un pañuelo perfumado que había en mi escritorio, y ella se quitó furiosamente el maquillaje que le había aplicado para cubrir su marca de nacimiento. Cuando terminó nos miramos a los ojos y nos reímos como niñas.

—¡Eres inteligente! —dijo Maribel, radiante de felicidad—. No puedo creer que haya pensado que yo era una de las chicas, incluso con mi marca de nacimiento cubierta. María Rosario y yo nos parecemos un poco, ¡pero nunca pensé que alguien iría a confundirnos alguna vez!

Deseé haber tenido un cigarrillo. No fumo, pero parecía apropiado.

—Tuvimos suerte de que tú y ella pasaran tanto tiempo juntas hablando cuando la madre superiora te encerró —le dije—. Su historia sobre Betancourt fue perfecta.

Le conté acerca de los pagos de manutención que le había pedido a Betancourt, y ella se tapó la boca.

—Pero eso está mal —señaló.

—Todo ha estado mal. Pero Michelle va a estar bien y tengo un poco de dinero para ti. No te preocupes por eso: no se lo va a perder, es lo mínimo que puede hacer.

La muchacha lo pensó un rato.

—Está bien, aceptaré su dinero.

—Bien.

—Me dijeron en el hospital que debía donar la médula una vez más. Luego ya estará bien. Aún no he visto a mi hija, y no creo que pida verla.

—Lo lamento —le dije. Y era cierto.

—No lo lamentes. Tengo un primo en Union City, en New Jersey. Creo que iré para allá y buscaré un nuevo modo de vida. Me haré una vida aquí, hasta que Castro caiga. Luego volveré a casa.

—Ése es un buen plan, dulce. Rezaré por ti y por Michelle.

Fui del otro lado del escritorio y la abracé.

Cuando Maribel se fue, pensé en lo que iba a decirle a la policía. Luego de escuchar los respectivos relatos de Samuels y de Betancourt acerca de quién era culpable de la muerte de Regina, tenía que admitir que le creía al abogado. Regina había descubierto el pasado de Samuels y, siendo una vieja católica cubana, reaccionó mal y llamó a Betancourt cuando su nombre surgió. Probablemente nunca sabré a quién llamó en North Carolina o quién realizó el asesinato que Samuels ordenó, pero la responsabilidad era de Samuels. Y él estaba más allá del arresto y la prisión.

Por otra parte, le creía a Samuels en un punto: Betancourt mató a Alberto Cruz. Alberto sabía que estaba jugando un juego duro y el hombre que le pagaba lo mató.

Mientras pensaba en ello, sonó el teléfono. Era el hijo de Bárbara, José, llamando desde el Jackson Memorial. Casi no podía oírlo con todo el ruido que había detrás. Parecía como si hubiera una fiesta.

Una voz inconfundible gritó a lo lejos:

—¿Es Lupe? ¡Dame el teléfono!

—Bárbara, ¿cómo estás?

—Lupe: ¡tuve mellizos! Un niño y una niña, ¿puedes creerlo? —gritaba como una loca—. Lupe, lo pasamos bien, ¿no es cierto?

Traté de felicitarla y de decirle que los Moreno querían que ella conservara el dinero que Alberto había escondido en su armario de pesca, pero Bárbara comenzó a gritarle a alguien en el cuarto, y siguió su fiesta. Colgué y llamé al florista, ordenando el arreglo floral más grande para que lo enviaran a la habitación de Bárbara. Luego llamé a un número familiar.

—¿Tommy? Soy yo. ¿Quieres salir esta noche? Rompe el testamento y compra algo de champaña. Vas a pasar un gran momento, querido. Te lo prometo.